BAISE-BALL
A LA BAULE

DU MÊME AUTEUR

1. *Ça ne s'invente pas.*
2. *Passez-moi la Joconde.*
3. *Sérénade pour une souris défunte.*
4. *Rue des Macchabées.*
5. *Du sirop pour les guêpes.*
6. *J'ai essayé : on peut!*
7. *En long, en large et en travers.*
8. *La vérité en salade.*
9. *Tout le plaisir est pour moi.*
10. *Fleur de nave vinaigrette.*
11. *Ménage tes méninges.*
12. *Le loup habillé en grand-mère.*
13. *San-Antonio chez les « gones ».*
14. *En peignant la girafe.*
15. *Du brut pour les brutes.*
16. *J'suis comme ça.*
17. *Un os dans la noce.*
18. *San-Antonio chez les Mac.*
19. *San-Antonio polka.*
20. *Les prédictions de Nostrabérus.*
21. *Le coup du père François.*
22. *Votez Bérurier.*
23. *Vas-y Béru!*
24. *Tango chinetoque.*
25. *Salut, mon pope!*
26. *Mets ton doigt où j'ai mon doigt.*
27. *Mange et tais-toi.*
28. *Faut être logique.*
29. *Y a de l'action!*
30. *Si, signore.*
31. *Béru contre San-Antonio.*
32. *L'archipel des Malotrus.*
33. *Maman, les petits bateaux.*
34. *Zéro pour la question.*
35. *Bravo, docteur Béru.*
36. *La vie privée de Walter Klozett.*
37. *Viva Bertaga.*
38. *Un éléphant, ça trompe.*
39. *Faut-il vous l'envelopper ?*
40. *Tu vas trinquer, San-Antonio.*
41. *Le gala des emplumés.*
42. *Dis bonjour à la dame.*
43. *Laissez tomber la fille.*
44. *Les souris ont la peau tendre.*
45. *Mes hommages à la donzelle.*
46. *Certaines l'aiment chauve.*
47. *Du plomb dans les tripes.*
48. *Des dragées sans baptême.*
49. *Des clientes pour la morgue.*
50. *Descendez-le à la prochaine.*
51. *Bas les pattes!*
52. *Concerto pour porte-jarretelles.*
53. *Deuil express.*
54. *J'ai bien l'honneur de vous buter.*
55. *C'est mort et ça ne sait pas!*
56. *Messieurs les hommes.*
57. *Du mouron à se faire.*
58. *Le fil à couper le beurre.*
59. *Fais gaffe à tes os.*
60. *Sucette boulevard.*
61. *A tue... et à toi.*
62. *Ça tourne au vinaigre.*
63. *Les doigts dans le nez.*
64. *Remets ton slip, gondolier.*
65. *Au suivant de ces messieurs.*
66. *Des gueules d'enterrement.*
67. *Les anges se font plumer.*
68. *La tombola des voyous.*
69. *Chérie, passe-moi tes microbes!*
70. *J'ai peur des mouches.*
71. *Le secret de Polichinelle.*
72. *Du poulet au menu.*
73. *Prenez-en de la graine.*
74. *On t'enverra du monde.*
75. *Une banane dans l'oreille.*
76. *San-Antonio met le paquet.*
77. *Entre la vie et la morgue.*
78. *San-Antonio renvoie la balle.*
79. *Hue, dada!*
80. *Berceuse pour Bérurier.*

81. *Ne mangez pas la consigne.*
82. *Vol au-dessus d'un lit de cocu.*
83. *La fin des haricots.*
84. *Y a bon, San-Antonio.*
85. *Si ma tante en avait.*
86. *De « A » jusqu'à « Z ».*
87. *Bérurier au sérail.*
88. *La rate au court-bouillon.*
89. *En avant la moujik.*
90. *Ma langue au Chah.*
91. *Fais-moi des choses.*
92. *Ça mange pas de pain.*
93. *N'en jetez plus !*
94. *Moi, vous me connaissez ?*
95. *Viens avec ton cierge.*
96. *Emballage cadeau.*
97 *Appelez-moi chérie.*
98. *Mon culte sur la commode.*
99. *T'es beau, tu sais !*
100. *Tire-m'en deux, c'est pour offrir.*
101. *A prendre ou à lécher.*
102. *Baise-ball à La Baule.*
103. *Meurs pas, on a du monde.*
104. *Tarte à la crème story.*
105. *On liquide et on s'en va.*
106. *Champagne pour tout le monde !*
107. *Réglez-lui son compte !*
108. *La pute enchantée.*
109. *Bouge ton pied que je voie la mer.*
110. *L'année de la moule.*
111. *Du bois dont on fait des pipes.*
112. *Va donc m'attendre chez Plumeau.*
113. *Morpions Circus.*
114. *Remouille-moi la compresse.*
115. *Si maman me voyait !*
116. *Des gonzesses comme s'il en pleuvait.*
117 *Les deux oreilles et la queue*
118. *Pleins feux sur le tutu.*
119 *Laissez pousser les asperges.*
120 *Poisson d'Avril, ou la vie sexuelle de Lili Pute*
121 *Bacchanale chez la mère Tatzi.*
122. *Dégustez, gourmandes !*
123. *Plein les moustaches.*
124. *Après vous s'il en reste, Monsieur le Président.*
125. *Chauds, les lapins !*
126. *Alice au pays des merguez.*
127. *Fais pas dans le porno...*
128. *La fête des paires.*
129. *Le casse de l'oncle Tom.*
130. *Bons baisers où tu sais.*
131 *Le trouillomètre à zéro.*
132. *Circulez, y a rien à voir*
133. *Galantine de volaille pour dames frivoles.*
134. *Les morues se dessalent.*
135. *Ça baigne dans le béton.*
136. *Baisse la pression, tu me les gonfles !*
137. *Renifle, c'est de la vraie.*
138. *Le cri du morpion.*
139. *Papa, achète-moi une pute.*
140. *Ma cavale au Canada.*
141. *Valsez, pouffiasses.*
142. *Tarte aux poils sur commande.*
143. *Cocottes-minute.*
144. *Princesse Patte-en-l'air*
145. *Au bal des rombières.*
146. *Buffalo Bide.*
147 *Bosphore et fais reluire.*
148. *Les cochons sont lâchés.*
149. *Le hareng perd ses plumes.*
150. *Têtes et sacs de nœuds.*
151. *Le silence des homards.*
152. *Y en avait dans les pâtes.*
153. *Al Capote.*
154. *Faites chauffer la colle.*
155. *La matrone des sleepinges.*
156. *Foiridon à Morbac City.*
157 *Allez donc faire ça plus loin.*
158. *Aux frais de la princesse*
159 *Sauce tomate sur canapé*
160 *Mesdames, vous aimez « ça »*
161 *Maman, la dame fait rien qu'à me faire des choses*

162. *Les huîtres me font bâiller*
163. *Turlute gratos les jours fériés.*
164. *Les eunuques ne sont jamais chauves.*
165. *Le pétomane ne répond plus.*
166. *T'assieds pas sur le compte-gouttes.*
167 *De l'antigel dans le calbute.*
168. *La queue en trompette.*
169. *Grimpe-la en danseuse.*
170. *Ne soldez pas grand-mère, elle brosse encore.*

Hors série

Histoire de France.
Le standinge.
Béru et ces dames.
Les vacances de Bérurier.
Béru-Béru.
La sexualité.
Les Con.
Les mots en épingle de Françoise Dard.
Si « Queue d'âne » m'était conté.
Les confessions de l'Ange noir.
Y a-t-il un Français dans la salle ?
Les clés du pouvoir sont dans la boîte à gants.
Les aventures galantes de Bérurier.
Faut-il tuer les petits garçons qui ont les mains sur les hanches ?
La vieille qui marchait dans la mer.
San-Antoniaiseries.
Le mari de Léon.
Les soupers du prince.
Dictionnaire San-Antonio.
Ces dames du Palais Rizzi.
La nurse anglaise.
Le dragon de Cracovie

Œuvres complètes

Vingt-six tomes parus.

SAN-ANTONIO

BAISE-BALL A LA BAULE

FLEUVE NOIR

ISBN 2-265-06431-9
ISSN 0768-1658

A André ARNAUD
qui fut le merveilleux starter
d'une course au succès.
Avec ma gratitude et mon amitié.

San-Antonio

PETITE SUITE BÉRURÉENNE
(Histoire de se mettre dans l'ambiance)

D'après un renseign'ment qui vient d' me parvien-dre, et contrairement à ce que certains gens s'imagi-nent, on n' doit pas dire « *Fier d'une paire de couilles* », mais : « *Faire d'une pierre deux coups* ».

Mon rêve, c' s'rait qu'on allasse en Amérique du Sud, moi et Berthe, et qu'on prenne un p'tit avion pour survoler « *La Cordelière des Anes* ».

Faut t'être une rude crêpe pour s' cogner sur les doigts quand t'est-ce qu'on enfonce un clou. L' meil-leur moillien d'éviter ça, c'est d' tenir le manche du marteau à deux mains.

A la téloche, hier soir, y z'ont donné un' pièce en meulière intitulée « *Les Fourbis de ce calepin* ».

PODOLOGUE

A la table voisine de la nôtre, il y a une chouette fille noire, du genre de celles qu'on appelait négresses à l'époque où l'on avait le devoir d'être raciste. Mais à présent, c'est interdit. Un Noir te traite de blanchâtre, t'as le droit de lui casser la gueule. Elle est loquée tout en noir. Et ça la moule, je voudrais que tu voies !

Mon compagnon vide son grand verre de bourbon sans le moindre dérapage de glotte. Pour lui, c'est moins que du jus de fruit d'adolescente masturbée.

L'ancienne négresse porte d'étranges boucles d'oreilles qui représentent des croix chrétiennes. On trouve ce bijou normal entre deux nichons, mais accroché à deux oreilles, il choque. Pourquoi donc ?

Mon vis-à-vis éructe et ça se met à sentir comme jadis l'alambic sur la place du village où je passais mes vacances.

Il dit, de sa voix pareille au bruit d'une machine à laver le linge trop lestée :

— Une fois, je suis resté en panne huit jours dans le désert du Nevada. J'ai bu l'eau de mon radiateur.

Cette évocation l'incite à élever sa paluche couverte de poils roux pour réclamer un autre whisky.

Il dit encore :

— Une autre fois, j'étais dans un motel. Une femme entre chez moi, arrache sa jupe, sa culotte, puis ressort en criant « Au viol ! ».

Il rit.

Le serveur lui tend son glass par-dessus le rade. Il s'en saisit, le vide et le rend au barman, comme tu rends au facteur une lettre qui n'est pas pour toi.

Il dit :

— Une autre fois, j'étais fauché, dans un bled pourri de la Caroline du Sud. Heureusement, j'avais des lunettes noires. Je les ai chaussées après avoir fabriqué un écriteau ainsi libellé : « Une greffe est encore possible, aidez-moi à m'acheter un œil. » Et j'ai ramassé deux cent trente-quatre dollars en deux heures de temps.

Un nouveau rot vient embaumer mes souvenirs d'enfance. Je revois l'alambic poussif, qui trépidait, fumait. Le tas de pulpe compacte grossissant près de l'énorme chaudière. Oui : je revois bien, je revois tout. Et en plus, j'ai droit aux odeurs.

— Ça vous ennuierait de me commander un *cheeseburger ?* demande le vieux rouquin.

— Avec plaisir.

Je réclame le sandwich désiré pendant qu'il re-rote avec plaisir. Il a les yeux bleus, sur fond rouge. Sa gueule est de couleur brique, tapissée de barbe roussâtre. Il dit :

— Une autre fois, il nous manquait 17 dollars pour l'achat d'une bannière. Je suis allé dans la campagne, près de la frontière mexicaine, attraper des serpents à sonnette au collet. J'en ai ramené 40 kilos dans un sac et on me les a payés 70 cents la livre...

Il se tait un moment, réfléchit et murmure :

— Ah ! C'était du sport que d'être prêtre au Texas, dans ce temps-là. Je faisais le catéchisme à des petits Indiens. Je terminais toujours mon cours en leur racontant une histoire à suivre, pour qu'ils reviennent la fois suivante.

Et ça le fait sourire d'attendrissement, le Père O'Connar. Il dit :

— Une autre fois, un Mexicain est venu me chercher en pleine nuit pour que j'aille baptiser ses jumeaux, de l'autre côté du Rio Grande. Cette nuit-là, Dieu me pardonne, je devais avoir un peu bu. J'ai donné pour nom à ces gosses Adam et Eve. Ce n'est qu'après que j'ai réalisé qu'il s'agissait de deux garçons.

On lui apporte son *cheeseburger*. Il mord dedans. Il mastique rapide, comme le font les rongeurs. Son menton herbu, percé d'une fossette profonde, tressaute, comme déboîté. De la main fermée, pouce relevé, il me fait signe que le sandwich lui donne soif. Je fais le nécessaire. La jeune Noire aux boucles d'oreilles en forme de croix me regarde d'un air évasif. Je lui souris. Elle ne bronche pas. Je n'en conçois pas d'amertume. Je ne suis pas un fana des filles noires, parce qu'elles ont les poils de la chatte crépus comme leurs cheveux et que, bon, moi ça me déconcerte. Et aussi, elles ont la peau froide, j'ai remarqué. Froide, alors qu'on s'attend à de la braise.

Le Père O'Connar se décide à boire son énième bourbon à l'économie, tout en bouffant. Je l'ai rencontré tout à l'heure, il faisait la manche sur la Cinquième Avenue (de Beethoven), à côté d'un panneau et derrière un gros chaudron. Sur le panneau, ça expliquait, comme ça, qu'il collectait pour le Cambodge. Aux *States* comme partout, quand on cesse de tuer les gens, on entreprend quelque chose pour les sauver. Le fond du chaudron était tapissé de fafs d'un dollar et de pièces blanches. J'y suis allé de mon obole en espérant un taxi. Le père O'Connar m'a alors demandé si j'étais français, à quoi, pris de court, j'ai répondu par l'affirmative. Et alors, chose curieuse, au lieu de me traiter de lavedu, il s'est mis à me gratuler en criant « *dear boy, french boy* », tout ça. Tant et si bien qu'au bout de peu, on s'est retrouvés dans un bar, avec le chaudron sous la table. Le Vieux s'est mis à écluser, oubliant sa quête, et à me raconter sa vie, par flashes. Les moments ardents, cruciaux, marrants de sa vie.

Il me demande, la bouche pleine, les lèvres crémeuses :

— Qu'est-ce qui vous plaît aux U.S.A. ?

Je lui réponds :

— Les poignées de portes ; elles ne sont pas pareilles que les nôtres.

Il hoche la tête, avale sa gueulée de *cheeseburger* et il dit :

— Une autre fois, un Indien est venu me réveiller en pleine nuit pour me conduire au chevet de sa femme malade à qui le docteur avait prescrit un remède. J'arrive, je croyais qu'elle réclamait les sacrements, mais c'était juste pour que je lui lise la notice du médicament, car ils étaient analphabètes.

Il continue de rêvasser, tout en s'alimentant.

Il dit :

— Vous connaissez *Long Beach* ?

Je secoue la tête négativement, j'ignore même dans quel Etat ça se trouve.

Il dit, simplement :

— Devant le bureau de poste, il y a un mât terriblement haut, et chaque matin, un gros nègre vient hisser le drapeau en fumant un énorme cigare.

Et ça le fait sourire encore. Il dorlote ses souvenirs.

Il dit :

— Un jour, dans ma petite paroisse, près de Laredo, j'ai marié des Indiens. Le père de la mariée s'était mis en smoking noir, et sous le smoking, il portait un tee-shirt sur lequel il y avait écrit « Buvez Coca-Cola glacé ».

Il empiffre ce qui reste du *cheeseburger*, le noie de bourbon, et il déclare :

— Cette fois, *french boy*, je vais vous offrir ma tournée !

Il se penche sur son chaudron pour y puiser du fric.

— Mais non, Père, laissez ! protesté-je.

O'Connar me rassure :

— Ne croyez pas que je vole ces pauvres petits bridés, mais il se trouve que j'ai droit de prélever le montant de mon taxi pour regagner ma congrégation. Je vous paie un bourbon avec le fric du taxi, *french boy*, et je rentrerai avec le métro !

Force m'est de m'incliner devant sa détermination.

Il dit :

— Vous connaissez l'histoire des deux Texans qui viennent faire une virée à New York ? Ils descendent au *Waldorf Astoria*, y passent trois jours de franche bamboula. Au moment de partir, ils se battent à la caisse pour régler l'addition. L'un d'eux a gain de cause. Ils sortent. Les voici devant le magasin d'exposition de *Cadillac* où est présenté le dernier modèle. Ils décident de s'en acheter chacun un. Ils entrent, commandent et au moment de la facture, celui qui n'avait pas payé l'hôtel s'écrie : « Ah, non, cette fois, c'est pour moi ! »

Et il rit, le père O'Connar. Rit à s'en claquer les ficelles. C'est un homme sain, simple et gentil.

Il biberonne le ravissant bourbon qui vient succéder aux précédents.

— C'est du *Four Roses,* assure-t-il en se torchant la bouche d'un revers de manche.

Je visionne ma tocante. Mon zavion décolle dans trois plombes. J'ai le temps de savourer ce délicieux personnage. Cela dit, te connaissant comme je me connais, tu te demandes ce que je viens branler aux Amériques ? Oh ! rien d'intéressant, rassure-toi. Juste le Vieux qui m'a demandé de le représenter à un Congrès. Pas que je sois le plus représentatif, mais c'est moi qui cause le moins mal l'anglais, tu juges ! Une vraie punition : des blablas, des blablas, dans toutes les langues, et dont tu suis la transcription à l'aide d'écouteurs qui te tiennent chaud aux oreilles. Et puis des banquets merdiques. Mon unique bon moment, ç'aura été ma rencontre avec le Père O'Connar.

Il dit :

— Au Texas, les serpents font sortir les lapereaux du terrier, le soir...

La petite Noire se lève et s'en va. Cul sublime. Il a une âme bien que n'étant pas un objet inanimé. Je l'élis pour ma satisfaction intime « cul de l'année ». O'Connar a suivi mon regard, lequel suivait le cul.

Au bout de cette double filature il dit, pour faire diversion :

— Dans les années 30, j'étais le vicaire d'un autre Irlandais : le Père Skiedy Eddy, un vieux très sympa. On jouait vingt-cinq cents au billard, tous les soirs. Quand l'un de nous partait en vacances, l'autre continuait de jouer pour les deux, chaque jour. Et, au retour de son ami, lui disait : « Vous me devez tant ». Et on payait sans discuter.

— Vous fréquentez beaucoup d'Irlandais ? je questionne.

Et si je ne lui avais pas posé cette simple question, tout ce qui va suivre ne se serait pas produit, l'ami. Et tu lirais des choses creuses, languissantes et turpides au lieu du chef-d'œuvre ci-joint !

Il hausse les épaules, le vieux rouquin.

— Des Irlandais ! Il me serait difficile de ne pas en rencontrer dans cette ville où il y en a davantage que de gobelets de carton sur les trottoirs ! Tenez, mon dernier en date remonte à hier, dans *Chinatown*. Il venait de se faire écraser par un camion chargé de caisses de bière qui avait rompu sa direction. Vous auriez vu ce sacré carnage, *french boy !* Le type emplâtré dans des cages bourrées de canards ! Plein de sang et de plumes. J'ai recueilli ses dernières paroles et son dernier soupir.

Il a un rire qui n'en est pas un, le Père O'Connar. Chevroté tel un rire de vieux.

— Il souffrait la mort, le pauvre bougre, reprend-il. Ça ne l'a pas empêché de me reconnaître comme irlandais. Il m'a dit : « T'en fais pas, rouquin : on les aura. La semaine prochaine, c'est le Prince Charles qui va y passer, en France, ce damné grand con... »

— Il gárdait plein de vilaine haine au cœur au moment du trépas, ajoute mon compagnon ; je lui ai tout de même foutu l'absolution.

Il tète son verre vide et ajoute :

— Ecoutez, *french boy*, voilà ce qu'on va faire : on va boire le dernier avec l'argent de mon métro et je rentrerai à pied !

STUPITRE PREMIER

Il avait l'air de regarder au fond de lui-même pour voir s'il y était.

L'air aussi de ne pas s'y trouver.

Et d'en concevoir de l'inquiétude.

Il promena sa chère belle main sur son fabuleux beau crâne plein de reflets à l'extérieur et de pensées riches à l'intérieur ; enfin il soupira si tellement fort qu'une mouche qui déféquait sur le buvard acheté en sous-main s'envola, comme happée par un typhon.

Il ramassa une lettre qu'on lui avait expédiée après l'avoir pliée en trois et me la tendit.

Le papier portait l'en-tête de l'Ecole Nationale de Police de Saint-Cyr-au-Mont-d'Or ; vaillante institution où se forment les commissaires de police d'aujourd'hui. Elle émanait du directeur et le texte disait comme ça :

« *Mon cher Achille,*

Ce mot pour te faire part d'une idée qui m'est venue, consécutivement à certaines critiques afférentes à la formation que nous donnons à nos élèves. D'aucuns nous reprochent d'être par trop techniques et insuffisamment pratiques. « Moins de livres et plus d'action ! entends-je dire. Les commissaires de la vieille école étaient formés sur le tas et les résultats paraissaient plus positifs. On ne traque pas un criminel avec une licence en droit, mais avec un pistolet, etc. » Tu connais l'antienne ? J'en arrive à mon idée qui serait de confier à tour de rôle certains de nos meilleurs éléments à des hommes chevronnés, présentement en exercice, afin qu'ils puissent étudier leurs méthodes et, le cas échéant, s'en inspirer par la suite. Accepterais-tu que nous fassions un essai dans ce sens, toi et moi ? Je te confierais l'un de mes garçons et tu le « marierais », le temps d'une enquête, à l'un de tes cracks. Cela dit, si tu trouves mon projet trop utopique, n'hésite pas à me le dire.

Crois, mon cher Achille, à ma féale amitié. »

Je rendis la lettre sans commentaire.

Le Vieux continua de se masser la savonnette pour en extirper son tourment.

— C'est cette lettre qui vous rend soucieux, monsieur le directeur ? lui demandai-je, sans comprendre qu'elle putasse motivasse sa rognasse.

Il disasse qu'ouisse, ce dont je fus un tantisoit abasourdi.

Puis, il condescendit (ne pouvant conmonter en l'eau-cul-rance) à s'expliquer :

— Le directeur de l'E.N.P. est un très cher ami et il m'est impossible, je répète : im-pos-sible, de ne pas lui accorder satisfaction.

— Eh bien : donnez-lui satisfaction, patron ! rétorquai-je familialement.

Ce fut dès lors, comme on dit depuis le gaullisme, qu'il explosa.

— Vous en avez de belles, San-Antonio !

Ce pluriel était accessif. Il eût dit « Vous en avez UNE belle » qu'il aurait serré la vérité de plus près. Mais foin de ces menus regrets. La vie n'est qu'une photo tremblée, après tout, et son flou est plutôt un refuge qu'un danger, moi je pense, ce qui suffit amplement pour que je le croie (et même croasse).

Le Vieux s'exalta :

— Très bien, je vais accepter cette proposition saugrenue. Je vais ouvrir la porte à l'un de ses bons élèves. Il va VOUS admirer dans vos œuvres, San-Antonio. Et ensuite, ce stagiaire de mes fesses s'empressera de colporter partout la fantaisie de vos méthodes. Car elles sont tout sauf orthodoxes, vos méthodes, mon Petit, et vous le savez pertinemment ! Pourquoi obtenez-vous des résultats ? Parce que vous employez les grands moyens ! Non ?

Mes étagères à mégots parvinrent à l'incandescence. Il me parut qu'elles devaient fumer comme des excréments dans l'hiver. Ne venait-il pas de crier : « Il va VOUS admirer dans vos œuvres ! »

— Parce que, si vous souscrivez au projet, c'est à moi que vous comptez confier le scrutateur, monsieur le...

— Et à qui d'autre, sang du Diable ! Hein ?

Sang du Diable ! La rogne le faisait tomber dans le médiéval, Pépère. Il se rabattait sur le pont-levis, les échauguettes et autres machicoulis.

Il repartit à l'assaut :

— Le fort en thème qui va nous être dépêché viendra se faire, vous savez quoi, San-Antonio ?

épater. Et qui donc, parmi mes gars, pourrait mieux l'épater que vous ? Hmmm ? Hein ? Hmmm ? Vos collègues sont des fonctionnaires courants, flasques comme de la laitue mouillée. Ils enquêtent au petit trot, comme un poney tire sa carriole : yop, yop, yop, yop ! Je vois ce stagiaire en compagnie d'un Malissoit, par exemple, qui ressemble à une engelure ; ou bien d'un Evêquemont qui doit sucer des cachous pour ne pas s'auto-incommoder tant il pue de la gueule ! Ce serait la rigolade ! Le Trou-de-balle en question se comportera comme une caméra chez Cartier, c'est-à-dire qu'il sera un espion ! Je pèse le mot et le répète : un es-pion ! Vous me recevez cinq sur cinq ? Merci ! L'enquête terminée, il rentrera dans sa pépinière de flics érudits pour se gausser. Alors, bon, très bien, soit : je vous l'attache. Mais ça donnera quoi, San-Antonio ? Hein ? Hmmm ? Hein ? Allô ! Ne coupez pas ! Ça donnera quoi ? Je vais répondre à votre question : ça donnera de la crotte, mon bon ! Que dis-je ! De la merde ! Et je pèse mes mots ! Car, de deux choses l'une : ou bien vous vous comportez nor-ma-le-ment, et alors voyez d'ici le scandale ! Gorges chaudes, crimes et chuchotements ! Ou vous faites dans le classicisme, ce qui n'est pas votre tasse de thé, et nous passerons pour des empaillés. Vous savez ce que c'est que des empaillés, San-Antonio ? Alors je ne m'étends pas davantage.

J'haussus les épaulus.

— Ma foi, soupirai-je, si vos craintes sont telles (et, in petto j'ajoutai : comme dirait Guillaume) répondez à votre ami par la négative, Patron ! Ses idées peuvent ne pas être les vôtres ! Vous avez le don du verbe et savez distribuer des ronces en faisant accroire que ce sont des roses non encore écloses !

Il joignit ses chères mains qui lui servent à penser et à se brosser les dents le matin, sans compter aussi à régler les bouts de seins de ses conquêtes.

— Répétez ! Dieu que c'est bien dit ! Je distribue des ronces en faisant croire que ce sont des roses en boutons ! Ah ! mon ami, si j'ai le don du verbe, vous possédez par contre celui du style ! Et le style, vous savez ce que c'est, hein ? Très bien, j'appelle mon aimable confrère. Non, non, ne bougez pas, je tiens à le faire devant vous. Vous allez admirer cette fin de non-recevoir. Mon côté « raccrochez, c'est une erreur » ! sans avoir l'air d'y toucher.

Il compose soi-même le numéro, avec son merveilleux index fait pour tenir des belons triple zéro, remonter des montres Piaget et tendre sa carte à un valet de chambre (avec l'étroite participation de son médius).

— Allô ! Hubert ? C'est Achille !

Et il branche l'amplificateur permettant de rendre la converse audible comme une émission de radio.

— Ah ! Je savais que tu m'appellerais sans retard, Vieux Frère, dit la voix. Toujours ouvert aux initiatives, n'est-ce pas ? Un esprit original comme toi allait sauter sur l'idée ! Lui donner, au besoin, un prolongement. Jamais je n'aurais eu l'audace de proposer cela à ton prédécesseur. Mais avec toi, c'est adopté d'avance ! Alors, quand puis-je t'envoyer le Major de la Promotion ?

— Mais je... heu... eh bien... quand tu voudras, Hubert. Quand tu voudras.

DÉCONNITRE II

Je prélasse dans le canapé de mon burlingue ultra-chic de la *Detective Agency* me servant de couverture. Je lis *Le Monde*, ce qui représente du boulot car il est épais et imprimé plus fin que les notices des médicaments. la seule chose qui lui soit imputassable, au *Monde :* faut être équipé d'une vue de commandant de bord pour le lire ; mais je m'ai laissé dire qu'ils allaient offrir une loupe à tout abonné, ce qui est cougrement (1) astucieux.

La pluie torrent-ciel sur les Champs-Elysées. Elle domine le brouhaha de la circulance.

La vie pourrait être mieux, mais elle pourrait également être pirissime, et alors je décide qu'on s'y sent à l'aise.

J'attends le jeune émoulu de l'Ecole Nationale de Police. Un télégramme m'a préviendu de son arrivée.

— Le commissaire Dominique Bernier se présentera à l'adresse indiquée en fin d'après-midi.

(1) J'ai bien écrit « cougrement ». La prochaine fois que j'userai du mot, je l'écrirai « dougrement », parce que ça distrait, moi je trouve.

Ce rôle à jouer ne me dit rien qui valasse. Moi, je pars du principe que notre job ne s'apprend pas comme la cuisine ou la serrurerie. Enfin, nous verrons bien. Jamais se casser le chou au prélavable, comme dit Béru. T'envisages les choses, les gens, les moments et ils ressemblent jamais à tes prévisions.

N'empêche que je ne peux m'empêcher de me demander à quoi ça ressemble, un major de l'E.N.P. (Pardon : de l'E.N.S.P. (j'oubliais « Supérieure ».) Je le figure pâle et coiffé plat, avec la raie basse, le regard malcommode, sûr de lui et dominateur, comme disait le Général. Attentif et hostile par vocation. Une manière d'examiner au lieu de regarder et de réfléchir à ce qu'on lui dit au lieu d'y répondre. Et puis la moue sceptique, fichée tel un mégot au coin des lèvres. Enfin, c'est un portrait particulièrement tristet qui se constitue dans mon imagination.

Désireux de chasser la discrète morosité de salon qui me point, je me consacre à ma lecture.

Je lis une longue et pertinente critique de Baroncelli à propos d'un Navet-Super-Star d'où je me suis arraché avant la fin pas plus tard qu'hier soir. Je passe à la rubrique sportive qui n'a jamais fait la « Une » de l'illustre Journal. Au *Monde,* on t'en dit plus long sur le vice-secrétaire d'Etat à la Main-Mise Ougandaise que sur Bernard Hinault. Borg, oui, sur une demi-colonne, à la rigoriste. Tabarly, à titre exceptionnel (non sous-titré), mais si tu veux savoir ce que prend Marius Trésor à son petit déjeuner, t'as intérêt à acheter *l'Equipe.*

Eh ben, mon grand, je voudrais que tu suces une chose : c'est que la *Sportive* du *Monde* me fait faire un écart en arrière comme le cheval du père à Victor Hugo lorsque ce blessé ennemi, sombre dégueulasse s'il en fut, lui défourailla contre, l'ordure !

Je lis les huit lignes d'un article consacré à l'hippisme (Hip Hip Hip : Hippique !)

Qu'ensuite de quoi-ce, je me précipute au bigophone. Je suis super-équipé, et il me suffit d'enfoncer une touche, une seule, pour obtenir le Vieux.

Je t'ai déjà expliqué, dans je ne sais plus lequel de mes polars à la noix, qu'un système de vidéo nous relie, lui et moi. On peut donc se parler en se regardant, ce qui ajoute au passionnant de la chose. Il existe, sur ma table d'inaction, un cadran format carte postale sur lequel s'inscrit la calvitie du dabe. Comme c'est pas en couleur, qu'il a les yeux bleus et le teint pâle, il ressemble, là-dessus, à une merde de laitier dans une cuvette de chiotte, le tout très sous-exposé.

— Que désirez-vous, San-Antonio ?

Quelqu'un se trouve dans son burlingue car il adresse une mimique d'excuse à son vis-à-vis.

— Monsieur le directeur, à mon retour des U.S.A. je vous ai parlé de cette conversation que j'ai eue dans un bar avec un vieux poivrot d'ecclésiastique irlandais.

— Ce type qui prétendait avoir reçu des confidences à propos d'un attentat en France contre le prince Charles ?

— Exactement. Nous avons pris des renseignements qui nous ont rassurés, puisqu'aucun voyage n'était prévu chez nous par le futur roi d'Angleterre.

— Alors ?

— Alors je lis dans *Le Monde* d'aujourd'hui que le

prince a accepté de présider le concours hippique de La Baule qui commence après-demain.

Un silence, je me penche sur le cadran pour essayer de lire le regard de mon illustre Kroum. Pour l'instant, il réfléchit (son crâne lisse est d'ailleurs conçu pour). Claudette, ma secrétaire, entrouvre ma porte. Je ne l'ai pas entendue toquer !

— Le commissaire Bernier est arrivé, annonce-t-elle du bout des lèvres, comme si l'arrivant était couvert d'eczéma purulent et qu'il eût déféqué d'emblée dans la salle d'attente.

— Vous ne voyez pas que je suis occupé ! rebufféje durement.

Elle se retire en claquant la porte, histoire de me signifier sa mauvaise humeur.

Là-bas, dans son cabinet capitonné, qui sent le solennel, le vieux dossier et l'eau de toilette grand luxe, Pépère parvient au bout de sa gamberge.

— Vous ne voyez pas que les loustics de l'I.R.A. viennent bousiller ce grand dadais sur notre territoire ? il soupire, avec une révulsance horrifiée plein sa bouille blanchâtre.

— Je n'ose imaginer la chose, répliqué-je.

— Je vais alerter les services chargés de la protection du prince, tant en Grande-Bretagne que chez nous.

— Ce serait la sagesse même, conviens-je.

— Que faites-vous présentement ?

— Je m'apprête à recevoir mon jeune collègue *made in* Saint-Cyr-au-Mont-d'Or.

Il bougonne :

— Vous aviez bien besoin d'aller vous coller ça sur

le râble, mon pauvre Vieux ! Ça vous démangeait donc de jouer les maîtres ?

Y a des moments (très fréquents) où je le trouve soufflant, Achille ! Il a l'art de l'esbigne, le Vénérable. Il passe son temps à fabriquer des chapeaux qu'il nous colle d'autor sur la tronche. Ainsi, il est désormais IMPOSSIBLE de lui faire admettre que c'est lui qui a accepté CONTRE MON AVIS la propose de son copain de l'E.N.S.P.

Il ajoute :

— Et vous comptez l'épater avec quel genre d'affaire ?

— Les faux billets de Rennes !

Il pouffe.

— Vous parlez d'un numéro de cosaque ! Rien de plus pot-au-feu. Du travail d'inspecteur de quartier, ça ! Jolie partie de porte-à-porte. Amusez-vous bien !

Il raccroche et sa tarte à la crème se dissipe sur mon écran, comme la buée de ton pare-brise quand tu branches la soufflerie.

Je m'approche de la fenêtre. Les Champzés sont noyés sous des trombes d'eau. Tu vois des grappes humaines agglutinées (comme on dit puis dans ces cas-là) sous les porches. Quelques téméraires se risquent sous la flotte, le dos rond, le pébroque en avant, ou bien le col de l'imper remonté au plus haut. Les guindes soulèvent des gerbes de flotte en frôlant les trottoirs. Il y a comme une espèce de détresse sur l'avenue. A cet instant, tout paraît moche et compromis et je me dis qu'il ferait bon aller se pieuter dans une pièce obscure en compagnie d'une femme. Pas fatalement d'une super-beauté. J'ai envie d'une femme sensuelle et discrète à la fois. Une bourgeoise, tiens ; que dans le fond, y a pas plus salope. C'est propre, bien lingé, ça ne fait pas de fautes de français en prenant son panoche et personne t'arrache mieux le copeau.

Je rêve d'une alcôve ombreuse, d'un lit tiède comme une serre et juste un petit lumignon au fond de la pièce, manière de ne pas rater l'expression de la partenaire quand elle opère sa grande décarrade.

Je retourne à ma table et prends une posture avantageuse dans mon fauteuil pivotant. Que le premier contact assure mon autorité, merde !

— Introduisez le commissaire Bernier ! dis-je dans l'interphone.

Et je reste le buste droit, les mains de part et d'autre du grand buvard vert bordé de cuir, dans l'attitude d'un P.-D.G. s'apprêtant à recevoir des délégués syndicaux bourrés de revendications impossibles à satisfaire.

Moi, plus j'avance, moins j'ai besoin de connaître de nouvelles gens. J'ai fait mon plein de relations. Y a plus de place sur mon répertoire téléphonique. J'ai écrit entre les lignes, et par-dessus, et en travers de la marge, tout bien. Je ne veux plus rencontrer personne. Au contraire, j'aimerais rétrocéder maintenant. Mettre une annonce dans les baveux : *lot important de relations à céder, cause chiasserie.* Fourguer ! Donner aux hôpitaux, comme les vieux livres quand on déménage. Déblayer le terrain. Garder que l'indispensable. Mais c'est quoi, l'indispensable ? Ça représente combien de tronches de bétail ? Deux, trois ? Quatre à tout casser. A tout caser.

Oh ! Seigneur ! Pouvoir dissiper tous ces cons,

sous-cons, archi-cons que tu m'as accumulés en cours de route ! S'en défaire ! Balancer son carnet dans la première bouche d'égout venue. Se refaire une virginité de solitude. Ils me sont devenus si intolérables, tous : ceux que je connais, et aussi les autres, ceux qu'il me reste à rencontrer. « Je vous présente M. Untel... » Non ! Je refuse ! Me présentez plus, les gars ! Plus personne ! Never ! Je vous crie pouce ! Je refuse qu'on me présente, et représente ! Que vite ils s'insinuent, les nouveaux, se faufilent dans ton univers, te frappent sur l'épaule, se mettent à te tutoyer. C'est ça, la contamination. Je les trouve épidémiques, ces fumiers. Microbeurs. Viraux ! Te sautent dessus à qui mieux mieux, comme autant de véroles en maraude ! Ah ! mais c'est que je ne veux plus, moi ! J'ai le droit de me garder pour moi, non ? Et pour les rares qui sont à moi. Mes élus d'à jamais ! Mes belles blessures d'amour ! Pour eux et moi. Fini les autres ! Tu veux savoir, la plus belle histoire du monde ? Tu veux que je te la révèle ? Eh bien, c'est « Robinsons Suisses ». Moi, ça m'a dominé l'existence depuis que Félicie me l'a lue, y a longtemps, y a trop... Une famille dans une île. A recréer le monde entre elle, rien que pour elle. A se passer des autres. A faire leur maison, leur pain, leurs gosses sans le concours du moindre autrui. Putain, ce pied géant !

— Le commissaire Bernier ! m'annonce Claudette à voix d'huissier.

Et pourtant, il y a de l'ironie dans son claironnement. Elle s'efface pour laisser entrer le visiteur. Le commissaire Bernier est âgé d'environ vingt-huit ans, de taille moyenne ; sanglé dans un imperméable noir en matière brillante.

Le commissaire Bernier est blond foncé, avec des yeux sombres vibrants d'intelligence.

Son rouge à lèvres est de couleur corail. Et sa poitrine doit faire deux grands trous dans la plage quand le commissaire Bernier se fait bronzer le dos.

Parce que le commissaire Bernier est une femme.

Ce sont des choses qui arrivent.

Mais qui n'arrivent qu'à moi !

ABRUTITRE III

Elle comprend ma surprise.

S'y attendait.

S'en amuse.

La titille.

La déguste.

S'en gausse.

— J'ai un prénom qui prête à confusion, fait Dominique Bernier.

— Il vous sera utile au cours des enquêtes que vous instruirez par correspondance, dis-je froidement. Sur du papier à lettres l'illusion est complète.

Elle ne se rembrunit pas, me traite pas de raciste, d'antiféministe et autres culteries de basses-cours. Posément, la voilà qui ôte son imperméable ruisselant, cherchant du regard un endroit ad hoc où le déposer. Je le lui prends des mains et vais le placer dans ma petite penderie-cabinet-de-toilette-chiottes.

— J'oublie toujours que, désormais, notre noble profession est ouverte aux femmes, dis-je en revenant. Vous êtes nombreuses dans votre promotion ?

— Je suis la seule.

— Et vous avez supplanté les matous ? Bravo !

Quelles sont les matières où vous triomphez : le point de croix, la puériculture, la pâtisserie ?

— Non : le tir, le droit, le laboratoire, le judo et la balistique.

Elle débite sans faire de triomphalisme ; sans ironie non plus.

C'est un être réfléchi, au calme tranchant. Elle est cuirassée contre un tas de choses et surtout, contre un tas de gens, y compris les persifleurs à la con de mon espèce. Elle sait se dominer, dominer la situation. Faire front, quoi, comme on dit.

— Et qu'est-ce qui a éveillé en vous cette vocation si peu féminine ? Vous aviez un papa commissaire, mort au champ d'honneur, et que vous souhaitez venger en luttant contre le crime ? Ou bien avez-vous trop lu Maigret ?

— Ni l'un, ni l'autre, répond-elle.

— Alors ?

— Alors je considère que cette question est hors de propos, monsieur le commissaire, et qu'elle ne concerne que moi. Les motivations d'un individu lui sont aussi personnelles que ses organes. L'idée vous viendrait-elle de me réclamer mon électrocardiogramme ou une radio de mes poumons ?

Elle s'est assise sur le grand canapé. Je t'ai pas dit : sous son imper, elle porte une jupe écossaise, dans les violet-noir, ainsi qu'un chemisier violet. Pour épiscopale que soit sa mise, elle lui va à ravir, comme il est dit en littérature rétro. Y a plein d'expressions de ce tonneau qu'il conviendrait de réhabiliter, histoire qu'on se marre sans en avoir l'air.

Elle croise les jambes.

Très bien, selon les principes de la bienséance, vu

que le mouvement ne découvre rien au-dessus des genoux. Très mal, selon les miens qui raffolent d'apercevoir une chatte à la moindre occasion.

Elle regarde autour d'elle. Apprécie le bon ton du mobilier, les peintures et l'excellence du rapport rideaux-moquette.

— J'imaginais la P.J. autrement, assure-t-elle.

— Elle est très autrement, Rasurel (je veux dire : rassuré-je). Ce bureau est une couverture.

— Qui vous protège de quoi ?

— Du froid glacial de l'Administration. Ayant un pied dans le secteur privé, il m'est possible, à l'occasion, d'avoir un comportement plus libre. Un fonctionnaire est un individu en fonction, or la fonction crée l'organe, et l'organe des servitudes. Certaines affaires, disons marginales, s'accommodent mal de la férule bureaucratique.

— Je suppose que vous représentez un cas d'espèce ?

— D'espèce en voie de disparition, car cette Agence soi-disant privée est purement expérimentale. En fait, on me l'a créée sur mesure ! Elle est adaptée à mes méthodes, plutôt que moi aux siennes.

— Si bien qu'elle ne vaut que par vous ?

— Si vous me pardonnez mon outrecuidance, oui.

— Et vous avez accepté de m'en dévoiler les arcanes ?

— Je continue de recevoir des ordres, chère collègue. Cela dit, en vous voyant dans ce canapé je cesse de le regretter. Comment s'est passé votre séjour parmi une équipe de bonshommes de tout poil ? Je suppose que les soupirants n'ont pas dû vous manquer ?

— Je pense que vos connaissances humaines ont des failles, monsieur le commissaire, riposte la jolie donzelle. Des êtres réunis pour bûcher en vue d'un résultat important pour leur avenir ne se comportent pas comme des G.M. du Club Méditerranée. Mes condisciples de l'E.N.S.P. se souciaient davantage des matières qu'on leur enseignait que du contenu de mon soutien-gorge.

— Eh bien, ma chère, m'emporté-je, vous ne m'empêcherez pas de m'apitoyer sur leur absence de réaction. Je ne veux pas me faire plus Casanova que je ne suis, mais depuis que je suis doté de ma connaissance, pour moi le beau sexe prime tout. Il est à la pointe, si vous me permettez l'expression, de toutes mes préoccupations. Ma vie est partagée entre l'amour de la femme qui est ma mère, et celui de toutes celles qui ne le sont pas.

« N'étant point un tartufe (ou tartuffe, au choix) je puis vous assurer que je vous convoite depuis la seconde où vous êtes entrée dans cette pièce, et que je suis tout disposé à vous en donner la preuve au cas où vous ne me croiriez pas. N'hésitant pas à prendre les pires risques, je vous annonce que je vais tout entreprendre pour vous séduire, au sens complet du terme et, la fatuité faisant partie de mon patrimoine intellectuel, je vous prédis que j'y parviendrai probablement, quand bien même la présente déclaration vous conduirait à m'envoyer chez Plumeau. »

Le commissaire Bernier demeure un instant songeur, à promener l'ongle de son pouce autour de ses lèvres, comme le faisait le bon Humphrey. Après quoi, le commissaire Bernier se lève et va à la penderie-dressinge-cagoinces où j'ai serré son imper.

Le commissaire Bernier le passe sans que, tout à mon abasourdisance, j'aie la galanterie de l'aider à imiter Blériot (1).

Elle noue la ceinture sans nervosité excessive.

— Bon, eh bien, je crois que ça sera tout, dit-elle. Il s'agit d'une simple erreur d'aiguillage. Je pensais trouver un policier chevronné à la police judiciaire, non un bellâtre digne du cinéma muet dans un bureau qui paraît avoir été conçu par le décorateur de « Au Théâtre ce soir ».

Dans la série des belles expressions rétro, je fais contre mauvaise fortune bon cœur. Mais la garce ! La garce foutue ! Ce brio olympien ! Rarement je ne me suis senti aussi con devant une femme, parole ! Je voudrais devenir tout petit, tout petit, au point de pouvoir louer une case postale pour m'en faire une résidence secondaire. Grand daim, va ! Puant bonhomme ! Forte gueule faisandée ! Rouleur de bastringue ! Et dire que je suis « cancer », le signe de la sensibilité !

— Vous n'oubliez rien ? fais-je calmement ; vous avez votre pistolet et vos tampax, monsieur le commissaire ?

Tu croirais que son regard flamboierait ? Ou qu'il se chargerait d'indicible mépris ? Ou, au contraire, qu'il deviendrait plus froid que la foutue banquise contre laquelle est allé s'emplâtrer le *Titanic ?*

Eh bien que nenni, mon gamin. Et que nenni soit qui mal y pense !

(1) Lequel a traversé la Manche, je le rappelle aux incultes qui me foisonnent la prose

Le calme ! Le self-contrôle ! L'imperturbabilité ! Appelle ça comme tu voudras.

Sur ce, le téléphone carillonne. Pas mécontent de la diversion, je vais décrafouiller. Et c'est le Vieux.

— Dites-moi, San-Antonio, abrûlepourpointe-t-il, je viens de réfléchir à cette histoire...

— Quelle histoire, monsieur le directeur ?

— Le prince Machin, j'ai oublié le nom de cette royale asperge, le fils de la reine Elisabeth, quoi ! J'ai alerté les services compétents qui m'ont bien remercié, mais sur un ton qui exprimait clairement leur incrédulité. J'aimerais que nous en discutions. Mais quand ? Vous attendez toujours votre mini confrère, le connard de Saint-Cyr-au-Mont-d'Or et...

— Il est ici, préviens-je.

— Ah ! bon, sympathique ?

— Ce n'est pas le mot que j'aurais choisi pour vous le résumer, Patron.

J'ouvre ici une petite parenthèse pour aérer un peu le texte et te rappeler que, lors de mon précédent coup de greluche au Dabe, j'avais branché l'ampli. Et que donc, ce qu'il me raconte présentement est entendu par Mlle le commissaire Bernier.

Le Scalpé émet un grincement comme les roues d'un tramway dans un virage en pente.

— Hé, dites, San-Antonio. Ne vous laissez pas pomper l'air par un jeune trouduc que nous recueillons par charité chrétienne. Ah ! mais que non ! Oh ! là là ! Où ça va, ça ? Ça vient vous manger l'expérience dans le creux de la main et ça prendrait de grands airs ! Passez-le-moi !

La môme Dominique, pardon : le commissaire

Bernier qui attend la fin de la communication pour me prendre congé s'approche.

— Le Big Boss, lui dis-je en lui présentant le combiné. Asseyez-vous dans mon fauteuil, de la sorte vous verrez votre interlocuteur sur ce petit écran et il pourra vous voir également.

Elle obtempère.

— Ici, le jeune Trouduc Bernier, annonce-t-elle, mes respects, monsieur le directeur.

Je vais me placer derrière la gonzesse, rien perdre de la surprise au Vioque.

Elle est vive. Il écarquille ses vasistas, tripote le bouton de réglage de son récepteur, arrondit les lèvres comme si on prenait sa température par voie buccale.

— C'est une plaisanterie ? demande-t-il en dérapage incontrôlé.

— Absolument pas, monsieur le directeur, répond le commissaire Bernier. Je suis une femme, et je vous en demande bien pardon.

Pépère réagit. Il est penché sur son cadran récepteur à l'en lécher, d'ailleurs il se pourlèche. Il roucoule à présent :

— Quelle surprise ! Quelle charmante surprise ! On ne nous a pas prévenus ! Oh ! mais il faut qu'on se voie pour de bon ! Qu'on cause ! Nous allons dîner ensemble, c'est indispensable. Rendez-vous à 9 heures à la *Barrière Poquelin* (1), rue Molière. C'est intime et la chère est exquise. Vous me donnerez des nouvelles de votre directeur. Un vieux

(1) Je dis ce restaurant pour lui faire de la pube, j'ai mes raisons ; et comme ce sont les miennes, je les trouve valables.

camarade de toujours. Tournez un peu la tête, je vous prie ! Merci. Vous avez un profil remarquable, mademoiselle. Montrez encore ? Merci ! Oh ! Oui : beau, beau, très beau ! et même parfait. Vous pourriez vous redresser un peu ?... Voilà ! Admirable ! Tous mes compliments pour votre gorge. Voulez-vous que je vous dise ? Su-bli-me ! Quel dommage que nous ne soyons pas en couleurs ! Je devine vos yeux. Attendez, approchez, mon enfant, approchez, je suis sourd. Les ans en sont la cause... Mais qu'est-ce que je raconte, moi ! Verts ! Vert très sombre, vos yeux ? Me trompé-je ? De grâce, ne me laissez pas languir, c'est trop important. Verts d'eau profonde, n'est-ce pas ?

— Non, noisette, rectifie Dominique Bernier.

— Je le savais ! exulte le Digne, emplâtré dans ses mouillances de birbe. Je le savais : noisette... d'eau ! Merveilleux. Et les cheveux blonds, bien entendu, avec des frissons plus sombres ! Vous voulez bien vous dresser davantage, j'aimerais à discerner votre taille. Je la subodore, notez ! Je la prévois ! La sais presque, mais justement : sait-on jamais ? Faites voir ! De classe ! La hanche est noble, les volumes sont rares, la découpe harmonieuse, le pincement idéal. Sarah Bernhardt enfant ! La Loïe Fuller ! Isadora Duncan avant qu'elle ne fasse des effets d'écharpe, la petite conne ! Montrez ! Montrez !

Alors, tu sais quoi ?

Faut que je te fasse rire.

Le commissaire Bernier ramasse le bas de sa robe à deux mains et se trousse jusqu'à la taille. Bien entendu, cette foutue turpide porte d'évasifs collants (rien que le mot, déjà, ferait gerber un vieux rat malade) qui, néanmoins, soulignent la perfection de son hémisphère austral. Elle montre sa partie face, puis sa partie pile.

— Quoi d'autre, encore, monsieur le directeur ? questionne-t-elle froidement en laissant retomber le rideau sur ce dernier acte des plus réussis.

Le Dirlo râle, qu'on le croirait pris d'une crise cradingue, comme dit Bérurier-le-Preux (quand tu lui fais la bise, c'est le baiser au laid preux que Mauriac faisait alluvion dans un de ses romans fleuves sur la branlette bénite).

— O beauté suprême ! déclame le cher Vieux chaud lapin. O majesté vivante ! O rayon de vie aveuglant ! O secousse sismique des sens ! O apothéose ! O exaltation de la nature ! O, ô, ô, et je dirais même plus : ô, là là !

Il garde sa bouche ouverte, comme un Maure à la mords-moi le mors mort d'avoir été à court d'oxygène.

Le commissaire Bernier se dirige vers la lourde.

— Vous direz à ce vieux dégueulasse que je retourne à Saint-Cyr-au-Mont-d'Or, lance-t-elle. Si c'est cela, la police parisienne, je solliciterai un poste dans l'Ariège ou les Hautes-Alpes.

— Et encore, lui retourné-je, vous nous prenez un jour de pluie, si vous revenez quand il fait soleil, là vous aurez des surprises ! Mes respects à la Mère Supérieure de votre ordre, mon enfant !

La lourde n'en finit pas de claquer.

COUILLONNITRE IV

Et bon, tout de suite après cette sortie enlevée, me faut reviendre au téléphone, expliquer à Messire Braquemard combien elle était blessée, la pauvrette, hors de ses gonds qui n'entendent qu'une cloche, et déterminée à tout laisser quimper, nous jugeant satyres pernicieux, honte de la chère police française. Furax en grand fort intérieur, mam'selle commissaire de peau lisse (alors là, je pouvais pas laisser passer, vu la circonstance, t'admets ?). Que je pressens de sacrés turbins ! Et ragots ragougnasses à l'E.N.S.P. ! On sera réputés violeurs de haut viol, l'Achille aux pieds fourchus et mézigue. Flanverge au ventre ! Suce à la donzelle ! Sonnant de l'olifant de pute dans les halliers parisiens.

Mais le Père-la-Médaille ne s'émeut pas. Juste il déplore. Elle lui avait cogné dans l'orbite, Dominique. Il la trouvait à sa main, choucarde, bien tournée, et si belle à croquer qu'il comptait la bouffer toute crue, le vieux bougre. Pour ce qui est des retombées, fume ! Son pote de Lyon le sait par cœur. Du reste (ou Oreste comme aurait dit Electre) il va prendre les devants. Tuber au directeur de là-bas pour se marrer de l'oie blanche expédiée sur le tas ! Mais, saperlipopette, quel cul merveilleux elle avait, non ? Vous avez déjà vu un commissaire avec un cul pareil, Santonio, franchement ? Moi, jamais ! Est-ce que je lui distinguais le frou-frou à travers le collant, bien placé comme j'étais ? Il veut savoir absolument. Oui ! Veinard ! Et on le devinait blond, lui aussi ? Vraiment blond ? Quel bonheur ! Lui qui raffole des chattes blondes ! Elles sont si encourageantes ! On peut les bouffer la tête haute ! Dommage qu'elle eût été si pimbêche, cette idiote. Il se serait trouvé en prise directe, il était certain de remporter le morceau, Achille. Mais par l'intermédiaire d'un misérable système de vidéo qui te montre sans te révéler, te dérobe l'essentiel et gomme ta personnalité, que faire ? Hmmm ? Que faire ?

Son soupir me réchauffe le bulbe.

— Et pour le prince ? demandé-je.

— Le prince ? Quel prince ?

— Charles.

— De quel Charles parlez-vous, mon vieux ? Aznavour ? Quint ? Le Téméraire ? Lindbergh ? Exprimez-vous, bon Dieu !

— Vous m'avez appelé pour me parler de votre inquiétude à propos du prince Charles d'Angleterre dont un Irlandais expirant a annoncé le trépas prochain en France...

Le Vieux s'arrache à ses fantasmes.

— Oh, oui, ce type... Ce grand garçon ? Cet aimable jeune homme ? Digne descendant de la plus illustre dynastie d'Europe après celle de Monaco. Belle figure ! Expressive ! Brûlante d'intelligence ! Quand on joue du polo comme il en joue, on peut tenir le sceptre du Royaume Uni, et d'une seule main ! En effet, je vous disais... Moi, vous me connaissez, Sans Antonio ni trompette ? L'instinct ! Le flair ! Le sixième sens. Je pressens du grave, du dramatique, du sensationnel ! Ce cher prince qui vient à La Baule, excipant de ses capacités équestres, l'adorable centaure, pour présider un concours hippique que nous gagnera sous le nez un quelconque paltoquet de Hongrois, voire d'Espagnol ! Je sais qu'il va lui arriver quelque chose d'important, à ce connard, San-Antonio, si nous ne veillons au grain. J'ai des antennes secrètes, moi, mon petit. Je capte l'au-delà, moi, vous le savez ! Il y a des prémices que je sens dans ma viande ! Des effluves de sang que mes narines respirent ! Je suis shakespearien dans mon genre.

Il respire à pleins poumons l'air de son burlingue alourdi d'effluves.

— Il nous faut dresser un plan de bataille. Et vite !

— Dois-je venir vous voir, monsieur le directeur ?

— Attendez ! Je compulse mon agenda...

Il feuillette et se met à lire entre ses fausses dents :

— Seize heures trente, le chef de cabinet de... Dix-huit heures, Lolotte... Et je ne peux pas remettre le chef de cabinet, cet ahuri s'éternisant malgré que je me fasse appeler de tous les côtés pour tenter de le faire déguerpir... Lolotte... Il faut compter deux heures... A moins qu'elle n'utilise en préalable son vibromasseur...

Aimable, ce soliloque du riche (il aime le confort, le Dabe : ne lit que Porto-Riche et Jean Riche-Pain, admire Riche-Lieu, boit surtout du Riche-Bourg). On suit bien son programme à travers ses marmonnements. Le chef de cabinet chiatique, et la môme Lolotte qui doit lui traiter la verdeur en grande technicienne, ce vieux caramboleur !

— Ecoutez, dînons ensemble, puisque je suis libre. Neuf heures à la *Barrière Poquelin*, ça vous dit ?

Ça me dit, dimanche, lundi.

— Mardi, Patron, réponds-je en prenant l'intonation convenable pour qu'il comprenne samedi ; car dans la vie, tout est question d'intonation. Les hommes ne correspondent plus avec des mots, mais avec des intonations. Le mot est désormais un luxe, une aristocratie de la communication.

On se sépare provisoirement, mais c'est pour mieux se retrouver, mon enfant !

Je me sens indécis (et même un décilitre de bile dans le foie, consécutif à la scène de naguère). Cette môme commissaire, pimbêche, vanneuse ! Merde. Elle s'offusque qu'on la désire et le lui dise et elle veut affronter les malfrats, les rixes de bars louches, les loubards en délire !

C'est un monde, non ?

Ils vont encore dire que je suis anti-machin, comment déjà ? M.L.F. ; mais bon Jésus, y a de quoi ! Elles auront beau dire, beau-frère, elles pisseront jamais sur l'évier, ne soulèveront jamais des haltères de deux cents kilos et le reste, tout l'immense reste. Que je les comprends pas, ces connasses rebiffeuses, de vouloir se faire les égales de l'homme, alors qu'elles lui sont tellement supérieures ! C'est de la modestie, dans le fond. Comme moi, quand j'écris, temps à autre, un texte bien léché, peaufiné, archi académique, que l'André Gide s'en retourne dans la tombe. De la modestie, parole ! Je m'aligne, quoi ! Car enfin, la grande fondamentale différence, c'est que moi je peux écrire comme eux, tout en répondant au téléphone et en trempant mon croissant dans mon café-crème, alors qu'eux, les tout sérieux, les blêmes, les grisâtres solennels, ne seraient pas fichus d'écrire comme moi. Voilà, tu vois ? Ça, oui, c'est de l'orgueil. Mais bien placé. Moi, les honneurs, aux chiottes ! Seulement, parfois, je me paie le luxe d'avouer ma supériorité. Un jet de vapeur. Ça les amuse. Ils pensent que je leur sors une calembredaine de plus. Mais y en a qui savent que j'ai raison de fond en comble. Ecrire comme eux ! Merde, je m'en voudrais. Je ne saurais plus où me cacher ! Préférerais me mettre à rémouler, vidanger, carder, fumasser. Cette méchante gêne qui m'empare lorsque je « donne une préface », car je donne des préfaces, c'est le mot, comme d'autres donnent des récitals, leur sang ou l'absolution. De belles préfaces dans lesquelles je fais plein de compliments à l'auteur dont je n'ai pas lu le livre, mais c'est un copain. Si t'as besoin d'une préface, hésite pas à me faire appel : je t'enverrai le formulaire. Pour écrire une préface sans avoir lu le livre préfacé, je vais te donner une recette. Tu commences à faire l'apologie d'un bouquin célèbre, que t'aimes bien ; ensuite tu dis que le livre préfacé t'y fait terriblement penser, que t'y as retrouvé ce climat à combustion lente, ce style délicat dont naninana, ce sens du lalilalère, tout bien. Et tu termines en affirmant que l'auteur sur lequel t'étends ton aile tutélaire et imperméabilisée n'a pas fini de nous étonner. Retiens bien la formule : elle n'est pas de moi, elle est de plus personne depuis le temps qu'on l'emploie. « N'a pas fini de nous étonner ». Tu signes, tu sers sur du beau papier à ton en-tête. Ton protégé mouille en lisant, murmure des « c'est bien, ça ! Comme c'est bien, ça ! Comme c'est vrai ! Comme je suis admirablement cela ! » et après il perd toute considération pour toi parce qu'en écrivant ces conneries, tu l'as rendu à ses yeux ton égal et que donc, il peut, moralement, te pisser contre. Si bien que t'en voilà débarrassé pour toujours, ce qui est inappréciable. Ce que j'ai déjà pu faire le ménage à coups de préfaces, moi, c'est rien de le dire. Je te causais donc de cette méchante gêne qui m'empare lorsque je donne une préface ! Cette honte d'écrire à l'équerre, avec un niveau de styliste, un pied à coulisse d'académique, et un rouleau de pompier hygiénique pour envelopper les phrases ! Comme c'est plat, la Beauce littéraire ! Plat et pelé pour moi, l'alpiniste farfadet du langage choucrouté.

Pour surmonter ma mélanco, je décide d'aller au cinoche. Calme plat, rien à branler, en dehors de Claudette qui d'ailleurs n'aime pas ça. Si je ne devais dîner avec le Vénérable, je rentrerais *at home* pour pantoufler en examinant le cahier de ce petit veau d'Antoine qui a commencé l'école et qui marche sur les traces d'Einstein (lequel, je te le rappelle, ne foutait rien en classe). Selon leurs nouvelles méthodes, ils t'apprennent à compter avec des réglettes et à lire avec des couleurs, si bien que l'instruction nouvelle est interdite aux daltoniens, et tant pis pour leurs pieds.

Mais je n'ai pas le temps d'opérer un aller-retour à Saint-Cloud. Qu'est-ce qu'on donne sur les « Champzés » ?

J'arrive des States et n'ai pas pris garde aux frontons des kinos. D'ailleurs le film m'importe peu. De toute façon, c'est naveton et consort. Ce qui m'intéresse, c'est de mijoter dans le schwartz une paire d'heures.

Bonnard, le cinoche, pour se refaire une nervouze. Tu allonges tes cannes, tu croises tes paluches sur ton burlingue, tu te mets à suivre le film distraitement, en pensant à autre chose. S'il est bon, tu cesses de penser à autre chose. S'il est comme les autres films, tu passes une revue complète de tes problèmes et tu les contrôles.

Je dis à Claudette bonsoir-à-demain.

Elle lisait, dans « *F Magazine* », un article comme quoi le mâle devra être exterminé dans les temps à venir, juste qu'on parquera quelques inséminateurs dans des réserves pour perpétuer jusqu'à tant qu'on trouve le moyen de s'en tout à fait passer. Claudette me grogne « Monsoir », ou plus exactement « m'soir », ce dont je me contente, car il faut toujours, disait ma grand-mère, *faire avec ce qu'on a.*

Et voici les Champs, sous leurs trombes d'eau printanières. Pas joyeux. Que t'as envie de te flinguer toute affaire cessante, tellement qu'ils sont encore plus moches et haïssables, tous, sous leurs pébroques et leurs impers. Mais qu'est-ce que t'attends, Seigneur, nom de Dieu, pour intervenir un bon coup, merde !

Je fais comme ces vilains : à savoir que je rase les façades, le dos rond, les tifs déjà ruisselants, le nez comme une gouttière engorgée. Moi qui me trimbale déjà un mal de gorge sournois, sujet aux angines comme pas trois. Au point que je les commande par paquets de douze chez un glossiste (tu regarderas le dico : glossiste). Et le besoin d'un grog brûlant se me fait sentir. Le grog, remède de jadis, cher à mon papa. Il prenait prétexte de tout pour en écluser : fifty-fifty flotte et Negrita, le chéri. Et du sucre de canne, il exigeait. Brun dans brun, il raffolait des camaïeux.

Je me pointe recta au *Fouquet's* (comme Tinville) et file droit au bar me jucher sur un tabouret cigogne. Ayant passé ma commande, je me mets à ressentir de légers picotements sur la nuque, signe évident que quelqu'un est en train de m'examiner. Nous autres, gens de haute volaillerie, nous possédons quelque six à huit sens supplémentaires, dont celui qui t'alerte lorsqu'un curieux t'examine à ce qu'il croit être ton insu. Ce qui revient à dire qu'avec nous, y a pas d'insu.

Au lieu de me retourner brusquement comme le ferait tout un chacun, toute une chacune, et peut-être aussi Tout Ankh Amon s'il était au *Fouquet's,* je m'empare d'un shaker se trouvant à ma portée et me mets à le tripoter, comme machinalement, mais en m'en servant de réflecteur. Ce qui me permet de retapisser deux dames à une petite table basse. La courbe du shaker me propose une image déformée, terriblement étirée, il n'empêche (Melba, bien sûr, car si je compte parmi les géants de notre littérature, je suis un géant accroupi) que je reconnais le commissaire Bernier dans l'une des deux femmes.

Pour lors, je me paie une volte.

Oui : *it is* bien elle, comme disent les Anglais. Elle et tu sais qui ? Sa maman ! Sa maman ou bien sa sœur très aînée. Toujours est-il qu'il s'agit d'une femme plus vieille que Dominique et qui lui ressemble d'une façon phallusinante. Une dame plus jolie qu'elle, ou, en tout cas, plus belle. Elégance raffinée, sublimement maquillée, sensuelle, rieuse de partout. Bref, le genre de personnes dont l'arrivée stoppe les conversations, suractive les glandes, assèche les gosiers et racornit les rétines les mieux lubrifiées.

Elle m'adresse une sorte d'espèce de sourire d'invite. Je détabourette aussitôt, en prenant grand soin de ne pas m'écraser deux ou trois testicules en cours d'opération, et m'empresse à la table de ces dadames, la bouche, le regard et le slip en cœur.

M'incline cérémonieusement.

— Mesdames !

J'attends qu'on me présente.

Dominique le fait.

— Le commissaire Saint-Antoine, ma mère !

Elle a fait exprès d'écorcher mon blase, de le franciser manière de me rabaisser le caquet.

La dame-maman me sourit de plus rechef en me proposant une main délicate et merveilleusement baguée que je baise en attendant mieux.

— Ma fille était précisément en train de m'expliquer qu'elle s'est comportée comme une petite sotte, fait-elle, et je la morigénais.

Quelle voix harmonieuse, suave ! Tu lui boufferais les syllabes à la source.

— Asseyez-vous, monsieur San-Antonio.

Elle a rectifié. Chère dame, de toute beauté. Ah ! la vraie femme que voici ! Quelle classe, maman ! Bourgeoise, certes, et même très grande bourgeoise, mais tellement bête de race ; tellement sensuelle. Elle n'aura jamais d'âge et, si Dieu lui accorde de vivre au-delà de quatre-vingts ans, continuera à troubler les hommes. Et moi qui sais, qui sens, qui veux, moi qui suis particulièrement moi-même en cet instant, je ne parviens pas à détacher mes yeux des siens, lesquels sont d'un mauve jamais vu. Et sa chevelure est blond cendré. Et sa bouche... Non, je te jure, sa bouche ! Dedieu de Dieu ! Elle vaut d'être vécue !

J'oublie mon grog prolétarien, m'assieds sur un pouf de cuir, les jambes repliées sous moi, la main pendante, le souffle économe, tout mon individu en gestation de je ne sais quoi d'indéfinissable et de capiteux.

Mme Bernier me raconte sa fille, étrange personnage, secret, volontaire, marginal. Depuis tout enfant s'appliquant à exister en dehors des traditions. Brillante aux études, en avance de deux ans. Dispense au bac. La lyre. Presque surdouée. Et déclarant tout de go qu'elle entend devenir commissaire de police puisque, désormais, la chose est possible. Commissaire, une Bernier, apparentée au Pran de La Gite ; Bernier, des chaussures Bernier, des moulins électriques Bernier, des produits laitiers Bernier, des bas Bernier, des comptoirs Bernier. Et que je vous fasse rire, monsieur San-Antonio : fille unique ! Je me rends compte du paxif qui l'attend, la môme. La dot himalayesque ! Les soupirants doivent se bousculer sur la ligne de départ ! Mais elle, foin de l'empire Bernier : commissaire de police ! Elle leur joue *Tintin dans la Rousse*, la riche héritière ! On aurait pu lui offrir un prince, pour ce prix-là. P't-être même le prince Charles, justement, vu que la Grande Albiuche est en déconfiture. Mais non : elle, c'est la

Maison Pue-Pieds qui l'intéresse. Elle moule la pantoufle de vair pour la godasse à clous ! Une vocation ! Enfin, c'eût pu être pire : elle aurait pu entrer dans les ordres ou s'engager comme prostipute en Sud Amérique. La Police représente un moindre mal. Seulement, Mam'selle a conservé de ses origines douillettes un petit côté sucré. L'atavisme, quoi ! Elle supporte mal qu'on la charge comme une chambrière. Les distances ! Elle y tient. Pire : elle y croit.

Sa maman semble pas tellement déplorer la vocation de Dodo (elle l'appelle Dodo). Trouve la chose un peu farce. *The gag !* Ma fille, le commissaire, elle doit roucouler dans son salon. Marrant ! Faut s'y faire, Parsifal !

Elle réprouve l'attitude de sa fifille, dame Bernier. Est-ce que je vais bien vouloir passer outre, absoudre, pardonner ?

— Mais voyons ! Comment donc !

Curieux, ce concours de circonstances, non ? Moi, ma gorge, le grog, le *Fouquet's*. Et elles deux que je trouve en plein thé. L'harmonie du hasard. J'en cause souvent, parce qu'elle s'impose à tout bout de champ.

Comme nous nous pointons à 9 heures 2, le Vioque est déjà au restaurant, qui m'attend, pas joyce d'être arrivé le premier. Il effare en me voyant escorté de deux ravissantes femmes. Ne s'attendait pas.

— La surprise du chef, monsieur le directeur, plaisanté-je avant de procéder aux présentations.

Il en est ébloui, le cher chéri. Ces deux filles, bouquets somptueux, presque pareilles, tout juste différenciées par une vingtaine d'années qui furent complices pour la maman.

Lui, c'est Dodo qui le passionne. Mironton, il est survolté par la jeunesse. Et mézigue, je te le répète, c'est la maman qui file de la haute fréquence dans la hotte de mon Eminence. Tout est pour le mieux.

Singulier repas, bien que nous fussions au pluriel. Un moment de qualité. Mme Bernier (des chaussures, des produits laitiers, des préservatifs et des locomotives et de tout le reste et son train) gazouille d'abondance (de biens qui ne nuit pas). Le vieux fripon lui donne la République (je veux dire : la réplique). La môme Dodo joue son rôle de grande fille sage présentée par ses parents. Bon ton sur toute la ligne. Une squaw grand luxe qui ne sort pas de sa réserve.

Moi, tu m'as compris, je me suis placé face à la mère et j'ai déjà son escarpin entre mes tartisses.

Oh ! discret. Rien du butor. Quand nos pinceaux se joignent, je murmure brièvement : pardon, mais sans retirer mes nougats. Elle laisse quimper, la chère Maâme. Ne montre aucune complaisance pour la chose, mais aucune hostilité non plus. Tout cela est discret, presque suave.

Le Dabe, il connaît bien la firme Bernier : godasses, parapluies, nougats, tringles à rideaux, cycles et râpes à fromage. D'ailleurs, il connaît tout le Gotha, Pépère ; et le Golgotha, Gogol, Goldoni, le gold, le Golo (Corse), plus Goldorak et Golfe-Juan, que je me demande à quoi je joue en ce moment présent, c'est bien pour dire de tripoter des mots, des syllabes ! Et ce cher M'sieur LE Directeur à majuscules épanoui, radieux, cite les références. Le siège sociable à Bordeaux, les succursales à Poitiers, Tours, Nantes, Limoges, Pointe-à-Clown, La Biteles-Yvelines, tout ça. Une véritable encyclopédie, incollable sur tout ce qui est noblesse, commerce, industrie, médecine, le dirluche. Il sait que le grand-père Bernier avait un comptoir à Pondichéry (bière et limonade). Que du côté femelle, chez les Pran de La Gite, on a été écuyer de Louis XV, décapité place de la Concorde, général sous l'Empire, Versaillais au temps de la Commune, héros de la 14-18 pendant la campagne des Dardanelles et dans l'entourage du maréchal Pétrin au cours de la désastro-victorieuse dernière qui a tant fait pour l'élan économique de l'Allemagne et du Japon.

C'est te dire si la converse roule bon train, belle allure, vitesse de croisière : cinquante nœuds, faut le faire ! Merci, pépé, merci, maman ! Ils sont chous, tous les deux. Et nous tourtereaux délicats, frêles comme des fiancés du début du siècle qui n'avaient pas le droit de se faire mimi, non plus que de se toucher le chibre ni la moulette.

Tout en jactant, le Vieux dévore Dominique du regard. Lui sourit, même en mastiquant, ce qui n'est pas poli quand tu as de la salade de ris de veau dans la margoulette. Mais les élans du cœur passent par les dentiers les mieux prothésés.

Se met à la complimenter comme quoi elle est entrée dans la police. Chère jeune vaillante et jolie magistrate, promise à une carrière fulgurante, il n'en doute pas. Etre née Pran de La Gite et aller paperasser parmi les effluves de panards, voilà qui est d'une forte nature.

Lorsqu'il en a terminé avec ce couplet, je décide de placer ma botte secrète.

— Puis-je vous demander ce que vous avez décidé

à propos de Charles, monsieur le directeur ?

Il me fustige d'un œil dérangé en pleine pâmade.

— Hein ? Pardon ? Quoi ? Qu'est-ce ? Vous dites ! Charles ? Quel Charles ? Laughton, de Gaulle, Chaplin, Martel ?

— Je parlais du prince Charles d'Angleterre, Patron.

Il parvient à sortir son train d'atterrissage et à se poser impec sur le gazon de la réalité.

— Oh, oui ! Le prince Charles, naturellement. Figurez-vous que ces crétins de l'I.S. ne m'ont pas cru et que les Service de Sécurité de Nantes m'ont répondu avec suffisance qu'ils avaient pris leurs dispositions. Or, j'ai eu une communication de Belfast, mon petit, m'informant qu'un vilain coup fourré se préparait. Pas d'autres précisions, mais sachant ce que nous savons, hein ? Alors j'ai décidé de vous envoyer à La Baule pendant le séjour du Charlot en question.

Mister Dugenou fait des ronds de jambes avec la langue.

— Et notre adorable collègue se joindra à nous, à titre expérimental, n'est-il pas vrai, ravissante amie ?

Ce qui me fait tiquer dans tout ça, c'est le « se joindra à nous ». Pourquoi NOUS ?

J'articule négligemment ma question.

Il arbore alors sa somptueuse frime tricolore, celle des 14 Juillet, 11 Novembre, nuit du 4 août et de Valpurgis.

— Mon cher San-Antonio, l'enjeu est trop grave ! Imaginez qu'on nous tue ce grand conarque en territoire français ! Hein, dites ? Considérez un peu le problème de haut. Vous voyez les remous ? Ce bouleversement dans les relations entre nos deux vieux pays ? Je me dois de surveiller la chose sur place. Ainsi, cette mignonne recrue pourra bénéficier de nos deux expériences à la fois !

Il éponge un peu de bave qui lui venait aux commissaires des lèvres.

Vieux peigne, va ! Il se fait déjà reluire par la pensée. Un vrai bouc, l'Achille ! Le tout beau faune démoniaqué !

— Ça va être merveilleux pour toi, ma chérie, dit la maman du commissaire Bernier. Tu en as de la chance de débuter en telle compagnie !

Elle ajoute (et là, je dois admettre que ses deux jolis pieds emprisonnent le vilain mien) :

— Ce que j'aimerais être à ta place !

Alors, mézigue, oublieux de toute hiérarchie, de balancer, façon d'Artagnan au pont d'Arcole :

— Rien ne s'oppose à ce que vous vous joigniez à nous, n'est-ce pas, monsieur le directeur ?

L'interpellé déglutit, reglutit, désestomaque et finit par bredouiller en me plantant un regard de 240 volts dans les vasistas :

— Mais naturellement...

Si bien qu'on va se payer, pour la première fois de notre brillante carrière, une enquête unique en son gendre, une enquête mondaine ; style : venez donc dîner demain, comtesse, notre fille nous fera un peu d'enquête au dessert, accompagnée à quatre mains et deux bites par ces messieurs de la Poule.

DÉBILITRE V

M. Baby, le moniteur de la plage a organisé un bath concours de châteaux de sable. Toute une jeunesse s'active sur le thème des *Châteaux de la Loire*. Enfants de quatre à douze ans, blonds très souvent, dorés de la cave au grenier, surveillés à plus ou moins de distance par de jolies mamans en luxueux déshabillés ou par des mademoiselles discrètes. Fils et filles de gens suraisés, dont on entend claironner parfois les noms dans le haut-parleur de l'hôtel, car les nantis n'ont pas les quiètes vacances des peigne-zizis, et jamais ne se relâche tout à fait l'étau de leurs affaires. Il est de plus en plus difficile d'être riche de nos jours. La fortune implique un certain héroïsme, une totale abnégation. L'homme d'affaires est au service de son pognon vingt-quatre heures sur vingt-quatre et trois cent soixante-cinq jours par an, sauf quand il vit une année bissextile. Télex et téléphone sont les deux béquilles qui l'aident à traverser sans trop d'encombre la durée des vacances. Tandis que Lulu Dupont se dore la couenne, et pioche dans le buffet-self-service d'un clube Trigano, Hervé La Riboisière attend sur une plage sélecte un appel de son bureau en lisant des baveux financiers. Le premier se cogne un Ricard, le second boit du champagne, mais il est obligé de gober des pilules pour son système cardio-vasculaire. Moi, rien ne me fait plus hausser les épaules que les invectives gauchistes à l'endroit des nantis. Quel mal plus grand peuvent-ils donc souhaiter à ces malheureux, prisonniers de leurs biens, et qui ploient sous la charge ? Ce sont les portefaix du fric. Traqués de toute part par les conditions économiques, le fisc, les syndicats, leur « rang à tenir ».

Sur le mur soutenant la promenade, voici quelques années, pile devant le restaurant de la plage, des vengeurs ont écrit au goudron cet avertissement : « Patrons, profitez-en, vous vivez vos derniers beaux jours. » L'inscription est demeurée lisible, va voir... Elle n'a jamais empêché les pédégés en rupture de conseil d'administration de déguster leur langouste ; au contraire, elle leur stimule l'appétit, et ils y trouvent en secret l'espoir d'un avenir meilleur qui leur permettra de faire relâche, enfin. Bientôt la quille ! Vivement le goulag, qu'on se marre pour de bon !

Mais mon propos sort de ses rails, comme souvent avec moi, dérailleur type, qui file en aiguille aussi bien qu'à l'anglaise sous le moindre — et même sans — prétexte. Vagabond de la déconne. Diogène qui tiendrait un miroir au lieu d'une lanterne.

M. Baby, le moniteur de la plage, est un colosse exquis, solide, rieur, gentil avec autorité. Il sait assumer des mômes, les intéresser. Sa voix puissante domine le brouhaha. Il va et vient entre les concurrents, donnant un avis, un conseil, voire, quand nécessaire, un avertissement.

Il fait un temps mi-figue, mi-raisin : tiède et gris clair, avec des traînées bleues au ciel et presque pas de vent.

M. Baby s'arrête devant un château de Blois dont la partie Renaissance est admirablement reconstituée. Il hoche la tête en connaisseur ; beau travail. Ce sera le premier prix à n'en pas douter. Les deux maîtres d'œuvre de cette merveille sont des jumeaux : les enfants d'un gros fabricant de parfums, Fred et Eric ; des mômes de dix ans, appliqués et déjà artistes. La nature d'un homme, tu la détectes très vite, au berceau. Sa frime aussi, bien souvent. Combien de vieillards de cinq ans ai-je déjà contemplés ! Et combien d'angelots de cinq ans à travers des rides de vieillard ! Il existe une permanence de l'individu. L'homme ne s'abandonne jamais, de sa naissance à son trépas, il reste en étroite liaison avec lui-même.

Par contre, M. Baby sourcille en voyant les travaux du voisin de chantier des jumeaux. Cézigue, il est pour le troglodyte. Il n'édifie pas : il creuse. Sa construction ne s'élève pas, mais se constitue par le fait d'une excavation très profonde au centre de laquelle l'enfant, un gentil Mathieu, a laissé subsister une masse de sable humide sommairement façonnée. Lui, c'est un fouisseur. Une vraie taupe ! Il continue de creuser, et de creuser encore le fossé qui cerne son « château ». Il a à cela une raison : il voudrait trouver l'extrémité de ce fil rouge qu'il a dégagé. Un fil extrêmement résistant qui plonge dans les entrailles de la plage.

Pour aboutir à quoi ?

M. Baby soupire et lui passe outre.

*
**

Elle est radieuse, Michèle (la maman de Dodo se prénomme ainsi), dans sa robe légère, blanche, avec des motifs verts et bleus qui la font ressembler à une fleur.

Je lui tiens la main. Elle a la tête rejetée en arrière. Elle regarde le ciel que des nuages bizarres transforment en kaléidoscope.

Nous sommes au bar qui domine les cabines de bain. Seuls. Le barman, un jeune gars basané, écoute la retransmission d'une footaise sur son transistor.

Dunœud a passé en retrait à Ducon qui était démarqué, Ducon a chouté, mais la balle a heurté la barre transversale et ils l'ont eu dans le prose *very profondly;* bien fait pour leurs pommes !

Michèle tourne la tête vers moi. Elle est à point. C'est fou ce qu'elle ressemble à Morgan ! Un regard plus foncé, mais plein de ce que les hommes aiment bien respectueusement. Pointer une dame de ce tonneau, ça ressemble un tantisoit à un viol, tu comprends ? C'est bougrement meilleur que les radadasses à dispose qui s'allongent au clin d'œil et se troussent avant même que tu en aies formulé le vœu pieux.

Quand je dis qu'elle est à point, cela signifie que je lui porte aux sens, quoi. Tout cela sans un mot ! Toujours honnête, toujours comme il faut, l'Antonio. Empressé, poli, spirituel, amen ! Le jeune homme de bonne famille qui fait rêver les mamans. Non, nous deux, ç'a été la cour gestuelle. Des regards, des frottis furtifs. J'emballe en écrin. Gants blancs, haleine fraîche, à la Saint-Cyrien !

— Puis-je vous parler franchement, Antoine ? qu'elle murmure, la Très-Belle.

— Je vous en prille !

— Vous seriez un gendre de rêve !

Poum ! M'attendais point à ça ! C'est pour m'inciter à la dégodanche qu'elle articule des choses pareilles, la sublime Michèle ?

Au lieu de retirer ma paluche de par-dessus la sienne, j'accentue la pression.

— Franchise pour franchise, Michèle, je préférerais devenir votre amant !

Et c'est parti, assurez-vous que les portières sont bien fermées ! Ne laissez pas les enfants se pencher à l'extérieur et ne tirez la sonnette d'alarme qu'en cas de nécessité absolue.

Comment va-t-elle encaisser cette contre-déclaration, qui, en fait, est une déclaration en règle, bonnet haut-de-forme comme dit Bérurier (présentement en vacances chez un sien cousin de Saint-Locdu-le-Vieux).

Comment va-t-elle réagir ?

Du mieux souhaitable, mon gamin.

Tu sais quoi ?

Elle tourne son merveilleux visage vers le sublime mien et soupire :

— Un amant n'est que passager, un gendre, on le garde en principe toute sa vie. Il ne m'aurait pas déplu d'être jusqu'à la fin de mes jours discrètement amoureuse de vous en vous regardant vivre et assurer ma descendance.

Boudi, la chouette réponse ! Tu la veux, pour

mettre sous verre ? Attends, j'ai sur moi un couteau suisse multi-lames, tiens, dégage les ciseaux et découpe la réplique. Tu feras mettre un cache de velours bleu et un cadre doré.

— Votre descendance, repars-je, je donnerais mes mains avec tous leurs doigts pour vous la constituer directement.

Elle murmure :

— C'est vrai, vous aimeriez à me faire un enfant ?

— Mais dix, mais mille, et des octuplés chaque fois, ma tendre Michèle.

Est-ce par coquetterie ? Elle ajoute :

— Je suis apte à en avoir encore, vous savez.

— Vous ne pensez pas me surprendre en affirmant cela ! réponds-je.

— Je n'ai que quarante et un ans, poursuit-elle.

— On vous en donne dix de moins ! récrié-je. La maternité vous tente ?

— Cela dépend du géniteur.

Bon, le mot m'emballe pas, trop clinique, si tu vois ce que je veux dire ? Mais enfin, on va pas s'embrouiller le délire dans les chicaneries de la langue, non ?

— Pardonnez mon audace, mais votre époux ne vous paraît pas digne de devenir le père de vos hypothétiques autres enfants ?

— Non.

Bon, y a de l'eau dans le gaz du ménage. C'est courant, c'est banal. Les couples, leur chancre, c'est de durer. Très vite, ils laissent leur amour se dégrader. La faute en est aux autres. Toujours aux autres ! Un couple se met à avoir besoin des autres et c'est foutu. Il ne sait pas se préserver. Il ne comprend pas que la plus belle aventure de sa vie, à ce couple, c'est lui-même. Et qu'il ne peut trouver en dehors de lui que navrades et abandons. Il part en dérive doucement, au gré du courant existence. Il se noie sans savoir, gonfle et devient verdâtre. Et ses chairs mollissent, s'effilochent. Et ne lui reste plus, un jour, que ses apparences, quelques habitudes, une façade avec rien derrière, comme il s'en dressait après la guerre le long des rues bombardées. Les autres l'ont pilonné à mort. La façade. Les fenêtres avec encore des rideaux. Mais tu pousses la porte et tu débouches sur des gravats.

Bon, son vieux est happé par les affaires, il a des maîtresses, des présidences à assumer, des honneurs à conquérir, des traites à payer. Ils ne sont plus Monsieur et Madame que pour leurs domestiques et l'Etat Civil.

— Vous ne l'aimez plus ? m'enhardis-je.

— Je ne l'ai jamais aimé, pas une seconde. Mariage de familles. Comme les anciens rois, nous fûmes promis l'un à l'autre presque à notre berceau. Peut-être aurais-je été amoureuse de lui, si l'on ne m'y avait contrainte. Il est assez beau, plutôt intelligent et pas plus dégueulasse que n'importe quel industriel. Sans doute, même, fait-il très convenablement l'amour, d'ailleurs il a beaucoup de succès féminins.

Air connu. Air perdu et retrouvé. Mais ça n'assure pas la combustion de mon ardeur, d'évoquer les cendres de son foyer, si je puis me permettre ce très remarquable effet de style triphasé.

— Chère Michèle, si je tire les conclusions de ce qui précède, je ne vous suis pas indifférent. D'un autre côté, une femme comme vous n'a pas pu ne pas remarquer le choc que vous avez produit sur moi. Pour tomber dans le banal et la guimauve, mais les deux sont parfois irremplaçables, j'ai eu le coup de foudre en vous apercevant, et ce coup de foudre a dégénéré en tempête.

Elle sourit.

— Vous dites cela si bien que vous devez le dire souvent ?

⁂

Le petit Mathieu, l'enfant aux constructions spéléologiques, continue de creuser la plage pour chercher l'extrémité du petit câble rouge fortuitement découvert. De temps à autre, il tire dessus, de toutes ses forces, mais le fil résiste. C'est un obstiné, Mathieu ! Un gamin de huit berges qui ne fout pas grand-chose en classe et ignore encore combien font 9 fois 9, mais il sait des choses plus importantes. Il sait qu'il faut toujours aller au bout d'un fil rouge qu'on a exhumé en voulant bâtir une connerie de château de sable. Un fil rouge bizarre, tel qu'il n'en a encore jamais vu. Extrêmement résistant, bien que souple. Alors il creuse. M. Baby continue sa bienveillante inspection. Il a des poils sur la poitrine, des lunettes qui scintillent quand le soleil veut bien se montrer, un bon rire qui ressemble à des sonneries de clairon dans un sous-bois.

A sa sinistre, Fred et Eric poursuivent leur œuvre dard en chuchotant. Un chié château, qu'ils édifient là. Et dire qu'à marée haute il n'en restera que tchi ! Mais quoi, la vie n'est jamais qu'une question de temps, non ? Le vrai Blois, Chambord, Chenonceaux et les autres prestigieuses demeures, deviendront tas de cailloux un jour, même qu'on aura beau les restaurer. Dans les siècles à viendre, y aura des guerres, des tremblements de terre, des typhons, des cacateries pas encore envisageables et qui mettront tout ça à plat. Alors, quoi ? Le vrai château de Blois ou celui de la plage, quelle différence ? Une poussière de temps dans l'infini.

Mathieu regarde vers le restaurant-bar de la plage. N'y voit qu'un couple très rapproché : composé d'une belle dame blonde, un peu vieille selon lui, et d'un beau gars bronzé, pas très jeune non plus, toujours selon lui. Dans la guitoune un barman est accoudé large, le menton sur le creux de ses poings superposés. Son poste annonce que Metz vient d'encaisser un deuxième but, à la suite de Duzob fauché dans la surface de réparation et qui s'est fait justice lui-même en tirant un penalty du pied gauche, directement dans la lucarne. Pauvre goal qui s'est luxé l'épaule en plongeant du mauvais côté !

Mathieu se remet à creuser, courageusement. Sa construction centrale s'écroule, il n'en a cure, il creuse, creuse...

Une taupe, te dis-je, ce garnement !

*
**

— Si j'ai déjà parlé de la sorte à d'autres femmes, il s'agissait seulement d'une répétition, Michèle, d'une simple répétition en vous attendant.

— Casanova !

— Grand Dieu, non.

Un silence. Metz contre-attaque.

— Savez-vous où sont allés votre directeur et Dodo ?

— Au golf, le prince doit s'y rendre et mon boss a voulu reconnaître les lieux.

— Pourquoi ne l'avez-vous pas accompagné ?

— Parce que j'ai préféré rester en votre compagnie.

— Vous ne trouvez pas que ce monsieur fait un peu trop l'empressé auprès de ma fille ?

— Il raffole des tendrons, c'est de son âge.

— Tandis que vous, vous préférez les juments aux pouliches ?

Je ne réponds pas. Le soleil amorce un retour avantageux. Et soudain, tout devient somptueux. Cette plage de La Baule est fabuleuse. Immense et harmonieuse. L'air qu'on respire ici est réputé de qualité supérieure. Il ne pénètre pas que dans vos poumons, mais vadrouille par tout votre individu et l'on sent bien qu'il y fait le ménage.

— Et si nous nous taisions ? fais-je au bout d'un long silence, beau comme de la musique d'orgue dans une crypte.

Je pilote ma bouche en direction de la sienne et stoppe, à quatre centimètres, sans avoir mis le clignotant.

Elle regarde mes lèvres à s'en faire loucher. Pour pas lui contracter de strabisme convergent, j'achève le parcours. Baiser discret. Pas la bisouille goulue, goinfresque, appuyée et mouillée ! L'effleurement léger, tu sais ? Nos souffles contenus s'entremêlent. La peau de nos bouches fait timidement connaissance. Surtout, au grand surtout : ne rien brusquer.

***

Si ça continue, Mathieu va ressortir en Nouvelle-Zélande. Qu'il est déjà ensablé jusqu'aux épaules dans son excavation, l'apôtre...

Cette fois, il trouve l'autre bout du fil rouge. Et comprend pourquoi « ça ne venait pas » lorsqu'il tirait de toutes ses forces. Cette résistance vient de ce que le fameux fil est attaché à la manette d'une boîte carrée de la dimension d'une boîte à chaussures. Boîte de métal, dirait-on. Noire. Avec, sur le dessus, une espèce de poignée en forme de « T ».

Le môme se demande ce qu'est cette étrange boîte. Surtout, ce qu'elle fout là...

Il se met à la tripoter...

***

Nos lèvres se sont légèrement retroussées et font connaissance de l'intérieur. C'est doux, c'est tiède. Je me biche un mandrin comme la barre d'un gouvernail, mécolle-pâte, à ce mignon jeu de bouches.

J'ai la force de me dire que dans un avenir mieux que très proche, il va se passer quelque chose entre Michèle et moi. Et plus vite elle se passera, cette chose, mieux cela vaudra, vu que déjà, je vais devoir marcher au pas de l'oie, ce qui n'est pourtant pas mon genre.

Elle comprend tout, la chère âme. S'aperçoit de la situasse et en tire les fortes conclusions qui s'imposent.

— Ne restons pas là, dit-elle en se levant.

Je cherche de la fraîche dans ma poche pour carmer le loufiat, ce que faisant, j'en profite pour domestiquer un peu Coquette, lui trouver une position moins voyante. Et bon, je laisse des pions entre nos deux verres vides.

On quitte la terrasse, pile que Metz place un contre opportun et se rabat en fougue vers les buts adverses.

Le barman attend la conclusion de cette charge héroïque avant d'aller encaisser le billet qui palpite, à demi coincé sous le pied d'un verre, tel un papillon (1).

⁂

Mathieu cherche M. Baby des yeux. Voudrait lui signaler sa découverte. Il imagine que cette boîte noire recèle un trésor déposé là par un corsaire, au siècle dernier, ou à celui d'avant. Un corsaire roux, avec bandeau noir sur un œil et pilon de bois, sabre d'abordage à la ceinture. Des pierres précieuses ramenées d'Orient. Le corsaire a enterré sa cassette de fer à la va-vite, consécutivement à un naufrage de son trois-mâts. Y a fixé un fil rouge placé perpendiculairement, pour, ensuite retrouver son bien sans avoir à creuser toute la plage. Mais ce con a été tué par un débarquement mauresque, décapité, empalé tout bien, et adieu le trésor !

M. Baby est à l'autre bout du chantier.

Impatient, Mathieu tire sur la poignée en forme de « T » qui obéit à sa traction.

(1) Ce qu'il écrit bien, ce mec !

Gustave Flaubert

***

Nous arrivons à la hauteur de la piscine où s'ébat une jeunesse turbulente surveillée par des mamans belles à se faire damner les seins.

J'avance avec un pas d'écart sur Michèle, ce qui me permet de faire d'audacieux projets en marchant.

Et voilà tout à coup qu'une formidable explosion retentit.

Vraiment le très gros badaboum. Au point que des vitres volent en éclats un peu partout.

Tout le monde se met à paniquer alentour, à l'exception d'une vieille dame qui a ôté son sonotone pour se baigner, et d'un gros Allemand qui n'entend pas les détonations françaises.

Je rebrousse chemin en courant.

La terrasse du bar de la plage est complètement dévastée. Le gentil loufiat pend sur la balustrade, ouvert en deux par l'explosion.

Détail plaisant : son transistor continue de fonctionner et annonce que les Messins (de service) viennent enfin de marquer un but.

J'en étais sûr : ça chauffait trop depuis un moment.

ENFOIRITRE VI

Depuis la merveilleuse baie vitrée (alors que celle de Rio ne l'est même pas) de l'*Esturgeon*, nous contemplons les dégâts.

Un cratère grand comme ça. Regarde ! Au moins, comme ça, tu juges ?

La police a cerné les lieux d'une lapalissade en bois, mais depuis notre table, on bénéficie de la perspective plongeante, dont Jean-Paul Sartre déclare qu'elle est le grand ennemi de l'humain, moi je veux bien, mais y a pire.

Le Dabe massacre un homard à la nage. Il est chou tout plein (pas le homard, mais le Vieux) ayant une immense bavette protectrice nouée autour du cou.

Te manipule le service à crustacés avec une dextérité de Grand Patron, cézigue. Tu dirais le professeur Hamburger en train de se payer un calcul rénal à l'arme blanche. Faut voir la manière qu'il lui brise la pince à l'homard, et évide celle-ci à l'aide d'une longue curette fourchue. Et je te suce les patounes ; et je te farfouille la carapace ! Un artiste !

Il ricane.

— Triomphe sur toute la ligne, mes chers petits !

Nos confrères d'ici et ceux d'en face font une gueule d'une aune, car, visiblement, la terrasse a été piégée à l'intention du prince Machin, comment se prénomme ce grand puceau, San-Antonio ? Arthur, Richard, Gonzague ?

— Charles, monsieur le directeur.

— C'est cela : Charles. Il faut absolument que je me fourre son prénom dans la tête. Quand il sera assorti d'un numéro cela ira mieux. Au fait, ce sera Charles combien ? Trois, non ? Oui : trois. Nous, nous en eûmes bien davantage ! Je disais donc que la terrasse a été piégée à l'intention du prince Georges. Sait-on si son voyage est ajourné ?

— J'ai questionné le directeur de l'hôtel, le prince est toujours attendu pour demain. Des ouvriers vont employer la nuit à poser un parquet de fortune au restaurant et l'on remplacera le bâtiment détruit par une construction de chantier habilement décorée.

— Bien, cela prouve que ce prince Edouard n'a pas froid aux yeux et que les gens qui en ont la garde sont des inconscients, reprend Pépère.

Il pouffe. Ayant un tronçon de patte évidée en bouche, il en consécute un coup de sifflet qui fait lâcher son plateau d'huîtres à un jeune serveur.

Retrouvant son sérieux, le Dirlo tamponne méticuleusement sa bouche et déclare en baissant le thon (car nous sommes au bord de l'océan) :

— Ouvrons l'œil, mon petit ! Ouvrons-le tout grand. Ah ! exquise Dominique, pour votre première enquête, vous allez être gâtée, croyez-en mon instinct infaillible ; ce foutu prince Jacques n'est pas encore sorti de l'auberge.

Mes yeux plongent dans ceux de Michèle. L'attentat de l'après-midi a fait capoter notre délicat projet.

Heureusement, la nuit vient. Elle est là, imminente, qui monte de l'océan immense...

L'âme noyée de pré-extase, comme on dit dans le Code des Impôts, j'attaque d'une fourchette mutine le truc ineffable qu'on vient de me servir, sans trop savoir, tant mon trouble est intense, s'il s'agit de canard, de sole ou de ris de veau.

C'est alors que le maître d'hôtel vient se pencher sur mon oreille accueillante.

— Pardonnez-moi, monsieur le commissaire, mais on vous demande au téléphone.

Tu me connais pour m'avoir déjà pratiqué, l'aminche. Je n'en suis plus à ce genre de surprise près. Il m'est souventes fois arrivé de débarquer dans un établissement quelconque (et celui-ci est le contraire de quelconque) pour m'entendre mander téléphoniquement par un mystérieux correspondant. Ce sont les choses insolites qui sont les plus passionnantes, moi je trouve. Alors, je prie mon entourage de bien vouloir excuser ma brève absence et je sors de la salle ronronnante où flottent les plus papilleuses senteurs qui soient, qui fussent, et qui fusseront.

La dame de la caisse dont à laquelle je réclame le bignou, me le désigne, mais, à ma vive surprise, l'appareil repose sur sa fourche comme un loir sur son atlantique (1). Aurait-on raccroché par mes gardes ou par les tiens ?

Je ne perplexe pas longtemps.

Un « pssst » vient se ficher dans mes trompes. Je

(1) Ce qu'il est con, ce San-Antonio !

Stendhal.

détourne la tête et avise une dame assise à l'écart, auprès d'une plante verte dont elle a la couleur et quasiment "immobilité. Une personne d'un âge certain, plutôt grosse, mais surtout du bas, à l'instar (comme on disait jadis) des poires. Elle est habillée de noir, de manière surannée. Cheveux gris, frisottés ; elle est maquillée à la six-quatre-deux : poudre de riz ressemblant à de la chaux de Pise, rouge à lèvres très foncé et passablement écœurant, double tache ocre aux pommettes, comme on en cloque aux poupées russes. Elle a les jambes arquées comme une selle de cheval, entortillées de pansements sous les bas rêches et revêches. La dame appuie ses deux mains sur le pommeau d'une canne d'ébène, mais il s'agit peut-être d'une canne d'aveugle peinte en noir par un humoriste ?

Je m'approche jusqu'à vers elle, comme dirait mon cher Bérurier dont l'absence m'est pénible, mais quoi, la vie est ponctuée de séparations douloureuses et donc, de retrouvailles allègres.

Elle me défrime en plissant ses yeux.

— J'ai fait prétexter le téléphone, murmure-t-elle, en fait, je tenais à vous parler.

Je m'incline, souris, attends, le regard en laser, l'expression plus urbaine que toute la population parisienne.

— Je suis en compagnie de gens qui vous ont reconnu, m'explique-t-elle ; il paraît que vous êtes un grand policier ?

— Mon Dieu, madame, vos amis sont flatteurs.

— Il faudrait que je vous voie en privé. J'aurais des choses à vous dire.

— De quel ordre, madame ?

— C'est très particulier, je préfère vous expliquer ça tranquillement.

« Merde, me dis-je, *in petto*, car il n'y a pas plus familier que moi avec moi-même, sinon moi avec toi-même. Merde, me voilà dans les griffes d'une vieille maboule qui va me raconter que son voisin la regarde par-dessus le mur ou bien qu'on envoie des lettres anonymes à son chat. »

— Ce serait volontiers, madame, mais j'ai beaucoup à faire et...

Elle doit piger mes doutes, la daronne, car elle laisse tomber :

— C'est en relation avec ce qui s'est produit sur la plage tantôt.

Bon ! Voilà un *vademecum* valable. Pour lors, elle commence à m'intéresser.

— J'habite la villa des Farfadets, 8 avenue des Fougères. Quand pouvez-vous passer ?

— Demain ?

— Il me semble que c'est urgent.

— Alors tard dans la soirée ?

— Ce serait mieux.

— A quelle heure pensez-vous regagner votre domicile ?

— Vers onze heures.

— On dit onze heures trente ?

— Entendu.

Je me réincline, me redresse. Lui prends provisoirement congé.

Depuis ma table, je la regarde revenir en claudiquant. Elle a grand mal à se déplacer, la pauvre maâme. Balance le torse. Tu croirais une grosse cloche en tocsin : ding, dong ! Elle va à une table peu éloignée de la nôtre qu'occupe un vieux couple sévère, le fils issu (il ressemble à son père comme deux gouttes de foutre) de lui, l'épouse du fils issu, une blondasse mal cuite, du genre timide à pertes blanches.

La dame boitante se rassied. Je me demande ce qu'elle peut bien avoir à me révéler. Intrigant, non ?

— Le prince Louis arrive demain à 14 heures trente par avion privé qui se posera à Saint-Nazaire, m'explique le Vioque. Il serait bon que vous fussiez présent et le convoyassiez discrètement. En outre, j'ai prévenu le directeur du *Prieuré Palace* que vous visiteriez demain matin la suite réservée au prince Eustache.

— Très bien, monsieur le directeur.

Je me tourne vers Dominique.

— Sans doute tiendrez-vous à m'accompagner lors de ces différentes opérations, commissaire ? Car elles constituent la substantifique moelle de notre métier.

Elle accepte avec empressement, ce qui maussadise le Vieux. Mais il ne lui est guère possible de s'opposer à notre programme.

Allez, bon, pensons à autre chose.

Michèle est là, rayonnante, superbe, tentante.

*
**

Il est onze heures moins des, quand on prend le dernier verre au bar du *Prieuré Palace*. Les noctambules ici présents continuent de gorgechauder sur l'explosion de l'après-midi. Certains annoncent qu'ils vont demander leur note dès demain. Si des maisons de cette classe deviennent l'objectif des terroristes, merci bien. Autant aller passer ses vacances dans un village de tentes en compagnie de Jacques Chazot, non ? Tu leur donnes pas raison, toi ? Moi non plus.

Le Vieux nous propose une petite virée au casino. Pas pour flamber, précise-t-il, mais pour humer l'ambiance. Michèle accepte avec un certain plaisir. Dominique refuse. Je décline également pour la raison que tu sais. Pépère et moi, on est plutôt marris de ce que nos dulcinées ne partagent pas nos goûts respectifs. Mais avec les bonnes femmes, t'es jamais sûr de rien. Faut pas projeter, car si tu proposes, elles, elles disposent.

Je consulte ma tocante : le quart d'onze plombes. Si on se payait un brin d'enquête, la môme Dodo et moi ? Michèle va chercher un boléro de vison blanc pour aller perdre quelques piastres sur les verts pâturages à M'sieur Lucien. Mister Pépère rutile de la calvitie. Je le laisse après avoir adressé un signe d'extrême intelligence à Dominique.

Intriguée, elle me questionne, lorsque nous sommes hors des tympans directoriaux :

— Vous avez quelque chose à me dire ?

Alors je lui relate ma brève converse avec Maman Patte-en-Bronze, tout à l'heure, à l'*Esturgeon ;* le tardif rendez-vous que m'a filé la vieille dame.

— Ça vous dirait de m'accompagner ?

— Naturellement.

Elle ajoute :

— Ça me changera un peu des assiduités de votre patron, quel crampon, ce type, avec ses roucoulades et ses ronds de jambes !

On demande au concierge de nuit où commence et

finit l'avenue des Fougères. C'est à huit cents mètres de là, près de l'église. Une balade nocturne nous fera du bien.

On s'en va derrière nos ombres, que nous nous mettons à devancer, parfois, quand on approche des lampadaires (1).

Dominique ne moufte pas. Drôle de fille : renfermée, silencieuse. On a l'impression qu'elle cherche en secret quelque chose qu'elle ne trouvera jamais. Elle n'a pas la vivacité de sa mère ; chose étrange, c'est elle qui semble la plus mûre des deux. J'éprouve, à son contact, une sorte de confuse timidité. Elle m'impressionne.

Bon, voici l'église.

Faut la contourner.

Et on tombe bien vite dans l'avenue des Fougères, voie paisible, bordée de maisons de vacances où prédomine le style anglo-normand.

Le 8 est affecté à une demeure toute blanche, à faux colombages marron. Le toit d'ardoise tombe bas et un étage s'y trouve niché sans en avoir l'air. Je pousse la porte du jardinet qui embaume la rose trémière. Un perron de trois marches...

Tout ça me fait penser à chez nous. Je retrouve, l'espace d'une évocation, notre pavillon de Saint-Cloud, avec sa tonnelle, ses volets verts, son odeur de propre et de cuistance bien préparée...

Il y a de la lumière à toutes les fenêtres.

Je sonne. Trois petits coups, pour exprimer qu'il s'agit bien de moi, l'attendu.

(1) Je n'ignore pas que la phrase devrait ne comporter que des « on » ou des « nous », mais je la juge mieux ventilée ainsi.

San-A.

Un moment s'écoule. La dame a du mal à actionner ses compas. Lui faut du temps pour se mouvoir. Enfin, il se produit un glissement feutré derrière l'huis et la porte s'ouvre.

Ce n'est pas la grosse vieille qui délourde, mais un homme. Un grand diable d'une cinquantaine d'années, svelte, élégant : pantalon noir, veste blanche, chemise noire. Ses crins sont gris et lubrifiés. Il a la peau tannée, comme celle des navigateurs solitaires et glacés ; le regard bleu sombre.

— Vous désirez ? me demande-t-il à l'aide d'un accent que je situe anglo-saxon faute de mieux.

— J'ai rendez-vous, réponds-je.

Il hoche la tête.

— Vraiment ? Et avec qui ?

Je m'aperçois alors que la dame boiteuse ne m'a pas dit son nom. En fait, j'ai rendez-vous avec une adresse.

— Je suis attendu par la personne qui habite cette maison, éludé-je.

Il ne s'efface pas pour nous laisser entrer. Au contraire, il prend appui du coude contre le chambranle.

Et il répète :

— Vraiment ?

— Tout ce qu'il y a de vraiment, m'impatienté-je, si vous voulez bien l'informer de ma visite, elle vous confirmera la chose.

Il fait des petits faux-pets avec la bouche pour amener un brin de tabac blond sur sa lèvre supérieure. Il le recueille, le regarde et le chiquenaude afin de l'expédier à dache.

— Qui êtes-vous ?

— Commissaire San-Antonio ; et voici le commissaire Bernier, mon adjointe.

— J'aimerais vérifier, déclare l'étrange personnage.

— Casse la tienne, réponds-je entre Médan (et Villenne-sur-Seine) en lui produisant ma brème.

Il coule un z'œil, acquiesce.

— Venez !

Ouf ! Tu parles d'un cerbère, cézigue ! Faut montrer patte blanche avant qu'il ne consente à abaisser le pont Lévy.

Il nous engage dans un escadrin pavé de tomettes (et de bonnes intentions). Les nez de marches sont en bois poli (si poli qu'il dit bonjour quand on pose le pied dessus !).

Au haut des degrés, une femme est comme en faction. Une belle personne roussâtre, avec des taches de son sur les pommettes et un tailleur vert olive.

Elle ne répond pas à mon salut, se contentant de m'examiner sans plaisir, un peu comme si j'étais le facteur des recommandés venu lui réclamer une signature dans son bain.

L'homme à la veste blanche nous désigne une porte ouverte.

— Vous pouvez entrer, commissaires.

Il doit être rosbif ou assimilé, car il fait sonner le « s » final des commissaires.

Je franchis le seuil indiqué.

— Tu veux du chocolat ? me lance une voix nasillarde, celle d'un gros perroquet vert et jaune qui dodeline sur un perchoir crotteux.

Je ne lui réponds pas, bien qu'il ne faille jamais se départir de sa politesse, fût-ce avec un psittacidé ; seulement j'ai trop à voir et à penser à la fois.

La vieille dadame impotente gît sur le tapis, l'arrière de la tronche fracassé par une praline de fort calibre. Elle n'a pas lâché sa canne, ce qui ajoute à la déplaisance de la scène muette.

Elle est vêtue comme naguère au restaurant. Sa chambre est en ordre, le lit non défait ; seul, le tiroir supérieur d'une commode Louis XV fruitier est ouvert.

Le sang n'est pas entièrement sec. Que te dire d'autre ? Que le prix du pétrole va encore augmenter ? Tu le sais déjà. Non, ben c'est tout !

Je regarde le commissaire Bernier à la dérobée. Son premier meurtre, je gage ? Bonnes réactions : c'est-à-dire qu'il n'en a aucune. Elle est calme, détendue, Dodo.

Elle se trouverait devant la statue moussue d'une Diane Sécheresse que son visage resterait aussi démuni d'expression.

Je me tourne alors vers l'homme à la veste blanche.

— Ça consiste en quoi ? m'informé-je.

— En un assassinat, je suppose, répond mon terlocuteur. Quelqu'un est venu demander quelque chose à cette femme. Elle l'a conduit jusqu'à sa chambre, a pris le quelque chose dans ce meuble, le lui a remis. Après quoi, ce visiteur lui a logé une balle dans la nuque et s'en est allé.

— Voilà un bon résumé, approuvé-je, puis-je vous demander qui vous êtes ?

— Non, répond l'homme, c'est inutile.

— Parce que vous pensez que nous allons nous quitter devant ce cadavre et rentrer chacun chez soi ?

Il hausse les épaules.

— Pour ce qui me concerne, oui. Quant à vous, faites ce que bon vous semble.

— Auriez-vous déjà oublié que nous appartenons à la police, mademoiselle et moi ?

— Ce n'est pas mon problème.

Il hoche la tête.

— Enquêtez bien, commissaire« s ».

Il sort de la pièce. Moi, tu le comprendras facilement, malgré que ta cervelle ressemble à cinquante grammes de gruyère râpé : je suis mort d'incrédulité. Alors, là, c'est la première fois, parole ! J'arrive chez une dame, un homme m'ouvre, qui me conduit à son cadavre et qui prétend se retirer sans seulement décliner son identité !

— Hé ! Pas si vite, monsieur !

Il ne prend pas mon avertissement en considération et entreprend de descendre l'escalier.

— Arrêtez-vous immédiatement, et levez les bras !

C'est la môme Dodo qui vient de causer, parole ! Elle a sorti un vieux browninge de son sac, arme archaïque, propre à se capsuler les méninges quand on sortait, jadis, lessivé triple sec, de la roulette dans la touffeur monégasque.

L'homme à la veste blanche se retourne, le considère avec ironie et dit :

— De quel droit braquez-vous ce ridicule objet contre moi, mademoiselle ? Si vous vous en serviez, vous risqueriez d'ajouter un meurtre au précédent assassinat.

Il hausse les épaules et continue de descendre. Cet aplomb ! La Dodo qui rutilait déjà dans sa Ford intérieure ne sait plus pour quelle maison elle voyage. Quête vers moi un conseil d'ami.

Mais bibi, tu me verrais. Zéro est tarifé ! Je me jette à califourchon sur la rampe, double la veste blanche et me campe au pied de l'escalier.

Je chique les méchants malabars. Verdun ! On ne passe pas ! Jambes écartées, poings aux hanches, menton braqué sur la ligne bleue des Vosges.

— Laissez-moi passer, commissaire ! invite doucement l'homme à la veste blanche. Rien ne vous autorise à entraver ma liberté.

— Vous êtes sur les lieux d'un crime, monsieur, j'y objecte. Vous vous y trouviez avant mon arrivée. Ne serait-ce qu'en qualité de témoin, la police doit vous entendre. Il n'est pas question que vous sortiez d'ici avant d'avoir apporté la preuve que votre visite nocturne chez cette dame assassinée est étrangère à la mort de ladite dame.

Il a un sourire lointain, un peu tristet, plutôt contrarié. Je lui fais l'effet d'une mouche harceleuse qui en veut absolument à ton pif et vient s'y poser sans relâche, nonobstant les tapes que tu essaies de lui administrer.

— Ecoutez, fait-il, si nous nous obstinons sur nos positions, il va se passer quoi ? Des voies de fait ! Car je suppose que vous n'allez pas nous tirer dessus, ce qui aurait pour votre carrière de fâcheuses conséquences. Nous ne pouvons non plus en venir aux mains comme des palefreniers ivres. Alors ?

— Alors vous allez, vous et la personne qui vous accompagne, attendre l'arrivée du Parquet. Et, si vous êtes innocent, il n'y a auc ne raison pour que tout ne se passe pas bien.

— Joan ! dit l'homme.

La fille aux taches de rousseur va ouvrir la porte et se met à siffler à la voyou entre ses doigts. Avec un beau tailleur comme ça, non, je te jure, le monde dégénère. Et il est sec, son coup de siffloche. Une rouleuse de barrière aurait pas réussi mieux.

Le temps de compter jusqu'à quatre et demi, et voilà deux grands gus, type hindou ou de par là-bas, qui se pointent. Des mecs avec une abondante chevelure noire et luisante plantée bas, des yeux que je te qualifierais de braise pour pas chicaner, et des costars bien coupés, sombres, avec des chemises blanches dessous. Le bon genre, quoi !

Mon terlocuteur leur virgule deux trois mots en sanskrit, ou en conscrit, j'sais pas très bien ; mots à la suite desquels, toujours est-il, les malabar's brothers m'emparent, me ramènent les bras dans le dos pour me les ligoter après le balustre principal de l'escalier, au moyen d'une cordelette extrêmement fine. Moi, me connaissant comme tu me connais, tu te dis « C'est pas grand Dieu possible que l'Antonio se laisse ficeler de la sorte sans envoyer ses tagonistes au tapis ! »

Eh bien, j'vais te faire un navet, mon gamin : ces deux garçons ont des mouvements si vifs, durs, précis et ardents, et surtout une telle méthode d'exécution, qu'il ne m'est pas possible de lever le petit doigt. Peau de balle et balustrade ! Dom Balustre de Bazan, *I am*, moi, le vaillant, le fort, qu'on a surnommé Armada tant il est invincible ! Ne puis dire « Ouf » ! Et l'aurais-je dit, ça changerait quoi-ce ?

Là-haut, le commissaire Bernier intervient :

— Délivrez-le immédiatement sinon je tire !

L'homme à la blanche veste (toujours l'appeler l'homme à la veste blanche devenait fastidieux) ricane :

— Jetez votre arme de patronage, mademoiselle, car si vous vous en serviez, vous ne verriez pas le jour se lever, vous et votre honorable confrère.

Il profère quelques nouveaux mots. Les deux basanés dégainent des pétoires grosses comme les mandats d'arrestation de Mesrine.

— Vous voyez, mademoiselle ? renchérit l'homme à la chose machin. Allons, jetez cette bricole et rassurez-vous : je ne veux pas vous la confisquer, n'étant pas collectionneur de basses brocantes !

A contre : cœur, temps, voie, basse, champ, chant, coup, danse, courant, expertise, fort, indication, partie, plaqué, pèterie, valeur, ibution, le commissaire Dodo laisse tomber son vieux browninge.

L'arme glisse sur les marches, choit dans le salon.

L'homme à la veste comme tu sais shoote négligemment pour l'expédier vers les confins.

Et puis il dit encore, en transcrit, ou en souscrit, je peux jurer de rien, et les quatre personnages s'évacuent, sans hâte, pour se fondre dans la nuit, comme l'écrit si bien Jean-Paul Claudel 2 dans « Occupe-toi d'Omélie ».

Le silence nous enveloppe, la môme Dominique et moi. Juste qu'on se met à percevoir le tic-tac d'une pendule qui pendulait incognito jusqu'alors.

Je n'ose lever les yeux vers ma chère collègue.

« Suis vert de rage, stop, en ai pris plein l'amour-propre, stop, et même plein l'amour sale, stop, me sens con à bouffer de la bite, stop, dois-je prendre du *valium*, docteur ? Stop, si oui, prière livrer urgence une caisse avec robinet Santanconno. »

La vie se présente sous des traits bien cruels, parfois. Cette môme venue pour prendre du feu, et qui assiste à un numéro de sous-lavasse, merde ! Alors là, oui : merde ! Et tu voudrais qu'on se lave les pieds avant d'aller à la grand-messe, toi !

Elle vient me rejoindre et entreprend de me débalustrer. Pas un mot. Pas une mimique. Visage neutre. Regard à plat, couleur de métal sous la pluie.

— Fallait-il tirer ? demande-t-elle au bout d'un moment.

— Non, réponds-je.

Elle part à la recherche de son pistolet en chocolat, le trouve et le réinsère dans son sac. Et puis voilà, docile, elle attend les décisions du chef.

Le chef tente de retrouver l'usage de ses poumons vu que son raisin a grand besoin de se refaire une beauté. Le chef masse ses poignets doloris. Le chef aimerait s'engager dans la Légion Etrangère, mais comme il connaît déjà la Corse, il s'engage seulement dans l'escadrin.

Mémère est de plus en plus clamsée. Son sang noircit. Je m'assois dans un fauteuil crapaud qui cherche à se faire aussi gros que le bœuf. Relaxation. Je contemple la scène figée : la vieille dame foudroyée, sa chambre qui sent l'ancien bien fourbi. Odeurs de bois ciré, de linge empesé, de parfums éventés, de fleurs séchées, de grande fatigue corporelle. Tout a une odeur, mais on s'en branle. On se contente des grandes options générales : le jasmin, la merde, l'oignon, la choucroute... Des violences olfactives, quoi. Le pif, on le prive des nuances fragiles. Et cependant tout a une odeur : un mur de chaux, un autre tapissé de papier ; un livre neuf, un livre ancien ; un coussin de soie, un coussin de velours ; un jour férié, un piquet de grève, un accordéon, un verre à dents, une représentation de Ruy Blas à la Comédie-Française, une table, une étable, un rétable, la vie, la mort... Putain, prends conscience ! Mouche-toi et respire. Apprends le langage de la senteur. Ton nez n'est pas seulement une béquille à lunettes ! Il est surtout fait pour pomper ce qui t'entoure, et pour l'identifier, et pour aussi te préparer aux rêves. Et pour aider ta mémoire. Et pour renforcer l'intensité de tes amours ! Sens, mon fils ! Sens ! Que tu puisses au moins savoir quand tu pues !

Et bon, bien, je te disais que je contemplais la pièce où gît la morte.

Le commissaire Bernier est resté dans l'encadrement, n'osant entrer. C'est moi qu'il regarde, le commissaire, en lissant machinalement sa robe, sur le côté.

Espère-t-il encore quelque chose de positif de cette patate éclafée dans le fauteuil ?

Sont-ce ces mystérieuses gens qui ont scrafé Mémère ?

Leur comportement est bizarre. Je me plais à imaginer que s'ils l'avaient tuée, ils ne nous auraient pas conduits à son cadavre, mais auraient éludé en prétextant n'importe quoi, non ? Par exemple qu'elle n'était pas encore rentrée. C'eût été facile, après tout. Non, franchement, ça me désamorce, une telle attitude. L'homme à la veste blanche nous fait grimper jusqu'à la chambre mortuaire. Il sait que nous sommes des policiers. Et voilà qu'il prétend se retirer sans seulement allonger son identité, le côté : « Bon, ben, m'sieur-dame, bonne continuation, moi j'vais me pieuter. » Ça ne tient pas debout !

Cette vieille femme est là, morte sur le tapis. Et je ne sais rien d'elle, pas même son nom. Elle voulait me parler... Pour m'apprendre quoi ? Qu'avait à voir cet être de toute évidence paisible avec l'attentat de la plage ? Et pourquoi l'homme élégant a-t-il déboulé chez elle avant moi avec son équipe ? Pour la buter ?

Bon, elle a remis avant de clamser un objet mystérieux à son agresseur. Ce tiroir entrouvert l'affirme. L'arrivant l'a menacée, elle s'est soumise. Ils sont montés dans la chambre. Docile, elle a donné ce qui était exigé d'elle, et en guise de remerciement, on lui a praliné la coiffe.

Dis donc, si ce n'est pas Mister Veste Blanche qui a fait le coup, on peut dire qu'il en aura défilé du monde, chez cette brave impotente, au cours de la soirée. L'impotente, c'est pas la rose !

Je me soulève et gagne la commode.

Ce tiroir supérieur contient de la lingerie de vieillarde, impec et bien rangée. Sachets de lavande, naturellement.

Je passe, avec quelque répulsion, ma main sous le linge. J'ai l'impression de violer la morte. Ces dessous me flanquent une espèce de panique tactile.

Je trouve une forte enveloppe fripée d'avoir trop servi de dossier. A l'intérieur, se trouve le livret de famille de Mamie Clopine. Elle se nomme Gilberte Rosier, épouse Duralaix. Née à Nice en 1913, mariée en 1954. Pas d'enfants. Conjoint décédé en 1967. Outre le livret de famille, l'enveloppe renferme quatre mille francs en billets de cinq cents, des coupons de rente, un livret de caisse d'Epargne plein jusqu'à la gueule, quelques photos jaunies de gens d'une autre époque, une jarretière de mariée en soie blanche passée.

Dominique s'est risquée jusque z'à moi. Elle quête ma permission pour feuilleter les choses ci-dessus énumérées. Je la lui accorde d'un geste inviteur.

— Elle s'est mariée tard, observe le commissaire Bernier, elle avait 41 ans.

On remet le toutim en place.

— Vous allez prévenir les autorités ?

— Non, c'est pas mon blot. Je ne suis pas le genre de confrère coopératif. Il m'est souvent arrivé de découvrir des meurtres, j'ai toujours laissé les servitudes officielles de côté. Je suis terriblement individualiste.

— Vous pensez que c'est un bon principe ?

— Non, mais c'est le mien. Pour chacun il n'est qu'une vérité : la sienne. Et la mienne me suffit, mon petit.

— Ce qui revient à dire que vous n'allez pas vous occuper de l'affaire ?

— Je n'ai pas dit ça. Je vais m'en occuper, mais à titre personnel. J'adore cuisiner moi-même.

Je reviens me planter devant la morte. Dans mon job, c'est fou ce qu'on ressent le besoin d'interroger les défunts. On aimerait crier pouce, qu'ils ressuscitent un instant, le temps de répondre à deux ou trois questions clés.

Quelque chose me trouble confusément dans la

posture de la défunte. Je cherche quoi. Ne parviens pas à le définir.

Elle a donné ce qu'elle détenait. Sans doute se croyait-elle hors de danger, ayant satisfait aux exigences de son agresseur ?

Mais ce vilain avait son idée de derrière la tête qui était de placer une balle de beau calibre dans celle de Mme Duralaix. Il a agi par surprise. La vioque ne s'attendait pas à cette exécution foudroyante. Aucun geste de parade, aucune mimique d'effroi. La mort l'a prise d'un coup, au détour d'une expiration ; vraoum !

Alors ? Que trouvé-je de si singulier dans l'attitude de la victime ?

Dominique continue de m'examiner, curieusement.

Comme nos yeux se croisent, elle demande simplement :

— Quoi donc ?

Je hausse les épaules.

— Je ne sais pas.

— Qu'est-ce que vous ne savez pas ?

— Ce qui me tracasse dans la position de cette femme.

— Vous lui voyez quelque chose de particulier ?

— Oui, mais...

Mais quoi ? C'est indéfinissable. Une tracasserie de flic, confuse et lancinante.

— Bon, partons ! décidé-je.

On décarre, têtes basses, les jambes lourdes, le cœur en berne. Un grand mécontentement de tout notre être ! C'est assez poignant.

Dehors, la nuit est fraîche et limpide. C'est fou ce

que je me sens bien dans cette région de France, malgré ce qui s'y passe. L'air, je te dis. Il semble être dosé pile pour convenir à des poumons humains. Il est doux et vivifiant.

— Où allons-nous ? se risque à demander ma jeune collègue.

— A l'*Esturgeon*. J'espère que ça n'est pas encore fermé.

— Quoi faire ?

— Devinez, mon commissaire, devinez !

Quelques pas sont faits en silence.

Puis elle s'arrête et lance, d'un ton plein de vivacité :

— Vous allez essayer de retrouver les gens qui dînaient en compagnie de cette personne ?

— Vous venez de gagner cent francs, lui dis-je, vous continuez ?

MINUSITRE VII

Il se tient dans l'encadrement de sa porte, sur fond de lumière blonde, étrange et sourcilleux dans son incroyable robe-de-chanvre monacale, sobrement ornée de sa légion d'honneur (et ils sont légion, en effet, à arborer leurs z'honneurs).

Il a le cheveu presque en brosse, bien qu'il se raréfiât ; les sourcils en accents extrêmement circonflexes, fournis, hérissés, ce qui rend son regard agressif.

— Pardon de vous réveiller, mon général, lui dis-je ; je ne l'aurais pas fait sans un motif grave.

Et je lui propose ma carte.

— Je n'ai pas mes lunettes, répond-il d'une voix qui ferait tourner cent mille litres de lait frais, s'il se trouvait cent mille litres de lait frais dans son appartement, auquel cas on pourrait conclure qu'il habite une fromagerie.

Le général Prandurond occupe tout un étage dans un immeuble vieux et bourgeois de La Baule, non loin de la place Aimé Le Maître, là qu'il y a tous ces pins parasols plantés en quinconce.

— Commissaire San-Antonio, de Paris, et voici mon confrère, le commissaire Bernier.

Il hoche la tête.

— Je préfère, dit-il, compte tenu de l'heure, je m'étais prémuni.

Il sort de sa poche un pistolet gros comme l'appareil génital de Béru et se met à l'échanger d'une main à l'autre, vite vite, à t'en foutre le tournis, comme il est fait dans les vouesternes qui se respectent. Qu'à la fin, ce vieux con rate un geste et me balance sa pétoire pour guerre de cent ans sur les pinceaux. Le coup part, adieu, veau, vache, cochon, couvée ! La balle tente de se loger dans la grosse lanterne de cuivre et verre de la cage d'escalier, mais ladite explose sous l'impact, si bien que la praline trouve asile dans le plafond.

Je t'épargne le remue-machin qui en consécute. Les copropriétaires viennent co-hurler, comme quoi il devient dangereux en gâtochant, le général Prandurond, vu que ça fait trois fois en un an qu'il défouraille en pleine noye, se croyant attaqué par la voyoucratie baulienne. Et cet immeuble en subit les conséquences, tout ça...

La dame au général se pointe aussi, enguirlande son schnock à la deuxième personne du pluriel. Elle est pareille à un sac de farine, dans sa chemise de nuit blanchâtre, les crins prisonniers d'une résille blanche aussi ; la gueule enduite de crème blanche, la voix blanche, les yeux blancs, les chevilles blêmes et quoi encore ? Enfin tout, quoi ! Tu mords le genre ?

L'algarade étant conjurée, on finit par nous introduire dans un salon à peine croyable où, moi je serais Claude Lelouch, tout de suite j'irais tourner, parole ! Magine-toi une vaste pièce, avec de hautes fenêtres garnies de vitraux représentant la vie de Jehanne d'Arc : Domrémy, Chinon, Orléans, Rouen, en voiture ! Une cheminée médiévale. Des meubles gothiques du XIXe, façon Hugo. Un éléphant naturalisé (français) trône sur un socle, tandis que deux têtes de cheval (ou de chevaux) sont accrochées à un mur. On compte également en ces lieux : une armure ayant appartenu au connétable de Logarithme, une immense toile de Philippe de Champaigne célébrant la victoire de Bernard Hinault dans le Tour 79, un canon de 75 dédicacé par Bismarck ; une fortification à la Vauban repeinte en camouflage, le crâne d'Hô Chi-Minh enfant, un sous-officier de uhlan empaillé, un pousse-pousse indochinois, une guérite de sentinelle avancée sur laquelle fut écrit au charbon de bois « Le général Prandurond est un enculé », un drapeau ayant appartenu au 1999e R.I.C., un autre conquis de haute lutte sur les Turcs au cours de la marche de Mozart en 1915 ; un taxi de la Marne ayant servi à transporter sur le Front les bons sentiments du général Galliéni, seize photographies du maréchal Pétain à l'île d'Yeu, un peloton d'exécution admirablement conservé, une reconstitution du wagon de l'Armistice, deux coqs gaulois un peu déplumés, une coiffe d'Alsacienne, la capote anglaise du 18e Régiment de Parachutistes, deux mètres vingt de la Tranchée des Baïonnettes, et une petite cuiller à café sur le manche de laquelle est gravée « Souvenir de Castelnaudary ».

J'oubliais le plus important, et tu voudras bien excuser cette étourderie : face à la cheminée, la jument également naturalisée, que montait le général Prandurond lors de la capture d'Abd el-Kader.

L'ex-officier s'en approche, grimpe sur un tabouret réservé à cet effet, et califourchonne la bête. Il passe ses mules dans les étriers, assure les rênes dans ses mains toujours énergiques et manœuvrières, puis, nous ayant conviés à nous déposer dans des fauteuils du cuir, s'enquiert du motif de notre visite.

Alors moi, tu vas voir : la merveille du genre, ce qui équivaut à la huitième du monde.

— Mon général, nous avons été informés, de façon anonyme, que les jours d'une certaine dame Duralaix, née Rosier, se trouvaient en danger. Ayant appris que cette personne comptait parmi vos amis, je viens donc recueillir votre appréciation sur la question.

Pas mal torché, non ? Faut dire que j'étais premier en compofranc à la communale (classe d'attardés).

Le majestueux général Prandurond flatte l'encolure de son bourrin stratifié et murmure :

— Rosalie, passez-moi ma cravache !

Son épouse, qui attendait en embuscade, se pointe en brandissant l'objet réclamé.

Elle oublie de se retirer, ayant entendu ma déclaration et trouvant le sujet d'intérêt.

— Gilberte Duralaix est une vaillante, une forte ; gloire à elle, messieurs, gloire ! gloire ! égosille l'ex-officier supérieur.

Je le soupçonne de ne pas s'être rendu compte que « le » commissaire Bernier appartient au genre féminin, mais qu'importe puisqu'il n'est pas ici pour un coït.

— Femme de grand mérite ! lance le général, comme s'il déclamait une citation à l'ordre de l'armée. Conduite héroïque sous l'Occupation où elle n'a pas hésité à livrer, au nez et à la barbe des maquisards, une famille israélite à la Gestapo. On lui doit l'arrestation de deux parachutistes anglais et le démantèlement intégral du réseau « Paille de fer ». On la retrouve en Algérie, pendant les dures heures de l'O.A.S. où elle a dynamité la préfecture de Postagalène. Ensuite, elle donne asile pendant plusieurs mois au colonel Puduc, dont la tête était mise à prix par les sbires du grand Gaulle, de funeste mémoire. Rarement, Française aura servi aussi efficacement sa patrie. Fermez le ban ! Taratata taratata tara tara tara ! Reposéééééé Hhhharm's !

— Tout cela est bel et bon, mon général, fais-je à ce vieil empafé débile, d'après le comportement de cette valeureuse créature, on peut donc penser qu'elle a hérité quelques ennemis de ses activités passées ?

— Et comment ! Toute une racaillerie judéo-communiste, vous le pensez bien ! Gibiers de sac et de corde ! Usuriers aux nez crochus, infâmes bradeurs de la France ! A mort ! Feu à volonté !

— Je crois savoir que vous dînâtes ensemble, ce soir ?

— Comment l'ignoreriez-vous puisque vous vous trouviez au même restaurant, à deux tables de la nôtre ? susurre la générale Prandurond.

Femme avisée, comme toutes, ayant l'œil et sachant s'en servir. Mais son con d'époux ne bute pas sur le détail.

— Oui, nous avons dîné ensemble, exact. La conversation de la chère Gilberte est un enchantement. Ses souvenirs sont légion.

— Et même Légion des Volontaires Français, souligné-je, ne pouvant laisser passer une possibilité de jeu de mots quand elle croise dans les parages.

Je poursuis :

— Mme Duralaix vous a-t-elle fait part de quelque inquiétude concernant sa sécurité ?

— Que nenni ! Elle paraissait toujours aussi vaillante et sûre d'elle, malgré son arthrose de la hanche ! Inquiète, elle ? Foin ! Foin ! Foin ! Le courage, monsieur ! Le courage français à l'état pur. Messieurs, sabre au clair ! ajoute le kroum en brandissant sa cravache droit devant soi, chargez !

Et il pique des deux sur sa monture immobile, en un rush imaginaire qui les mène très profondément dans les lignes ennemies.

Dominique me regarde d'un œil significatif. Elle pense que nous n'avons pas grand-chose à espérer de cette baderne en délire. Fraîche émoulue, comme on dit puis dans les livres, elle ne sait pas que l'humus de la déraison peut être aussi fertilisant que celui de la raison, ainsi que l'écrivait si bellement M. Jean-François Revel dans son éditorial à trous consacré au développement du saut à la perche chez les ingénieurs du son.

Mais l'Antonio, le vrai, le grand, ne s'avoue pas vingt culs. Il gratte le pus de la sottise pour aller jusqu'au cœur du mal, comme l'a dit avec humour Félix Le Canuet au mille huit cent douzième congrès de Villeneuve-la-Garenne.

— Mon général, madame la générale, réattaqué-je imperturbablement, tout me porte à penser qu'au cours de ce repas que vous prîtes, Mme Duralaix a fait allusion à l'attentat de la plage.

Deux points, j'ouvre les guillemets et attends que ce couple singulier remplisse les blancs.

— Si fait, si fait, admet Prandurond. L'émotion a été vive dans la région. Que ces salopards de gauchistes viennent jusque dans nos bras égorger nos fils, nos compagnes, plonge notre honnête population dans le plus noir courroux. Imaginez ce qui se serait passé si, au lieu de tuer je ne sais quel petit valet d'outre-mer insignifiant, la bombe avait réduit en bouillie une partie de la clientèle du *Prieuré Palace !* L'élite du pays, positivement : chefs d'industrie, joueurs de golf, cavaliers de haut vol, dames aux beaux atours ! Vous l'avez regardée, la clientèle du *Prieuré Palace,* monsieur ? Pas de la gnognote ! Dior et Van-Cleef, Hermès et Louis Jourdan ! Nourrie par Hédiard et Fauchon ! Rolls, Jaguar, Mercedes dont la moindre fait 4 litres 5 ! Messe le dimanche ! De l'Israélite, certes, j'en conviens, mais de classe ! La rue des Rosiers, mon cul ! Si je vous disais : ma promenade favorite, c'est ça : le *Prieuré Palace.* Je m'y rends presque chaque jour. M'accoude à la rambarde pour les regarder manger en plein air, ou bien me glisse jusqu'à la piscine. De toute beauté ! Ce qui subsiste de France française est là. Elégante, discrète, bien élevée. On voussoie encore, on y pratique les subjonctifs les plus risqués. Les enfants y sont sains, les femmes soignées, les hommes énergiques. Riches, quoi ! L'opulence, qu'on le veuille ou non : ça paye !

Il laisse aller sa jument au pas, qu'elle reprenne souffle. Lui tapote aimablement la jambe de sa cravache caressante.

— Et que vous disait Mme Duralaix au sujet de cet attentat ? insisté-je.

C'est la générale Prandurond qui répond :

— Gilberte affirmait que l'affaire allait être résolue rapidement. Contrairement au général, elle prétendait que les gauchistes n'étaient pour rien dans cet attentat.

— Billevesées ! hurle l'ancien officier supérieurement supérieur. Les gauchistes sont à l'origine de tout ce qui se fait de mal sur cette malheureuse planète en déliquescence. Ils sont les termites qui grignotent les piliers de la société.

— Quelle était la version de Mme Duralaix ? demandé-je, tourné vers la générale.

La dame blanche hésite, regarde son mari.

— Elle prétendait que cette bombe avait été placée là par l'I.R.A. et qu'elle était destinée au prince Charles que nous allons avoir la joie d'accueillir demain.

— Qu'est-ce qui l'induisait à cette certitude ?

— Un compagnon de jeu avec lequel elle a travaillé sous l'Occupation à l'assainissement de la France.

— Et comment ce monsieur était-il au courant ?

— Il appartenait à des services de contre-espionnage jadis. Ses relations internationales sont restées nombreuses.

— Vous parlez de compagnon de jeu, quel jeu pratique votre amie ?

— Elle passe tous ses après-midi au casino. Son vice, à quoi bon le cacher puisqu'elle-même n'en fait pas mystère, c'est la roulette. Elle joue très prudemment, ayant mis au point une martingale qui lui permet de vivoter et qu'elle a baptisée la méthode Stendhal.

— Pourquoi Stendhal ?

— Parce qu'elle ne joue que le rouge et le noir, en bout de séries et en doublant sa mise quand ça ne sort pas.

— Et l'ami en question joue avec elle ?

— Du moins, en sa compagnie. Lui a une autre recette basée sur les finales, je ne saurais vous en dire plus, n'étant pas joueuse personnellement.

— Vous savez le nom de ce monsieur ?

— Non, elle est très discrète dans son genre, Gilberte. Elle parle de lui en l'appelant familièrement « mon copain René ».

Je visionne le minois de Dodo. Elle est frémissante, ma jolie consœur. On progresse, on progresse.

Un gros badaboum se produit : le général qui vient de tomber de cheval, s'étant endormi.

⁂

Et alors tu verrais le Vieux, à la table du baccara, le crâne en rutilance sous les larges abat-jour verts, neuf et flambant, neuf et flambeur ! Accaparé par le jeu pis qu'un chirurgien par l'incision qu'il vient d'effectuer dans un ventre. Superbe.

Je cherche Michèle du regard et la découvre à la roulette, derrière une double pile de plaques de bon format. Moins passionnée que mon vénéré patron, plus amusée qu'attentive, et jouant avec une certaine nonchalance, mais de manière circonspecte.

Mon aimable collègue est intimidée par la gravité des lieux. Ce silence de cathédrale que rompent les oraisons des officiants. Le cliquetis de la roulette bien huilée, le raclement des râteaux moissonneurs, le bruit fluide des cartes, le tintinnabulement (1) de la boule en train de taquiner les aortes, les petites toux avortéês, les soupirs comprimés, le manège des pieds nerveux sous les chaises, de rares chuchotements : la messe, quoi ! Le culte ! L'apothéose des poches vidées.

J'avise le chef des jeux et m'approche de lui, ma brémouse au creux de ma dextre afin de ne point trop effaroucher qui me regarderait en cet instant.

Lui, il ne s'émeut pas, hoche la tête de profil, sans me voir, ainsi font messieurs les agents auxquels tu implores ta route.

— Vous avez une cliente fidèle, vieille dame boiteuse, qui ne joue que le noir ou le rouge, vous y êtes ?

Il opine, toujours de profil.

— Elle a un copain qui ne quitte pas non plus votre écrémerie, un type dont la marotte se porte sur les finales, vous voyez toujours, monsieur le fakir ?

Nouvel hochement de tête, mais plus guindé, en vraie renfrognerie. On ne veut pas d'histoire et on me conseille de n'en pas faire.

— Ce joueur se trouve-t-il ici ce soir ?

— Pourquoi ? demande mon terlocuteur dans un souffle, comme dans sa guitoune un confesseur s'informe du nombre de fois la petite madame Fignedé est allée au fade avec le quincaillier.

Je hausse mes lèvres au niveau de son lobe :

— Parce que, lui expliqué-je avec assurance. S'il est ici, vous voulez bien me le désigner ?

(1) N'étant pas à un néologisme près...

Le chef des jeux (ou son sous-secrétaire, je ne sais) secoue la tête.

— Il ne vient que l'après-midi, tout comme la dame dont vous parlez.

— Alors vous allez me refiler ses coordonnées, mon cher.

— Mais c'est-à-dire...

— C'est pas à dire, c'est à faire. Ne me racontez surtout pas que vous ignorez son nom, puisque vous délivrez une carte à tout joueur, fût-ce pour une journée, or, ce monsieur est un vieil habitué...

Pincé des lèvres, des épaules et du rectum, il m'entraîne à l'extérieur de la cathédrale, dans la sacristie où se tient le contrôle.

Et, deux minutes plus tard, montre en main, j'obtiens ce dont.

René Creux, allée des Palmiers, 118.

Je vais pour avertir ma collaborateuse d'une nouvelle décarade, et quelle n'est pas ma stupeur de l'apercevoir à la table de roulette, occupant la place primitive de sa maman.

Mme Bernier, sur ces entrechoses, m'arrive contre, la robe froufroutante, le sourire épanoui.

— Dodo a voulu tenter sa chance, me dit-elle, c'est la première fois qu'elle pénètre dans un casino. Pour ma part, je venais de gagner seize millions d'anciens francs, je lui les ai laissés afin qu'elle s'amuse un peu, mais il est certain qu'elle va me les perdre. Changer de main est toujours fatal dans ces cas-là.

J'y esplique que je dois repartir faire un peu d'enquête nocturne. Alors, elle me supplille de l'emmener avec, que ça doit être follement amusant (tu parles prince Charles !), excitant, tout ça... Si, si, de grâce (elle dit vraiment « de grâce », ce qui t'indique la classe de son langage) j'aimerais tellement me rendre compte. Bon, soite, Benoîte, venoite avec moite.

Par chance, un taxi perdu passe sur le bord de mer. Je l'hèle.

*
**

L'allée des Palmiers se trouve tout près de la place des Palmiers, et sa principale caractéristique est qu'elle ne comporte aucun palmier.

Le 118 est affecté à une bicoque sans intérêt, coincée entre deux immeubles modernes, ultime vestige d'un La Baule en voie de disparition. Le jardinet qui l'entoure ne doit pas excéder trois centimètres carrés (à peine carrés d'ailleurs, disons plus simplement, pour rester dans les normes — ou l'hénorme — qu'il s'agit de mètres pointus).

Tout comme la demeure à feue Gilberte Duralaix, le logis brille de tous ses feux.

Je me pointe, je sonne, et c'est l'homme à la veste blanche qui vient m'ouvrir. Je sais bien que l'Histoire (les miennes surtout) n'est qu'un éternel recommencement, mais tout de même, y a une pointe d'abus.

Le gars me sourit.

— Décidément, nos pistes se croisent et s'entrecroisent, remarque-t-il. Par contre, vous avez changé de partenaire.

Pour toute réponse, je lui tire un crocheton au bouc qui le soulève de terre et le fait retomber assis, pareil à une poire mûre.

— Vous voudrez bien excuser ma vivacité, lui dis-je, tandis qu'il s'ébroue, c'est la monnaie de tout à l'heure.

Je ne puis en proférer davantage, car ses deux sbires jaillissent de l'ombre, armés de matraques et se mettent à m'invectiver la nuque à coups de goumis. Mes idées se brouillent, mes gestes défensifs se font pâteux et deviennent vite inutiles. Qu'en fin de règlement de compte, je me retrouve à quatre pattes sur le carreau, la tronche pendante, avec des idées aussi nettes que celles d'un noyé repêché après deux mois d'immersion. Je reste un instant dans le vague, à écouter les cloches. Pâques dans toute sa splendeur ! Le gros bourdon, les frêles clochettes, toute la quincaille de clocher : ding dingue, dongue, digne d'un don, digue dindon, tic d'un con, king Duncan, etc.

Michèle s'est agenouillée à mon côté, me caresse doucement la tronche, à doigts juste effleureurs. M'effeuille les brouillards : je t'aime, un pneu, boy scout, passivement, ras-du-cou ! C'est tendre, c'est bon. Sa bouche sur ma joue. Et puis qui se rapproche du point de rencontre. Lèvres à lèvres. C'est suave, parfumé, enivrant ! Quelle femme fabuleusement exquise ! Je réanime. Avance mes mains à palpons. Trouve ses formes. Les déforme sous ma pression sanguine. Une poitrine de fer dans un soutien-gorge de soie ! Et sa peau : du velours surchoix ! Pas demain la veille qu'elle sera obligée de se la faire repasser pour en gommer les plis. La chérie, l'extra-belle. Mes idées cessent un peu de tanguer. Je me réintègre, deviens recueilli, comme M. Brejnev à la sortie de la messe.

On est là, à genoux chez un quidam qu'on ne

connaît pas. Face à face, mains égarées, z'yeux chavirés, souffles en délire. Je lui roule une pelle, une pioche, un râteau, une binette, une houe, deux houppettes, les « r », vingt cigarettes, un râ, une pierre qui, ma bosse, une brouette, carrosse, un tapis, les manches, des épaules, des yeux, une larme, et puis je ne sais quoi de plus, mais y en a.

Instant suave, goût suave (*the queen*, la pauvre). Félicité totale. Ensorcellement. On s'étreint (de marchandises). Je serais cap' de la prendre, là, sur le seuil de ce monsieur inconnu. Mais ne serons-nous pas mieux en la douillette literie du *Prieuré Palace*, ce select établissement de l'*establishment* : classe, service impec, prix de la langouste selon grosseur.

C'est bien pourquoi je me relève et l'aide, moi l'assommé, à se remettre debout, elle, l'ineffable personne.

— Attendez-moi un instant, fais-je.

Ah oui, que je te dise : les visiteurs du soir se sont esbignés. L'homme à la veste blanche et sa joyeuse équipe ont taillé la route pendant que je digérais ma tisane de coups de trique.

Le crâne me zonzonne, façon ventilateur dans un modeste motel d'Afrique. Je me le prends à deux mains, n'en ayant pas davantage, et visite la maison.

Le sieur René Creux est dans sa chambre, avec une praline dans le chignon, exactement comme sa vieille camarade de jeux. Son sang est sec. Il a été refroidi avant la boiteuse. Ce qui me fortifie dans la certitude que ce n'est pas l'homme à la veste chose le meurtrier. On dirait qu'il enquête de son côté, Prosper, et que ses investigations le conduisent chez les mêmes personnes que moi (si j'ose m'exprimer de la sorte).

René Creux était un petit bougre chauvasse, grisâtre, râpé, affligé d'un nez à cratères, de valoches à soufflets sous les lotos, et d'un râtelier que l'impact de la balle lui a fait jaillir du clappoir.

Il se trouvait en pyjama couleur de misère mal lavée au moment de son décès fortuit.

Je fouinasse dans sa casa, mais mes devanciers l'ont fait avant moi... Seule chose intéressante à noter, il y a une quantité d'armes à son domicile : des pistolets dans les tiroirs, une mitraillette sous son lit, des balles de tous calibres dans des cartons, sans parler de couteaux à cran d'arrêt et de fioles suspectes dont le contenu verdâtre raconte des morts shakespeariennes. Un curieux loustic, vraiment !

Michèle, toute pâlotte, se tient agrippée au dossier d'un fauteuil.

— C'est la première fois que je vois un homme assassiné, s'excuse-t-elle. Mon Dieu, quelle horreur ! Et dire que ma fille a choisi un métier qui l'obligera à côtoyer de pareilles choses !

Je la cueille par la taille.

— Venez, Michèle.

— Qu'allez-vous faire ?

— Aller me coucher, dis-je et je vous engage à en faire autant et même à le faire avec moi, mon amour !

Elle ne répond rien.

Kennedy rein con sang !

Cette fois, il n'y a plus de taxi. Va falloir go-homer à pince. On gomme, donc.

Mais au bout de cinq pas (peut-être six, laisse-moi réfléchir... Oui : six !) une voix de mélécasse nous interpelle (à charbon, évidemment, vu qu'il fait nuit noire).

— Hello, m'sieur-dame !

Je nous stoppe. La voix sort d'une auto remisée sur le trottoir, toute de traviole, une aile ayant même percuté la grille d'une propriété. Il s'agit d'une Renault 4 blanche, sur le flanc de laquelle il est écrit : « Serrurerie BOUDIN et Fils, 8 rue Paul-Hisson, Le Croisic. »

M'en approche.

Pour apercevoir, à l'intérieur, un pionard en pleine distillation. La lumière d'un lampadaire voisin me découvre une bouille d'alcoolo professionnel, violine, veinée, boursouflée. Deux yeux de gélatine clignotent faiblement. L'intérieur du carrosse sent le vin qui a déjà servi.

M. Boudin (s'agit-il du père ou du fils ?) articule :

— Mande pardon de m'escuser, mais j'voudrais savoir c'qui se passe dans la crèche à m'sieur Creux.

— Vous le connaissez donc ? m'étonné-je.

— C't' un client, rétorque l'éminent serrurier défoncé.

— Pourquoi pensez-vous qu'il se passe quelque chose chez lui ?

— Ça fait une chiée de temps que j'm'ai arrêté ici, sur la fin de la soirée, en quittant chez l'Arménien où on a un peu éclusé. Moi, quand j'me sens tout mou, j'ai le réflesque d'pas conduire. Qu'ensuite, ces emmanchés vous font souffler dans l'ballon et qu'on s'y retrouve pour la nuit, au ballon, sans préjudiciable du permis qu'ils vous sucrent, les vaches, merde !

— Et il s'est passé quoi, depuis que vous êtes stationné là, cher m'sieur Boudin ?

— Vous m'connaissez donc ?

— Un homme de votre réputation, ce serait malheureux !

— C'est marrant, moi j'vous remets pas.

— La gloire consiste à être connu de gens qu'on ignore. Alors, que s'est-il passé ?

— Toutes ces allées-venues, un vieux zig si peinard...

— Il a reçu beaucoup d'visites ?

Boudin (père ou fils ?) me virgule un coup de lance-flammes au calva frelaté qui anéantirait la population d'une ruche.

— Ça n'a fait qu'ça ! Y a réception, chez lui ? M'étonnerait, un casanier comme ce type ! Et radin, faut voir !

— Qui donc est venu ?

Je distingue mal le visage vinasseux et calvadé de mon terlocuteur. Sa figure naufrage dans des bouffissures et tuméfiances, veinures, replis, sillons abreuvés par un sang qu'impur.

Sa bouche est une plaie, son regard deux autres plaies. Ses cheveux en bataille ressemblent à un emballage de mauvaise qualité. Mais il est sympa, nonobstant ces malfichances, Boudin. Des relents de gentillesse partent de lui avec des relents d'alcool.

Il se concentre.

— L'est d'abord venu une religieuse dans une Ami 6.

— Une religieuse en uniforme ?

— Comment t'est-ce aurais-je su qu'y s'agissait d'une bonne sœur, sinon ?

— Ensuite ?

— Ensuite, l'est venu un type dans une bagnole américaine claire.

— Un type comment ?

— Plutôt maigre. Y portait un pantalon clair, un blouson noir et un chapeau de cuir noir. Bizarre, hein ? Pas français.

— Ensuite ?

— Ensuite, l'est venu plusieurs gens, dont un avec une veste blanche, une fille fringuée de vert, deux autres qu'ont resté dans l'auto...

— Et puis ?

— Et puis, vous, farceur ! C'est pourquoi que j'vous demande c'qu'a eu chez Creux ?

— Une petite sauterie, réponds-je.

Et je mens à demi, car ne lui a-t-on point fait sauter la cervelle, à ce type ?

Boudin s'ébroue.

— Bon, c'est pas l'tout, faut que je vais rentrer, vous avez l'heure ?

— Deux heures moins dix.

— Ma bourgeoise a l'sommeil en plomb, heureusement. Je peux vous déposer quéqu'part ?

Gentil, ce mec, non ?

Evidemment son auto n'est pas la voiture de maître dont je rêve pour véhiculer Michèle, mais l'essentiel est que nous nous retrouvions le plus vite possible entre quatre murs, elle et moi, non ? Ma viande s'impatiente.

— Si ça ne vous ennuie pas trop de passer par le *Prieuré Palace*...

— Pas du tout, montez. Vous prendrez la p'tite dame sur vos genoux. Vaut mieux ça qu'un sac de patates, hein ?

Il rigole.

Et bientô[illegible] démarre sans trop accomplir d'embardées.

— Vous êtes le père ou le fils Boudin ? questionné-je, afin de mettre à jour un tourment lancinant.

— J'suis le fils et le père, répondit-il avec le ton empreint de solennité des gens qui sont les maillons d'une dynastie.

PAUVRITRE VIII

La grande fifille a eu son meurtre, la jolie maman le sien, donc pas de jalouse !

C'est ça que je me raconte *in petto* en arpentant l'interminable couloir (pas minable du tout, espère) conduisant à nos chambres.

Puis je me pose cette question :

« Dans ma piaule ou dans la sienne ? »

Si j'opte pour l'appartement de Michèle, nous risquons d'avoir la tardive visite de sa fille, retour du casino.

Alors la mienne !

Mme Bernier me suit, docile infiniment.

Me suivrait ainsi jusqu'au bout et à la fin du monde.

Les femmes conquises, c'est ça : la soumission absolue. Dès qu'une gonzesse cesse de te filer le train silencieusement, tu peux t'en chercher une autre, car celle-ci est détraquée. Et ça ne se répare pas, une frangine. Amour tiédi, amour fini. Les hommes, un souffle nous ranime les passions. Une bergère jamais !

Et alors, on entre dans ma turne. Je vais pour

éclairer, mais ma compagne emprisonne ma main tâtonneuse dans la sienne.

— Non ! chuchote-t-elle.

Comme elle voudra. L'obscurité est la grande complice de l'amour. Te permet les plus hardies soudardises. Ce qui importe, avec un interlocuteur, c'est de voir ses yeux. Pour baiser, vaut mieux pas interlocuter. Donc, son regard étant absent, son sexe, inversement, devient plus présent.

Michèle, je l'empoigne par ses manettes arrière, cré vingt gu ! Une dans chaque main.

Premier stade : nos bouches ! Contact ! Elle chantonne du pif. Bonnot ! comme on dit quand on bande (1). Elle s'abandonne, pleine et entière, Michèle. Pour lors, la sentant fibriller (2) du frifri je la retrousse.

Et le rideau se leva. Ah ! douce folie sensorielle qui nous emporte jusqu'aux plus lointaines contrées du désir, comme l'écrit si justement Marguerite Duras dans son traité sur *La Pointe du Raz et du Bique réunis.*

Perdre la tête est la meilleure manière de prendre son pied.

Ayant remonté de son enveloppe ce qu'il fallait remonter, puis baissé ce qu'il convenait de baisser, je ne trouve plus en fait d'obstacle à mes ardents desseins que notre verticalité. Pour certains chétifs et autres trique-mous de la commune espèce, il serait insurmontable ; pour moi, fort heureusement, non.

(1) C'eût été dommage de le laisser passer, çui-là !

(2) Je t'offre ce nouveau verbe, ô ma France ! Et ne dis pas merci, c'est compris dans le prix du polar.

La dame m'assiste, grâce à la souplesse dont elle jouit toujours, à quarante bougies effacées, bel exemple d'entretien corporel, bravo, merci ! Se présente en délicieuse biscornance du bassin, échassière brandie sur une seule patte, pubis à l'avant-scène, s'il vous plaît. Donnée ! Je prends. Par ici, mon bon monsieur, suivez le guide ! Ah ! que c'est beau, la nature ! Merci, papa, merci, maman ! Et hop ! Arrimez la charge ! Vous y êtes ! *Achtung*, Madame va quitter le sol ! Décollage imminent ! Compte à rebours-poil ! Zéro ! Pan dans l'Emile, disait Rousseau ! La v'là juchée ! Confiance aveugle en ma force ! Et moi, je l'emmène promener, comme un joueur de grosse caisse emmène promener son instrument. Zim, boum, dzim lala ! Le clair de terre de Werlune filtre par les stores disclos. Mon regard de poisson-chat-huant fait fi de la pénombre. Ce qu'elle est sublime, et bien plus encore, Michèle, la tête renversée, ses cuisses de mon part et d'autre, qu'elle en perd ses escarpins, l'amour ! Tchloc, tchloc ! Et qu'elle y va de grand cœur, de grand cul ! Ah ! la petite sauvage exquise ! Cet amour de l'amour qu'elle a, la divine. Comme elle sait bien que bientôt la Saint-Jean ! Et qu'il faut profiter quand il est temps Aeh ! aeh ! (ajoutait le cher Tino, qui savait bien ce qu'il disait). Sa rage du culte de l'être suprême (Robespierre, Paul, Jacques !) est fantastique. Inoubliable !

Elle pèse rien, en amour, Mme Bernier. Elle est devenue plume.

Et tu sais pas ?

Ma porte s'ouvre, projetant la lumière du couloir en plein sur notre tableau vivant.

Ici présent, insolite, insolent, insoluble : Boudin (père et fils). Boudin, bourré comme le fut Boudin père, comme le sera Boudin fils. Boudin oscillant sur lui-même, tel un immeuble vétuste quand explose la charge de dynamite destinée à le transmuer en terrain à bâtir.

— Escusez-moi si j'vous demande bien pardon, déclame le brave homme, je voye qu'il fait un temps pestif, vu que ces messieurs dames étaient à l'établi. Faut pas m'en vouloir, ma petite dame, bien que vous fussiez en plein panard, selon ce qui semblerait, et tous mes compliments au passage pour vot' pétrousquin, soit dit en passant, j'ai rarement vu un petit cul aussi pommé, chapeau ! Quand je pense à çui de ma pauvre femme, qu'on dirait qu'y en a deux tellement il est colosse ! soit dit en passant. Ah ! c'est pas elle que votre copain pourrait lui faire le coup d'la promenade sentimentale !

Folle de honte, Michèle m'arrache d'elle et court se barricader dans la salle de bains. Ce con de Boudin vient de me pulvériser la cabane ! Après une pareille confusion, elle est pas prête de retomber dans mes bras, la chérie !

— Faut pas qu'elle se gêne, déclare Boudin (maillon), j'sais ce que c'est qu'un coup de verge, c'serait malheureux à mon âge. M'arrive même d'aller aux putes, *moi aussi,* après un banquet. Faut que je vous esplique le motif que je sois revenu. Quand j'vous ai largué, le portier de nuit m'a espliqué comme quoi vous seriez commissaire. Bon, je me disais aussi, mais passons. Je repars. Et v'là qu'au tournant de la rue, je vois surviendre la grosse bagnole américaine que je vous causais, avec le type au chapeau de cuir noir, vous savez ? Çui qu'a été chez M. Creux en seconde posture. C'est ça que j'ai revenu vous annoncer : il habite ici. Sa guimbarde a des plaques métrologiques de Paris en T.T.X. Il l'a remisée dans le bosquet de pins, derrière l'hôtel. Faut que je vais vous la montrer ou si vous pouvez faire sans moi ?

⁂

Le concierge de nuit murmure :

— C'est un Américain, commissaire, arrivé d'aujourd'hui. Il n'était encore jamais descendu au *Prieuré*. Il s'appelle Al Bidoni. Profession : agent commercial. Venant de Philadelphie. Il est seul. Chambre 698, faut-il vous annoncer ?

J'adresse au charmant homme un sourire négatif en couleurs naturelles.

— Il est trop tard pour rendre visite à quelqu'un, fût-ce à un Américain.

Ma chambre est vide, Michèle est allée se cacher. Dois-je l'appeler ?

Non, laissons passer la nuit sur cette déconvenue ; demain je lui enverrai deux douzaines de roses accompagnées d'un mot spirituel.

Brrr ! Quelle soirée épique ! Et même colégramme !

Si je me payais une douche avant de me zoner, histoire de me refaire une enveloppe ? Ma proposition étant acceptée à l'unanimité, je me dessape en un tournevis et vais offrir mon académie (de billard, tu penses, avec une queue pareille) aux mille jets de la douche. Je commence par du chaud, puis, carrément, je termine à l'arme blanche. J'en ai les ratiches qui font du morse.

Là, ouf ! Ça répare (pour un tour !).

Quelle foutue manie ai-je de ne pas fermer ma porte à clé !

Voilà-t-il point que je découvre Dominique dans ma chambre, assise, vannée dans un fauteuil, jambes allongées, bras pendants. Un sac de plastique portant l'enseigne d'un magasin de pêche baulien est posé à côté d'elle.

Nu comme un ver, l'Antonio. Je ne vais pas jouer les puceaux effarouchés, aussi, est-ce avec le plus grand calme que je me dirige vers ma robe de chambre étalée sur mon lit, clochettes au vent, balancier comme un métronome provisoirement à la renverse.

— Pardon pour ma tenue, fais-je seulement.

— C'est moi qui vous prie d'excuser mon intrusion, rectifie la môme.

Ces choses prépondérantes étant dites, elle m'attaque :

— Vous m'avez plantée au casino pour filer à l'anglaise avec ma mère !

— Vous paraissiez tellement passionnée par le jeu que je n'ai pas voulu troubler votre extase.

Elle hausse les épaules.

— J'ignorais que vous alliez ressortir. Du nouveau ?

— Pas mal !

Je lui fais le récit des péripéties qui précèdent.

— Et maman était avec vous ! maugrée-t-elle, rageuse (et, qui sait, jalouse peut-être ?).

— Entièrement, réponds-je.

— Elle ne s'est pas évanouie ?

— Au contraire, elle paraissait passionnée, affirmé-je, convaincu de dire vrai.

— L'Américain au chapeau de cuir, vous n'allez pas lui parler ?

— Pour lui dire quoi ? Je préfère surveiller ses agissements.

— Drôle de conception de votre enquête, pestile la jeune et fringante donzelle commissaire, de plus en plus remontée. Moi, à votre place, je bondirais chez ce type pour lui demander ce qu'il est allé faire chez René Creux !

— Vous n'êtes pas à ma place, réponds-je en m'efforçant de mettre dans ma voix cette placidité débonnaire qui fait tant chier une femme en colère. Ça a boumé, au casino ?

— Ce truc est complètement idiot ! Lancer des plaques sur un tapis vert, quelle pauvreté. Vous avez remarqué les expressions de ces débiles agrippés à la table comme des naufragés à une épave ? Epaves eux-mêmes. Qu'attendre d'une petite bille blanche tournant dans un cylindre ?

— Bref, vous avez perdu gros ? m'enquiers-je, ironiquement.

Elle donne un coup de pied dans son sac de plastique.

— J'ai gagné quarante-deux millions d'anciens francs. Que faut-il faire de cette somme ?

Je surmonte mon époustouflance pour rétorquer :

— Moi, à votre place, je les donnerais à un pauvre. Seulement voilà, il ne doit pas s'en trouver beaucoup parmi vos relations, n'est-ce pas ?

Dominique se lève.

— J'ai l'impression que vous me prenez pour une conne ? demande-t-elle en souriant.

Elle ajoute :

— Cela dit, ça n'a aucune importance.

Et elle sort, oubliant son sac empli de talbins.

LAMENTABLITRE IX

Le drame de notre métier d'écrivain, c'est qu'on ne nous lit pas comme nous écrivons. Tu penses une chose, t'en écris une qui est déjà décalée par rapport à l'idée initiale, et c'est une troisième, absolument différente, que se farcit le lecteur. Pour bien s'exprimer, il vaut mieux se taire, moi je pense de plus en plus. Emettre des ondes, les laisser se disperser... Peut-être ne s'engloutissent-elles pas ? J'aimerais qu'elles s'emmagasinassent quelque part, dans des limbes-réserves où des certains quidams pourraient aller musarder, en désœuvrance d'esprit, parfois.

J'enrogne de rédiger ce qui va suivre, en songeant que ta pomme véreuse, tu vas ligoter un tout autre fromage. Enfin quoi, si on se comprenait, ce ne serait plus la peine d'écrire, hein ? C'est quoi, écrire, sinon de dire à des gens qui ne vous comprennent pas qu'ils ne vous comprennent pas ? Faut pas démordre.

Mon matin est beau comme dans une comédie américaine. Mer bleue, ciel bleu, soleil, musiques, fleurs. Même les gens ont l'air aimables, te dire si l'illuse se fait bien !

Pas de Vieux à l'horizon. Non plus que de dames

Bernier. Je vais faire un peu de foutinge sur la plage, en short blanc, torse nu. Galop jusqu'au niveau de la principale artère, laquelle ne manque pas de s'appeler Avenue du Général-de-Gaulle, tu penses bien. Des gonziers saboulés en grand écuyer à soupe font du cheval, la plus noble conquête du pet, car ces quadru-pattes ont la faculté de louffer en courant. La horde passe au triple galop, en file indienne, les fesses hautes, la visière de la bombe dans le prolongement de l'encolure. Les bourrins courent dans l'eau, jaillissant de l'écume. Des dames matineuses trouvent ça beau comme l'arrivée des Tartares à Hollywood. Des petits enfants qui font du trempolinge battent des genoux en voyant déferler ces messieurs-dames. Moi, je marche. Marche dans l'immensité de la plage, grisé d'air, de soleil, d'océan. Grandi de me sentir si minus devant les éléments magistraux. Marche d'un pas courageux, la plante des pieds ivre de sable, si je puis m'exprimer ainsi (1). Griserie infinie, quoi. Que pourrais-je souhaiter de mieux ? Un inquiet, quand il se sent bien, c'est toujours la question qui lui vient : que peut-il y avoir de supérieur à l'instant présent dont la délicatesse le déconcerte ? Alors il cherche et sa joie part en couille ; normal. Con, mais normal.

Ce matin, l'univers m'est offert et je l'accepte. J'ai téléphoné à M'man, au réveil, elle va bien, sa cousine Albertine est venue passer trois jours à la maison. Elles vont pouvoir sortir les souvenirs de leur bocal,

(1) Comme j'use fréquemment de cette locution (qui fait le larron) je te propose de la simplifier par l'usage de l'abréviation suivante : s j p m'ex a. Tu t'en souviendras ? Bon, remonte !

avec la louche de la mémoire. Et échanger des recettes de ceci cela et autres ; des recettes qui nécessitent de longues préparations et des cuissons délicates ; parce que c'est comme ça quand on veut manger bon : faut du temps, de la vigilance, du cœur.

Je marche... Le sable ne fait pas de bruit sous mes pinceaux. Il est très blanc, très fluide... L'océan se barre doucettement vers les confins. Tout à l'heure, quand il sera vraiment marée basse, une horde d'échassiers nu-pieds, pantalons retroussés, s'en iront à la cueillette des coques, munis d'un petit râteau et d'un sac ou d'un seau. Sots eux-mêmes, arqués, chercheurs, fouineurs, pilleurs de mer.

Je vais, je m'aligne sur la nature fabuleuse qui m'environne. Là-bas, la masse anglo-normande du *Prieuré Palace* se dresse, bastille accueillante des derniers patrons criblés de libelles vengeurs.

Je cesse de m'abandonner à l'immensité pour contempler les ébats d'une admirable jeune fille roulée comme tu as jamais vu. Elle joue au ballon avec un bambin. Beau ballon léger, à tranches de couleurs, et que la brise fait rouler plus loin que prévu. La jouvencelle plonge pour le rattraper. Se reçoit mal, pousse un cri, puis se tord de douleur sur le sable, la jambe gauche dressée.

Un qui se précipite, faut voir comme, c'est l'ami Sana, tu te doutes bien ! Ah ! le gueux, une occase pareille ! Prompt comme un Ecossais apercevant un billet d'une livre sur le trottoir.

— Vous souffrez, mademoiselle ?

Ce qu'elle est choucarde, la mademoiselle ! Une gonzesse pareille, dans les bras d'un autre, c'est une perspective insoutenable. Pulpeuse, dorée, blonde, les cheveux longs, la poitrine pour de vrai, les hanches délicates comme celles d'un Stradivarius, les yeux bleu ciel, magnifique ! Et la bouche ! Et les dents ! Et les cuisses ! Alouette, gentille alouette...

— Je me suis tordu la cheville !

Oh la pauvre superbe cheville !

— Vous permettez ? dis-je d'autorité en emparant son joli panard dont je ferais bien le mien, espère ! Ya yaïe !

Et je masse délicatos la cheville, dessus, dessous, de côté. Sur l'os à moelle, au talon, au tendon de ce con d'Achille, en remontant le mollet, car faut ce qu'y faut ! Tout bien !

— Vous êtes médecin ? soupire-t-elle en grimaçant de souffrance.

— Non.

— Moniteur ?

— Non plus. Il n'y a pas besoin d'être kinési pour savoir masser une cheville pareille dans une peau pareille, surmontée d'une personne pareille ! dis-je sérieusement, afin de contraster.

Les nanas raffolent des contrastes. Quand tu les chambres, reste grave. Si tu les attaques au grand sentiment, fais l'enjoué. Enfin, démerde-toi selon, quoi. Chacun sa recette ; chacun baise ce qu'il mérite.

Au bout d'un moment, elle dit qu'elle se sent un peu mieux. Et moi j'ai un tricotoche mastar comme la matraque d'un M.P. ricain.

Je l'aide à se relever. Mais elle flanche.

— Vous croyez que je suis cassée ? s'inquiète-t-elle.

— Non : foulée seulement. Je vais vous porter si vous le voulez ?

Elle veut bien. Je la chope dans mes bras, elle participe en me tenant par le cou, et on joue la scène des jeunes mariés entrant dans leur nid d'amour : délices, et orgues, ta na na na nana lala lalalère.

— Laissez-moi à ma cabine, elle demande.

C'est le 34.

Je l'y drive, l'y dépose.

Y a personne encore dans les azimuts, vu l'heure relativement matineuse.

— Merci, vous êtes vraiment très gentil.

Tu penses qu'il n'y a pas de mérite.

— C'est votre petit frère, le gosse avec qui vous jouiez ?

— Non, je venais de lier connaissance...

— Vous êtes à quel hôtel ?

— Nous occupons une maison de vacances...

— Avec vos parents ?

— Oui. Ils viennent me rejoindre à la fin de la semaine, pour l'instant je suis seule avec une amie.

Elle ajoute :

— Mais c'est une flemmarde qui ne se lève jamais avant midi.

Bon, alors on se met à papoter, nécessairement. Je lui remasse la cheville en causant. Elle s'appelle Isa Bodebave et elle habite Hyères. Prépare une licence en droit à la Fac d'Aix-en-Province. Ici, son adresse, c'est villa « Les Colombes », impasse de la Médisance. Je lui propose d'aller chercher ma tire pour la ramener à son home ; mais non, elle préfère attendre sa potesse ici et passer la journée sur la plage.

Soite !

Je lui demande si on peut se revoir, elle accepte en

me proposant d'aller prendre un pot chez elle en fin d'aprême. O.K.

Je m'hasarde à lui baiser le coup de pied. Cette chère exquise cheville que tant et si bien j'ai malaxée.

Isa m'objecte qu'un baiser à toute extrémité perd de son efficacité, aussi lui en administré-je un autre, un mieux, un tout grand, prolongé. En gros plan, tu vois ? A lui jouer le Menuet de Boccherini dans la bouche, avec la langue.

Et c'est en chancelant que je m'éloigne, un peu comme si c'était moi qui me sois foulé la cheville ! Elle me guignait, c'est sûr, m'attendait dans les affres, en se tortillant les doigts pour essayer d'y faire des nœuds, car en m'apercevant, elle s'élance, Michèle. Superbe, tout de blanc vêtue. Tennis. Je me dis que le séjour, malgré les attentats à la bombe et les assassinats, possède de bons côtés. Ces nanas merveilleuses, dissemblables, mais toutes hautement excitantes, m'aident à dominer mes préoccupances.

— Antoine, Antoine ! elle écrie, la dame Bernier, Dodo n'est pas avec vous ?

— Absolument pas.

— Elle n'a pas euh... passé la nuit dans votre chambre ?

— Quelle horrible idée ! Vous me voyez séduisant simultanément la mère et la fille ?

Je pense qu'elle préférerait cette perspective, car elle est folle d'inquiétance, ma noble conquête.

— Personne ne l'a aperçue ce matin et son lit n'est pas défait !

J'exprime en deux mots ma stupeur alarmée :

— Oh ! Oh ! fais-je, sans omettre les points d'exclamation.

Je raconte ensuite à Michèle que sa fille est passée me voir en rentrant du casino ; mais qu'on a joué brève rencontre.

— Il faut faire quelque chose ! me supplie-t-elle.

— Vous avez parlé de cette absence à notre vénéré directeur ?

— Naturellement. Il ne sait rien. Il pensait qu'elle se trouvait en votre compagnie.

Je réfléchis.

Et moi, quand je réfléchis, il en sort infailliblement quelque chose, comme d'une braguette ouverte. C'est pas toujours gros, c'est pas toujours frais ni même appétissant, mais c'est en tout cas mieux que rien.

— Ne vous mettez pas la rate au court-bouillon, mon bel amour, je lui supplie ; filez à votre tennis, moi je vais éclaircir cette histoire !

— Il s'agit bien de tennis, alors que j'ai l'âme en lambeaux !

— Attendez-moi au soleil et ne dramatisez pas la situation.

Là-dessus je fonce à la réception expliquer que je dois m'entretenir avec le concierge de nuit. On me répond qu'étant de nuit, cet homme de bien dort le jour ; à quoi j'ai la cruelle audace de répondre que je m'en tamponne comme avec un maillet. Il urge que j'aie une converse avec le concierge de nuit, et ensuite, promis, je le bercerai dans mes bras en lui chantant : « Colin, mon petit frère (ou mayonnaise, au choix) » pour qu'il se rendorme.

Je suis si pressant, si pressé, qu'on finit par m'indiquer en quelle annexe je vais trouver cet excellent homme.

*
**

— Non, non, vous ne me dérangez pas, affirme-t-il, avec une voix comme quand tu tournes une cuiller de bois dans du gruyère en fusion, et en me contemplant avec des yeux auxquels il ne manque que d'être frappés de la faucille et du marteau pour ressembler à deux drapeaux soviétiques.

Je le ranime avec un billet de cent francs, plié en deux dans le sens de la longueur pour qu'il fasse moins triste.

— Vous me recevez cinq sur cinq, à présent, cher ami ? m'enquiers-je.

Il boutonne son pantalon de pyjama qui bâillait à s'en décrocher le suspensoir.

— Parfaitement, monsieur.

— Vous connaissez ma collaboratrice, Mlle Bernier ?

— Oui, monsieur.

— Elle est rentrée tard, cette nuit ?

— Je dirais même qu'elle est rentrée tôt, affirme spirituellement le cierge de nuit (qui n'est pas con du tout).

— L'auriez-vous vue ressortir ?

— En effet, monsieur.

— Longtemps après son retour à l'hôtel ?

— Disons, une heure plus tard.

— Seule ?

— Seule.

— Elle ne vous a pas parlé ?

— Du tout, elle paraissait pressée.

— Elle n'a pas reçu de communication téléphonique pendant son bref séjour au *Prieuré ?*

— Non. Par contre elle m'a appelé.

— Que ne le disiez-vous ! m'égosillé-je.

— Mais je vous le dis, monsieur, objecte pertinemment cet être de la nuit.

— Et que vous a-t-elle demandé ?

— Le numéro de chambre de M. Al Bidoni.

La conne ! Je l'aurais juré. Elle aura voulu voler de son propre zèle ! Me prouver qu'elle est capable d'agir seule et de prendre les choses en main ! Ah ! l'hyperidiote ! Non, mais tu te rends compte un peu ? Au lieu d'épouser le fils d'un industriel ou d'un général, ou d'un ministre à la rigueur ! Policière ! La commissaire de mes deux ! Je la giflerais.

Seulement pour cela, il faudrait que je l'eusse à portée de baffe.

— A-t-elle téléphoné ensuite à Bidoni ?

— Non, monsieur.

J'attends une paire de minutes. Ne trouve plus rien à bonnir. Alors je passe ma dextre sous la nuque de mon terlocuteur et l'embrasse au front.

— Allez, dodo, maintenant ! lui fais-je.

Dodo ! Le diminutif de Dominique.

*
**

Le cierge de jour (car il n'a rien de con non plus) hoche la tête, ne pouvant branler le chef trop occupé à ses fourneaux.

— M. Al Bidoni nous a quittés tôt ce matin, dit-il.

Un grand frémissement me part du poil frisé que je porte sur le gros orteil droit, remonte mon académie (des beaux dards), s'attarde un instant à mon fondement, puis oblique en direction de mon nombril dans lequel il se blottit pour y attendre des jours meilleurs.

Parti !

Un mot. Un seul. Mais pas laconique du tout ! D'une précision chaoursienne (1), s j p m'ex a.

Parti !

Et ma petite collègue a disparu.

— Son séjour était prévu pour combien de temps ? bredouillé-je.

— Quatre jours, me répond mon interloqueur (car il m'a interlocuté).

— Quelle raison a-t-il donnée de son départ précipité ?

— Une obligation imprévue.

Je danse d'un pied sur l'autre, semblable à un héron affligé de crampes.

— Montrez-moi la copie de sa note, je vous prie.

Le cierge n'ignore pas qui je suis, aussi transmet-il ma requête au caissier, lequel est une caissière plus agréable à palper que ses liasses de talbins.

La note m'est donc remise. Enigmatique comme toujours dans les palaces modernes. Pour t'y retrouver, faut connaître les abréviatifs, les signes conventionnels et une foule d'autres choses. Néanmoins, je finis par retapisser une rubrique *téléphone*. Il a douillé cent seize francs aux valeureux pététés, mister Bidoni.

(1) Ce mot ne veut rien dire, n'a encore jamais été utilisé, ne le sera plus jamais, d'où sa valeur intrinsèche. Je te serai reconnaissant de ne pas le réutiliser, d'ailleurs, il te donnerait l'air davantage con, et de ce côté-là, tu dois absolument soigner ta ligne !

San-A.

Je grimpe au standard où de très aimables dames manipulent des fiches, réglementent des voyants lumineux, composent des numéros et invitent les clients à parler quand elles viennent de leur décrocher la timbale.

Je distribue des sourires alléchants (qui sont à lécher) et brandis la note du Ricain en les suppliant de me retrouver à quoi correspondent les cent seize balles. Elles s'attellent à la besogne subito presto, mes jolies gentilles. C'est fou ce que les personnes du sexe me portent à l'âme et au kangourou, ce matin. Les autres jours aussi, certes, mais de façon plus nuancée, avec des élans sélectifs. Aujourd'hui, c'est tout bon, je me sens un appétit sexuel d'ogre à gros zob. Et cet état est plutôt confortable, car il te donne l'impression d'être plus vivant que nature.

Je les regarde s'activer. Je suppute le contenu de leurs soutiens-gorge et de leurs culottes, et la manière dont elles ferment les yeux quand tu leur joues « Trêve de Valise », comme dit Béru en parlant de « Rêve de Valse ». L'imaginance, je vais te dire : c'est irremplaçable. Beaucoup mieux que la réalité, souvent.

Les voilà qui tripatouillent des fiches, collationnent des listes, chuchotent, s'assurent que tout va bien, consciencieusement. Et l'Antonio, pendant ce temps, se demande à laquelle qu'il aimerait donner l'imprimatur ; qui, de la jolie brune ou de l'adorable châtaine répondrait le plus ardemment à son bidurage polave. Va falloir que je m'aligne une personne dans les meilleurs délais, comme on dit puis sur les lettres d'affaires. Y a urgerie. Mais qui ? La pauvre Michèle est dans les angoisses maternelles et je ne verrai qu'en fin de journée la môme Isa. Dites-moi où ? En quelle cuisserie je peux aller soigner ma goderie galopante ?

— Voilà, m'annonce la brunette.

Je happe son feuillet de bloc. Elle a une belle écriture, bien formée, généreuse, avec de la frivolité en contrepoint dans les boucles et les jambages. Ces jambages de son écriture me donnent envie des siens.

Mais tu es au charbon, l'artiste, et tu as d'autres chats, d'autres chattes à fouetter !

Je fouette la liste.

Une communication avec London, une autre avec La Baule. C'est, dans l'immédiat, celle-ci qui m'intéresse. Le numéro : 69 69 69. Et tu viendras contester l'élégance du hasard après ça ! Y a des jours, je te dis ! Y a des jours.

— Vous voulez bien m'indiquer à quoi correspond le 69 69 69, je leur implore en mettant du velours dans mes yeux, dans ma voix et sur la partie avancée de mon Eminence (qui au grand jamais n'est grise).

Un jeu d'infante !

La ravissante brunette potasse (elle est alsacienne) un annuaire. Toujours de sa belle écriture bien jambée, me griffonne une adresse.

Et moi, l'Antonio, quelle n'est pas ma stupéfaction de lire les mots suivants :

« Villa « Les Colombes », Impasse de la Médisance. »

L'adresse que m'a donnée la sublime blonde à la cheville foulée ! Oh ! mais dis donc, tu sais que ça va loin un amphigouri de ce tonneau ! Très très loin !

La gosseline à la peau d'or était l'appât d'un piège ! Fausse foulure ! Et ce soir, elle m'attend. Tu veux parier qu'elle ne sera point seule ? Ou alors qu'elle s'évertuera à me tirer les vers du nez ? Mais quels vers, grand Dieu, puisque moi-même suis à la pêche aux renseignements ! Qu'attend-on de moi ? Et qui ? Et pourquoi ? Et comment ? Et merde !

— Mille merci, mes jolies demoiselles, fais-je en leur envoyant des baisers du bout des doigts, comme sur les images galantes et mutines d'avant les Grandes Guerres.

Je vais rejoindre Michèle.

— Vous avez du nouveau ? me demande-t-elle.

— J'en ai.

— Vous savez où est Dodo ?

— Presque.

Là je m'avance un peu, pour ne pas reculer. Mon assurance calme les angoisses de Mme Bernier.

— Que lui est-il arrivé ?

— Elle a voulu faire écuyère seule, et des petits rigolos l'ont interceptée, mais rassurez-vous, avant la fin de la journée je vous la ramènerai saine et sauve !

— Vous êtes certain qu'on ne lui fera pas de mal ?

— Certain !

In petto, comme disent les Italiens, je pense que j'envoie le bouchon un peu loin, mais l'optimisme est parfois une forme de la charité.

Je considère avec émoi cette exquise tennis-woman. Pas la peine de vouloir lui placer ma botte secrète : en admettant qu'elle cède à mes instances, le cœur n'y serait pas. Or, le cul sans le cœur c'est un potage sans cuiller, comme l'écrivait mardi dernier un éditorialiste de *La Croix*. Et comme il a raison !

*
**

Après les miennes, c'est les choses de la vie que je raffole.

Tellement imprévisibles. Chatoyantes, farineuses, massives (fais pas attention, j'ai fini ma boîte de gélules mais je vais en commander une autre, j'ai conservé l'ordonnance).

Figure-toi que je suis là, à chercher l'Impasse de la Médisance, laquelle m'a-t-on (ou maton ?) expliqué est très voisine de l'Avenue Maréchal de Gaulle (1515-1547) (1).

Donc, je déambule sur cette artère essentielle de la Belle Baule (qui possède la plus fabuleuse plage d'Europe, un micro-climat et un maire prestigieux, donc trois raisons de boire Contrex) savourant le spectacle des estivantes en shopinge (y en a des jolies, mais un peu vulgaires ; des tartes, mais assez distinguées ; des aguichantes, mais accompagnées ; des salopes, mais pas soignées, enfin rien qui me cadre pile. Ce qui est d'autant plus regrettable que j'ai un énorme dévolu à jeter, et ne sais où, hélas, ni sur qui, bordel de Zeus ! Quelle journée ! Se charrier un pareil besoin de pointer, traîner dans son pantalon de lin bleu ciel un tricotin d'âne rouge et ronger son frein à main, c'est désespérant à la longue. J'en arrive à sourire à des nanas peu recommandables : des dodues, des mal frisées, des fardées de traviole, des à moutard qui leur monte au nez, des en congés mal payés, des connes à connerie belliqueuse, des

(1) San-A ne confondrait-il pas le règne du Général de Gaulle avec celui de François Ier ?

Note (impayée) de l'Editeur.

vachasses ruminantes, des dondons, des dindonnes, des dingues donc, des dignes d'un don, des camouflées, des qui malodorent, des qui trémoussent, des qui surabondent, des qui nauséabondent, des qui s'estompent, et d'autres encore moins fraîches, vioques et blettes, mal dentées, mal baisées, mal loquées, mal lavées, mal élevées, mal en pis, mal en contre ; des moches, des boches, des doches (1), des à poches sous les yeux, des à main occulte, des qu'on pressent tenancières, des qui se laissent mettre sans s'en laisser conter, des en vague d'âme, des pompeuses, des tousseuses, des effréneuses, des pleureuses, des chieuses, des nordiques, des merdiques, des hydrophobes, des microbiennes, des évanescentes, des contrecarrantes, des implorantes, des contenues, des éthérées, des frileuses ; des qu'on prend pour des hommes, des qu'on laisse pour ce qu'elles sont, des qu'ont du poil partout et qui ne se font pas épiler, des catastrophiques, des mélancoliques, des coliques, des qui font la lippe, des qui font des pipes épiques, des filles de peu, des femmes de rien, des femmes de tête, des têtes à claque, des claquemurées, plus certaines encore que je passerai : sous silence, à profits et pertes, à la casserole, sur les détails, prendre, à l'ennemi, en fraude, à l'alcool à 90°, par les armes, à tabac, et à la moulinette farceuse.

Et c'est très exactement là, à cet instant de contemplation générale, à ce point d'induration de ma colonie pendulaire que le truc, ou, pour parler plus explicitement, la chose se produit.

(1) Cherche la définition de « doches » sur un dictionnaire d'argot.

Elle se produit sous la forme volumineuse d'un car de couleur bleue, que l'intensité de la circulation force à stopper auprès de moi.

Un visage de rêve est collé à une vitre du véhicule, tel un lampion luminescent.

Un visage doté d'un rire gouffresque, mal denté, mousseux, rosâtre. Derrière ce rire, une langue bovine, crépitante de pustules blanches. Au-dessus : un nez tuberculesque, plus veiné que la carte des voies navigables hollandaises. Et puis, de part et d'autre de ce pif, deux espèces de pommes trop cuites au centre desquelles a été déposée une double cuillerée de gelée de groseille.

Et le tout crie des choses, me les lance, à moi, humble passant en pré-bandaison pensive. Des mots lisibles par un sourd-muet aveugle, tant tellement ils sont articulés avec vigueur.

— San-A ! Mais c'est lui ! Ah ben merde, alors ! Qu'est-ce y fout t'ici, c'con ! Chauffeur, arrêtez ! Mais arrêtez donc, bordel !

Oui : Bérurier. Béru, accompagné de sa baleine, laquelle s'est soulevée sans cric et gare ! de son siège pour me constater, m'admettre la présence, là, en cette Baule superbe (Peau de Baule et ballot de crin !).

Le Gros s'arrache à sa place. Enjambe brutalement sa rombiasse. Se précipite vers l'arrière *of the vehicle* (en français dans le texte) pour s'évacuer par la porte arrière, qualifiée d'issue de secours, du car, *you follow me ? You follow* bien *me ?* O.K. Il a choisi cette voie parce qu'elle est la plus proche. Il décolle un petit vieillard barbichu de blanc de son siège, veut ouvrir la porte ; mais sa grande hâte fébrile gêne l'efficacité de ses mouvements. Cette issue, qui n'est pas issue de germain, mais simplement de secours, fonctionne mal, comme toujours en France, où les secours restent théoriques. Alors il enrogne, le gars Alexandre-Benoît. Et c'est le grand rush impatienté. Ce qui consécute la chose suivante : la porte cède à ses instances, certes. Hélas, elle se résigne juste comme passent deux vieilles religieuses au ras du trottoir. Les malheureuses saintes femmes (donc, les malheureuses bienheureuses) sont cueillies par le panneau de métal, balayées, propulsées dans l'éventaire d'un marchand de primeurs, et ce sont elles, ces deux braves chéries, qui ont la primeur d'une caisse d'œufs réputés « du jour », mais mon zœil (ou mon n'ob). Elles y valdinguent avec un ensemble parfait, font basculer l'étalage. Sont submergées d'œufs, de pommes, de poires, de tomates et de scoubidous. Et ce ne sont pas des cornettes que je te raconte, jamais je me permettrais de plaisanter avec ces choses-là.

Le Gravos déboule du car, jette à ses deux victimes un négligent « Mand' pardon, mes sœurs » et fait les deux pas qui le séparent encore de moi. Il est beau en touriste estivancier, l'Artiste.

Il porte une chemise à manches courtes, d'un rouge vif assorti à ses yeux, un short blanc à peine marqué de vin rouge, des chaussettes montantes de couleur verte et des baskets jaune et bleu. Un appareil photographique lui pend au cou, comme une cloche à celui d'une vache helvète.

— Franchement, je croye rêver ! m'affirme-t-il en m'étreignant. Toi z'ici ! Alors là, non, j'te jure ! Faut venir jusqu' là pour y croire !

— Et toi, retourné-je, comment se fait-il ?

— En vacances, j'sus t'avec Berthe, son onc' Lemmuré, qu'est veuf, et la fille de son onc' qu'est vieille fille et d'esprit très régicide, qu'on peut pas lui plaisanter devant, bigotte, quoi ! C'est pas l'pied. On vient au Croisic, à l'hôtel des *Mouettes et de la Bretagne réunies*, dont il appartient à Tonton qui l'a mis en gérance libre, mais qui tient à surveiller de près l'fonctionnement, grigou comme le v'là, c'vieux nœud ! Tiens, j'te présente ; ajoute-t-il en me désignant le vieux barbichu qui nous a rejoints : notre onc' Lemmuré.

Le petit dabuche acide dit, sévèrement :

— Vous avez vu ce que vous avez fait à ces deux religieuses, Alexandre-Benoît ?

L'interpellé s'indigne.

— Moi, j'leur ai faite qué'qu'chose ! C'est d'ma faute si c't'autocar de merde a un' porte qui coince ? J'sus responsable de leur matériel à c'te compagnie ? Ah ! j'vous en prille : m'faites pas pleurer les fesses, Tonton. J'déteste qu'on va m'chercher des rognes à travers la paille. Dites à Berthe qu'j'vous rejoindrai plus tard au Croisic, j'sus t'avec mon ami Sana et j'oublille pas qu'on est au pays du muscadet.

Là-dessus, il m'empoigne le bras.

— C'vieux crabe commençait à m'cavaler su' la bite, me dit-il. Moi, les vacances en famille, cinq minutes, ça va ; mais j'passerai jamais professionnel.

DÉGUEULASSITRE X

C'est une bouffée d'air, Béru.

Pas pur, mais tonifiant tout de même. Lui, ce qu'il possède des alpages, c'est le fumet de leurs étables et des pinceaux des bergers.

On s'effondre sur une ravissante moleskine beige clair dans le bar de M. Bouze (c'est écrit sur la lourde : *Bar Bouze*). On picole un peu pour se refaire une tendresse, Alexandrovitch et moi. Débit de boissons deviendra grand pourvu que Béru lui prête vie. Il me narre ses débuts de vacances, dont déjà il m'avait résumé l'essentiel : à savoir qu'elles le font tarter. Il ne tient que par la table, le Gros, dans ces cas de langueur existentielle. S'y raccroche comme Géricault au rade haut de la Méduse. Manger devient son unique évasion, sa philosophie de secours. Il se serait bien embourbé la cousine Lemmuré, manière de lui épousseter les toiles d'araignée, à cette haridelle, mais franchement, elle est trop blette et confite ; il voudrait pas minoucher une nière qui réciterait son chapelet en cours de disco mutin, l'Artiste. Catholique, il est, indélébilement ; il peut pas se permettre le risque d'être excommunié pour une tyrolienne à glotte circonscrite, si ?

Quand il a fini de doléer, je lui narre ma petite affaire. Et alors, tu le verrais reprendre du poil de l'ablette, Messire ! La manière qu'il pavoise des fanaux, le bon Ogre. Et salive de plaisir ! Tant il salive que son calcif détrempe, c'est dire !

Il préfère ça aux Lettres de mon moulin. Et pourtant c'est charminge, les *Letters from my mill,* frais et pinson en diantre diable, non ?

— M'est avis, dit-il, qu'il se passe du tout moche dans c't'estation baleinière, et qu' t'es pas au bout de tes peines, mon Grand. Il est temps qu' j' vinsse en renforcement. Ton gus à la veste blanche te drive en barlu. Le gonzier qu'a gerbé de l'hôtel est un drôle de pélican, et tu t'es fait chambrer par la mignonne d' la plage. Comme j'ai un cerveau tout frais, hors surmenage, pimpant neuf et en parfait étalon d' marche, m' vient une idée qui risque d' te r'donner l' beau rôle.

— Laquelle, mon Gros ?

Il vide son verre pour se lubrifier la menteuse, ensuite de quoi il me chuchote une combine d' à sa façon, pas glandularde le moins. Tellement choucarde, même, que je m'abonne dans son sens, comme il dit.

Là-dessus, nos accords étant pris, nos montres réglées comme : du papier à musique, une horloge de précision, une dame en bonne santé, je nous sépare pour aller préparer la réception du prince Charles.

***

En v'là un, il marche pas à côté de ses pompes, espère ! D'ailleurs, il s'écraserait les orteils vu la dimension de ses tatanes. Sa dégaine princière lui permettra jamais d'entrer dans le marcher commun, car il a le marcher trop aristocratique, lent et mesuré, pareil à celui d'un garde royal en train d'essuyer un étron collé à sa semelle.

Il descend de son avion, escorté de deux ou trois Anglais habillés en Britanniques, le cheveu plat, un sourire surgelé en bouche. Il fait un petit geste de la main, comme quand tu effaces la buée de ton pare-brise, afin de saluer l'assistance qui clairsème à tout vent (elle se compose essentiellement de la Rousse).

Des officiels s'empressent. Il leur serre la louche. Quelques rapides palabres et le voici engouffré dans une tomobile noire, en compagnie de trois autres pèlerins. Une bagnole de bourdilles, banalisée (pour les bourdilles y a pas besoin ; ils le sont de naissance) se met à lui filer le train. Maigrichon cortège, mais quoi : il n'est que prince et le restera longtemps encore, je gage, bien que sa maman soit en pleine méno. Et son voyage n'a rien d'officiel. Il vient voir sauter des canassons, ça n'est pas vital pour le devenir de la Grande Albion.

Ma pomme se met à suivre les deux véhicules, de loin. De très loin, nonchalamment, un coude à la portière, ma radio bieurlant à pleine vibure, façon touriste en maraude.

Il fait beau, de plus en plus beau...

Et pourtant, je suis étreint par un vilain pressentiment. Il me semble qu'un chaudron d'huile bouillante est posé en équilibre quelque part sur une porte inconnue ; et que je vais pousser cette porte, à un moment ou à un autre.

Là-bas, la voiture princière accélère brusquement. Surpris, je regarde, et que vois-je ? Des petits nuages caractéristiques qui moutonnent à droite de la chaussée. On a défouraillé sur le Prince !

Dis donc, on ne perd pas de temps pour lui faire sa fête à cézigue ! Je donne un coup de sauce pour me ruer sur les lieux de la mitraillade. Et qu'aspers-je ? Tu donnes ta langue ?

Une baraque foraine. Enseigne ? « Au champion de l'Atlas. » Tartarin, propriétaire. Elle figure parmi un groupe de manèges mélancos qui tourniquent au son d'une musique rouillée, pour seulement deux ou trois mômes.

C'est de cette baraque qu'on a praliné Sa future Majesté Bricabrique. Une auto sport démarre déjà, dont il m'est impossible de repérer la plaque ralogique. Qu'elle est déjà à l'autre extrémité de l'esplanade, cette véloce bagnole. Crème, elle est. Capote noire. Tout ce qu'il m'est accordé de déterminer.

Personne à la baraque foraine. C'est pas l'heure de fonctionnement. On a carbonisé le cadenas pour l'ouvrir. Astucieux. De ce point-clé, le ou les tireurs pouvaient guigner l'arrivée du prince sans attirer l'attention. Des gonziers à fusil, devant un stand, c'est aussi normal qu'une blennorragie dans la culotte d'un séminariste.

J'interpelle (à gâteau) deux bambinos qui glandouillent à portée.

— Hé, les mômes, vous avez vu les gens qui viennent de tirer ?

L'un d'eux acquiesce.

— Oui, on les a vus. Ils avaient des gros fusils. Ils

ont fait des cartons. Et puis ensuite ils ont tiré dans la rue.

— Comment étaient-ils ?

Ils se mettent à jacter en même temps, et avec volubilis, comme dit Bérurier. Les mouflets, si tu leur prêtes l'oreille, ils s'hâtent de la remplir. De leur babillage tumultueux, il ressort que les tireurs étaient deux, qu'ils portaient des vestes de cuir, qu'ils étaient grands (mais vus par des chiares, ça ne signifie rien) et qu'ils s'exprimaient en langue étrangère.

Je laisse mes témoins en culottes brèves pour aller plus loin voir si le prince y est.

Il n'y est plus. Les deux voitures ont poursuivi leur route. Y a-t-il du bobo ? Je le saurai plus tard. Donc, je bombe jusqu'au *Prieuré Palace*. Là, j'avise un rassemblement de minime importance autour de la tire ex-princière (Charly n'y est plus). Les poulets examinent les points d'impact des balles dans la carrosserie. Ils branlent ce que tu sais en échangeant ce qu'ils ont à leur disposition : à savoir des considérations. Certains le font en anglais vu qu'ils sont anglais, et d'autres en français puisqu'ils sont français, et, moi je te dis une chose : connaissant la vie comme je la pratique, ils discutailleraient aussi bien en espagnol s'ils étaient guatémaltèques.

Je frime la guinde et alors, quelque chose me surprentissime, car j'ai une sagacité exceptionnelle. Françoise Xénakis, ma gentille, a beau prétendre que je ressemble à un officier aviateur qui n'aurait jamais volé, île n'en pêche que pour visionner au premier regard ce qui cloche dans un attentat contre le prince Charles d'Angleterre, tu ne trouveras jamais mieux que bibi, ou alors ce sera beaucoup plus cher et encombrant, sans compter que ça risquerait de se casser pendant le transport.

Le quelque chose auquel j'allusionne réside dans le fait que la volée de balles : au moins sept ou huit, ont frappé le bas de caisse de la brouette. Et moi, des tireurs d'élite qui attentent à la vie du passager d'une chignole en défouraillant à vingt centimètres du sol, je prétends qu'ils ont plutôt peur que ledit ne s'enrhume. Même quand tu plombes à la volée, et surtout si tu es professionnel, tu défourailles à la bonne hauteur. Quand le cher Bastien a voulu scrafer l'autre Charles, il l'a raté parce que Dieu protégeait ce dernier, mais uniquement. Sinon les quetsches se trouvaient bel et bien là où elles avaient le plus de chance d'enveuvasser la France. Et quand on a rendu la pareille au Bastien, c'est pas dans ses patounes que les gaziers du peloton lui ont balancé le potage ! Qu'une balle perdue se loge un peu bas, certes. Mais que l'essaim se situe au ras du plancher, nenni. Si bien que je suis prêt à te parier une bande de comtes contre une bande Velpeau, voire un comte courant contre un compte bancaire, ou encore un vicomte contre un compte à rebours, oui, prêt, que cet attentat est bidon.

Dans quel obus ? Ministère et bulldog ! (Toujours Béru dixit.) Décidément, cette histoire est inextricable, et pour l'extriquer, va falloir fourbir mes méninges. Pas chialer l'huile de matière grise. Employer l'extrait d'extrait d'encéphale, moi je t'annonce.

Je pénètre dans l'hôtel. Le Vieux est au bar, en compagnie du duc de Réchetague, du vicomte de Braz-Gelone, du comte de Mont-Técristau, membres du comité hippique, organisateurs distingués, qu'il connaît bien, Achille, tu penses, ce vieux con, dès qu'il y en a de plus vieux, plus cons et plus huppés que lui quelque part, s'il leur saute dessus, ce bol de bouillon ! Qu'on peut bien trucider mille fois le prince, l'écarteler dans le sens de la longueur et lui enfoncer une minicassette de Julien Sardou ou d'Ernestine Dalida dans le prose, le comment qu'il s'en tamponne, du moment qu'il a trouvé à qui palabrer et rond-de-jamber. Le snobisme, c'est la plaie de nos dernières civilisations. Vivement les prochaines, qu'on gambade enfin dans le naturel et la simplicité, merde ! Moi, je dis ! Et je dis toujours conformément à mon avis, sache-le ; suce-le aussi, par la même occase.

Le Vioque, me trouvant pas suffisamment Jockey Club de manières, feint de ne pas me voir, histoire de me décourager l'approche, ce que voyant, je me rabats vers le bureau du directeur, homme aimable s'il en fut, comme on disait au temps de Hugues Capet et de sa belle-sœur (la grande : celle qui avait un slip propre et l'heure d'été à son cadran solaire).

L'ai déjà vu, le gentil dirlo et sa non moins gentille dame. Avons bavardé de l'appui et du turbotin. Un gars efficace. J'aime les gens efficaces parce qu'ils me reposent en accomplissant à mon profit une foule de trucs que je ne ferais jamais sans eux.

— Où est le prince ? je leur m'enquiers.

— Dans ses appartements, il vient de commander un repas pour lui et son secrétaire.

— Il est indispensable que je le leur serve, dis-je, avez-vous une tenue de maître d'hôtel à me prêter ?

Les gentils dirluches se regardent sans enthousiasme, comme si je leur proposais d'organiser une partouze dans le grand salon de leur crémerie.

— Il y va de la sécurité de Charles Windsor, renchéris-je. Vous n'êtes pas sans savoir que sa vie est sérieusement menacée ?

Ce dernier argument est décisif.

Et c'est pourquoi...

Douze minutes plus tard...

PETIT FILM MUET TOURNÉ EN ACCÉLÉRÉ POUR DONNER LA SENSATION DU CINÉMA DE L'ÉPOQUE CHARLOT

Un étrange équipage s'arrête devant la double porte portant le numéro 108. Il se compose : d'un maître d'hôtel en habit, d'un garçon en veste blanche et gants blancs, poussant une table roulante aux rallonges abaissées, d'un sommelier en gilet noir. D'un jeune serveur probablement homosexuel dans le civil, coltinant un immense plateau d'argent surchargé de plats également d'argent.

LE MAÎTRE D'HÔTEL
(*à ses péones*) :
Parés, les mecs ?

Acquiescement général.
Le maître d'hôtel toque à la lourde.

Bruit de l'index replié sur le panneau de bois.

LE SOMMELIER
(*bas*) :
Y a une sonnette !

LE MAÎTRE d'HOTEL :
J'ai pas fait gaffe !

UNE VOIX : (off) Come in !

Le maître d'hôtel ouvre et pénètre dans la suite royale, transformée en suite simplement princière à cause de ce grand connard (1).

Une petite antichambre avec des gravures anciennes et anglaises à la fois. Une porte à droite donne sur la salle de bains. Un petit couloir accède à deux chambres. Face à l'entrée, une double

(1 et 1 *bis*) Note pour l'ambassadeur de Grande et Petite Bretagne en France : Ne vous foutez pas en rogne. Excellence, attendez la suite Merci.

San-A.

porte donnant sur le livinge-rome (en anglais dans le tesque). On aperçoit le prince Charles dans un fauteuil, en bras de chemise car il n'est pas fier et porte une chemise ; ayant son secrétaire sur les genoux, lequel lui roule une galoche (1 *bis*).

Le prince Charles a ceci de commun avec Napoléon Pommier, que tant ses aïeux tourmentèrent, c'est de fourrer sa main par l'échancrure d'un vêtement. Le Corse aux cheveux plats mettait la sienne dans son gilet, le futur monarque glisse la sienne dans le grimpant de son secrétaire.

Notre venue boustifailleuse met un terme (comme disait ma concierge) aux lutineries de ces messieurs.

Nous les servons (mes coéquipiers du moins, car bibi moi-même, fils unique et préféré de Félicie sa brave femme de mère, se met à inventorier les lieux avec célérité et discrétion bien entendu, l'un n'allant pas sans l'autre) en grandes pompes.

Ils commencent par une salade de langouste, arrosée d'un muscadet sur lie bien frappé (avant d'entrer).

Je feins de vaquer pour visiter les chambres agaçantes. Rapide inspection. Bombe ? Que non point. Ou alors subtilement dissimulée.

J'ai une méthode d'investigation très particulière. Au lieu de fouinasser en trombe, je m'assois au milieu de la pièce et j'examine tout, centimètre par centimètre ; quand une hésitation me prend, je me lève afin d'aller vérifier, puis je reviens poser mes fesses sur la chaise et je continue en pivotant.

J'achève l'inspection de la chambre *number two*

quand mes acolytes (devins) m'hèlent sans précautions préséantes.

— Hé ! Chef ! Venez vite !

Je retourne au salon.

Là, un spectacle : ahurissant, terrifiant, inouï, incroyable, stupéfiant, épouvantable, démoniaque, dantesque, ferrugineux, électrocutant, clownesque, impressionnant, décathlonesque, prépondérant, shakespearien (1) m'attend.

Et m'attend patiemment, puisque, tu l'as déjà compris, avec ton sens charogno-divinatoire proverbial, il s'agit de macchabées.

Le prince Charles, oui, mon vieux !

Et son accessoiriste.

Pouf patapoum ! Un doublé ! L'un comme l'autre le nez dans sa langouste en salade. Il n'y a plus de numéro à l'abonné que vous avez demandé, comme disait mon cher Pierre Dac ! Pas raides, mais en train de le devenir. Charly et son manutentionné clamsés. Poison ! Que de crimes on a pu commettre en ton nom ! J'en flageole de détresse ! Moi, Santonio, le fameux, le disert, le brave, l'orgueil de la Rousse et du Larousse et des rousses (qui ne puent pas trop, car je suis allergique aux senteurs de ménagerie) et de la Croix-Rousse (Lyon, Rhône), et des rouscailleurs, et des roussins, roussettes, rousserolles (cui cui) ; moi, Sang et eau, santos du Tonio, Santonio ni trompette, moi qui ne recule que pour prendre mon élan ; moi le madré, le futé, l'inculqueur de

(1) Tu choisis l'épithète qui te convient et tu biffes les autres, mais moi, j'ai un faible pour shakespearien

San-A.

mouches, moi qui possède un empan de 28 centimètres (1), moi, le redresseur de Thor (Dieu des éclairs, y a du boulot !) moi, donc, j'ai de mon propre chef véhiculé la saumâtre, la nocive, l'irrémédiable potion maléfique qui vient de faire tomber de son illustre arbre généalogique l'héritier de la Couronne Britannique, la seule qui demeurât en or véritable.

Moi, le conjureur de dangers, j'ai, sous ma pleine et entière responsabilité, coltiné le cyanure (ou tout autre produit farceur) jusqu'aux lèvres princières. Ah ! que le lion des armoiries britiches me dévore les trois ou quatre testicules qui, visibles et cachés, m'animent ! Qu'il me dépèce et se dépêche, ce ridicule fauve pour paquets de bonbons, dressé sur ses pattes antérieures, la queue droite, montrant sa langue au docteur Watson, tandis que son lionceau, debout sur la couronne, couronné lui-même, crée la notion d'infini si plus richement démontrée cependant par *La Vache qui rit. Dieu et mon Droit*, ces nœuds ! Comme s'il y avait Dieu ET autre chose. Et puis, dis : t'as vu leur Droit, au *British Museum ?* Il est pas possible de visiter l'Egypte sans commencer par le *British Pillardium*. Au Caire, ne reste que les restes ! La caverne d'Ali-Baba, le *British Recelium !* Qu'ils n'y aient pas amené les Pyramides, le Sphinx, la Vallée des Kings et tout le chenil me déconcerte. Fallait pas qu'y s'gênent du temps qu'ils se trouvaient à pied de chef-d'œuvre, les bons Rosbifs. Ah ! malgré qu'ils fassent l'élevage des fantômes, ils ne sont pas superstitieux, espère !

(1) Cherche *empan* sur le dico, mais c'est pas ce que tu espères.

Me voici donc déshonoré devant ce cadavre encore plus con mort que vivant (1) puisqu'ayant le nez dans une salade de langouste (miam-miam !).

Loin de conjurer, j'ai aidé à l'accomplissement du meurtre. Complice involontaire, certes, mais complice tout de même ! Quelle histoire ! Elle sent la mer quand on a oublié de changer l'eau pendant plus de huit jours ! Elle désastrise ma carrière ! Moi, l'Antonio-roi ! En arriver là ! Comment ai-je pu encourir (à perdre haleine) un tel camouflet ?

Les serveurs se sont reculés jusqu'au mur, comme s'ils s'attendaient (et se résignaient) à être fusillés sur place, séance tenante et in extenso.

Leur immobilité me donne l'idée de leur intimer un « Que personne ne bouge » qui pétrifierait un incendie de forêt.

Je m'approche des deux défunts pour humer leur rata. Une odeur d'amande amère s'en dégage que mon sens olfactif détecte sans tu sais quoi ? Pourquoi coup férir ? Y a pas que coup férir qui s'adapte à la circonstance, non, je voyais plus simple, plus banal : difficulté, par exemple. Donc : que mon sens olfactif détecte sans difficulté. Moi, un homme de nez, c'est connu. Te prouver l'à quel point : lorsque le Premier Ministre cause à la tévé, je peux te dire s'il a bouffé de l'ail.

— Il aurait peut-être mieux valu renifler avant de

(1) Nouvelle note pour M l'ambassadeur de Grosse Bretagne en France · continuez de ne pas vous fâcher. Excellence. attendez la suite.

Note additionnelle pour mes traducteurs britiches : dans cette histoire. prière de remplacer le prince Charles par un autre prince à la con. celui des Iles Maladives par exemple.

les servir ? suggère le sommelier, ce petit monstre, quel toupet ! Non, mais...

Au lieu de répondre vertement, ce qui serait de circonstance vu la couleur qu'adoptent les deux morts, je dégoupille le téléphone pour héler le Vieux.

Toujours au bar, le Vénérable. A palabrer avec la Noblesse ou le Clergé, bisouiller des dos de main de vieillardes farineuses, déguster des bloodies-Mary en clappant élégamment de la menteuse, comme notre Président entre deux phrases.

— Ecoutez, San-Antonio, me lance-t-il d'un ton irrité, je suis présentement en conversation avec le baron de Lévy-Rosemberg, et...

— Je le sodomise, votre baron ! aboyé-je ; amenez-vous dare-dare chez le Prince.

— Quouhâââ ?

J'ai déjà raccroché.

Les trois employés de l'hôtel commencent à se fatiguer de leur immobilité.

— Et à présent, qu'est-ce qui va se passer ? s'enquiert le loufiat, on attend d'être guillotinés ou on se fait couler un bain ?

— Vous fermez vos trois gueules comme si elles étaient soudées à l'arc ! tonné-je, je veux que votre silence soit aussi beau que du Vivaldi !

CRÉTINITRE XI

Je l'ai déjà vu furax, le Dabe.

Je l'ai vu trépigner et mordre son tampon buvard. Je l'ai vu lacérer son plastron de smoking, griffer le cuir victorien de sa vieille Rolls personnelle, dire sa rage en alexandrins, hurler des insultes, pleurer à gorge déployée, battre ses auxiliaires à la ronde, comme de Funès en transe. Je l'ai vu grimper sur des tables pour crier de plus haut, mettre une main sur son cœur et étendre l'autre bras comme Rouget de Lisle au basilic entonnant sa première Marseillaise dans le salon de ce notable strasbourgeois dont j'ai oublié le nom, mais on n'en a strictement rien à branler. Je l'ai vu, l'ai vu, l'ai vu...

Vu et entendu.

Lu et approuvé, bon pour accord, persiste et signe.

Mais le voir comme tout de suite, alors non ; encore jamais, et plus jamais, no possible.

Il sonne. Je cours lui déponner.

Il entre, obséquieux, chez le prince, l'échine à ressort, le ronronnement déjà en nez, le miel aux lèvres, l'œil croisillonné comme le drapeau anglais.

Il est en état d'auto-offrande, le dirlo. En symbole d'*Entente Cordiale*. Bourgeois Recalé, corde au cou, pieds nus, haleine fraîche.

Dandineur, il s'avance, le pas velouté, humide de tous ses orifices.

Il commence à psalmodier déjà, à tout hasard :

— Monseigneur ! Mes respects... Monseigneur... Monseigneur...

Comme ça, sans avoir rien vu encore, de gauche de droite, comme un prêtre gesticule un encensoir (de rafle). Il se tord les chevilles en avançant, le dirluche. Que tu le croirais juché sur des escarpins de dame, à talons aiguilles, à talons anguilles, le rectum fureteur, l'œil en te deum Monseigneur... Respects... Mon entier respect !

. Son entier respect, il chipote pas. Poum : déverse tout son respect d'un bloc, à la benne basculante. Et parvient à l'orée du salon.

Dès lors, comme ils disent en politique, la scène lui crache à la gueule : formidable, sinistre en plein, archi-terrible et pisse copale !

Alors, mon Révéré s'immobilise. Il attend que ça bouge ; mais ça ne bouge pas. Attend qu'on explique, mais on se tait. Attend la suite : y en a pas. C'est lui, la suite. On le laisse jouer. Qu'il prenne l'initiative, hiérarchie (épiscopale) oblige.

Bon, il se décide, va à la table, stoppe à faible encablure. Le ronronnement d'éperduance qu'il avait préparé s'intensifie, mais pour marquer son incrédulité et son refus.

Il frémit de la tête aux pieds. Il fait « Hemmmmmm » Et puis « Gneeeeeeee », et encore « Abhouououou ». Plus d'autres moins écrivables. Sa calvitie accapare toutes les lumières du lustre, plus celle du soleil, pour les rejeter en tournoiements comme un phare d'ambulance ou bien une boule à facettes de bastringue pendant les tangos.

Bien entendu, il a envie de parler, mais c'est pas possible tout de suite. Il est retourné au commencement de l'homme, Achille. Il en est seulement aux sons. Il émet des inarticulances. Il bruite, c'est sa manière de communiquer pour l'instant. Le voilà préhistorique, embryonnaire, mais mieux vaut têtard que jamais. Il est condamné à la respiration branchiale, le Fameux.

Alors il continue ses « Agrrrrr... Prelouououou... etc. »

Encore un pas en direction du prince.

Il s'assure qu'il s'agit bien de lui.

Et là, le déclic s'opère. Il tourne la tête dans ma merveilleuse direction.

Il chuchote, si bas, si bas que même aux Laboratoires Ciba on ne pourrait l'entendre, mais moi j'ai l'ouïe XVIII.

Il dit :

— Mort ?

J'acquiesce.

Il répète :

— Non, mais je veux dire, mort mort ?

— Plus encore, monsieur le directeur : mort !

Le Vieux opine, comme un à qui tu demandes s'il aime les fraises et qui aime les fraises.

— Oui, oui, oui, oui. Mort. Il est mort. Voilà : mort. Bon, très bien, je comprends : mort. Entièrement mort, n'est-ce pas ? Mort, c'est mort, j'en démords pas. Le prince de Galles est mort. Empoisonné, bien entendu?

— Bien entendu, monsieur le directeur.

— Au cyanure?

— C'est plus que probable.

— En mangeant ces mets?

— Dès la première bouchée.

— Et, si j'en crois votre tenue, c'est vous-même qui les lui avez apportés?

— En personne, monsieur le directeur.

— Si bien que, pour nous résumer, vous avez, vous, commissaire San-Antonio, assassiné l'héritier de la Couronne Britannique?

— Involontairement, mais je l'ai fait, parfaitement, monsieur le directeur.

— Sous ma propre responsabilité, étant donné ma présence ici, n'est-ce pas?

— On peut admettre la chose, monsieur le directeur.

Il reste un bout d'instant sans rien dire, droit sur une seule jambe, tel un héron égaré sur une banquise de l'Antarctique (le pire des ctiques).

Son pied qui ne repose plus sur le plancher est logé dans la pliure de son genou. Le Vieux chevrote un petit rire frileux, nostalgique.

— Et voilà, NOUS avons assassiné le prince Edouard d'Angleterre, fait-il, à voix de rêve...

Ensuite d'après quoi, la vraie crise l'empare.

Il remet ses jambes, en parallèle, les ploie et se laisse tomber à genoux, bras en croix, mains jointes, œil extatique de jeunes filles pubères bénéficiant d'une apparition de la Vierge.

— O Seigneur, comme tu es impitoyable, récitet-il, en oubliant de mettre une majuscule au Tu, comme il sied lorsqu'on a le culot fieffé de s'adresser à Dieu ; il ignore tout du verbe seoir, l'amour, bien que maniant un français trié sur le volet du 16e arrondissement. Il n'est pas suffisamment madré pour dire « il siéra » (1). Mais qu'*impuerta del sol ?*

Il reprend, après trois tentatives infructueuses pour déglutir :

— Tu nous fustiges jusqu'au tréfonds, Seigneur. Nous réduis. Nous désintègres. Nous venons de nous pulvériser entre tes mains formidables ! Soit, Seigneur, j'assumerai la honte jusqu'à la lie, jusqu'à l'hallali ! Rendrai mes décorations, toutes, de la plus noble à la plus insignifiante ; je démissionnerai de mes fonctions, des sociétés auxquelles j'appartiens. Je me logerai ensuite une balle dans la tête, Seigneur. Et deux même si la première ne suffit pas à m'ôter ma méprisable vie, si condamnée, si pourfendue, si souillée que j'en suis pourri avant que d'en être mort. Je me ferai donc incinérer, malgré mes convictions religieuses, Seigneur, et je te conjure de me le pardonner, mais mes cendres constitueront encore un résidu trop important compte tenu de mon indignité. J'ai compris, Seigneur : je m'efface, m'anéantis de mon mieux ; puisque l'honneur est perdu, je refuse le tout qui me reste pour me narguer. Tu me craches à la gueule, Seigneur. Très bien, qu'il en soit fait selon ta volonté. Mais tu vas me châtier ce sale con de San-Antonio, bordel de

(1) Note à l'usage exclusif des grammairiens possédant des notions géographiques touchant le Mexique.

Dieu, mon Dieu ? Hein, dis, c'est juré ? Tu vas me lui arracher la peau des couilles à ce saligaud ! Tu vas me lui enfoncer un tisonnier rougi dans le rectum, Seigneur Tout-Puissant et miséricordieux-amen ? Hein ? Je te cause, merde ! Je veux qu'il paie avant moi, ce soûs-con, cet archi-fumier ! Je veux déféquer sur sa carcasse béante, Seigneur si doux, si théâtralement divin. Je veux que tu le transformes en flaque de dégueulis, ce régicide putréfié ! Que tu l'énuclées, Seigneur ! Que tu le vides ! Qu'il soit sodomisé par cent taureaux fougueux ! Que tu l'amputes de ses testicules, ce castrat en puissance, en impuissance ! Il faudrait aussi me le plonger dans de l'acide sulfurique, Seigneur. Et également me le frotter au papier de verre tout de suite après ces ablutions ! Et puis me le faire mettre en pièces par des condors exprès venus de la Cordillère des Andes, pour l'amour de toi, Dieu si particulièrement divin que tiens, regarde, j'en souille mon slip d'émotion ! Seigneur, je lève la coupe de mon agonie à la santé de ta gloire impérissable !

Et, là-dessus, le Vieux, au comble du comble, perd connaissance.

Ouf !

J'enjoins aux serveurs médusés de s'occuper de lui. Ajoute qu'aucun d'eux trois (de Gibraltar ou de Béring si tu as trop chaud) ne doit sortir sans un mot écrit de moi.

Puis je décroche le bigophone et appelle le directeur du *Prieuré Palace*.

— Des policiers britanniques escortent le prince, lui dis-je, voulez-vous les prévenir qu'ils doivent monter immédiatement jusqu'aux appartements de ce dernier ?

— Entendu, monsieur le commissaire. Rien de fâcheux, j'espère ?

Je le laisse espérer.

NAVRITRE XII

Le major Dan Hinos (d'origine grecque par un ami de son père) est blond, dégarni, rose, bleu (le regard) et roux (la moustache) Le tout encastré dans une expression pas joyeuse. Cet homme, on sent qu'il est capable de beaucoup et qu'il l'accomplit.

Il entre, raide, dans un costar de flanelle grise. Une pochette sottement blanche pend de sa poche poitrine comme le drapeau de soldats en reddition à la pointe d'une baïonnette.

Il sait jauger les hommes. Ses yeux de ciel trempé (ou d'acier d'azur) me mettent à nu en moins de temps qu'il n'en faut à une effeuilleuse du *Crazy Horse Saloon* pour se dessabouler de son ultime confetti.

— Il y a un os ? me demande-t-il, en pur français de la région d'Alésia.

— Il y en a même plusieurs, réponds-je, avec encore un peu de viande autour, mais elle refroidit déjà.

Et je le guide au saloon.

Alors là !

On t'a souvent causé du phlegmon anglais (comme

dit Béru) ? Moi-même je ne cesse d'y faire mention dans les tomes (de vache) de ma *Comédie Humaine*. Mais flegmatique au point que je vais te dire, il n'y faut plus compter.

Sauf en cas de force major.

Mon homologue (de la Redoute) enjambe le Vieux dont on bassine le visage, va à la table, saisit le prince Charles par les cheveux (1), examine son visage défunt, hoche la tête et laisse retomber celle de l'autre dans sa salade de langoustes, tout comme Samson laissa tomber celle de Louis XVI dans la corbeille à pain après l'avoir montrée à l'aimable assistance.

— *Well, well, well, well !* il fait en caressant de l'index la pointe de sa moustache.

Il ajoute :

— Ces salauds d'Irlandais ne nous laissent aucun répit.

Sans plus.

Tel est son unique commentaire qui croyait prendre. L'oraison si peu bossuette du prince.

— La portée de cet assassinat va être incalculable, soupiré-je.

Le major Dan Hinos branle le chef (d'état-major).

— Du calme, je vous prie. Tout se passera bien si la discrétion est assurée.

Je le regarde comme quand tu vois débouler le Père Noël dans ta chambre à coucher, avec, sortant de sa houppelande, un braque long comme mon bras.

— Tout...se...passera...bbbbbien ? dis-je en

(1) Troisième note pour M. l'ambassadeur Britannouille en France : « Prenez quelques comprimés de Cardiorythmine, Excellence, ça ne va plus être long. »

bégayant, comme les points de suspension ci-joints te le laissent entendre.

Le major coule ses deux mains dans ses deux poches (car s'il les mettait dans la même, ça paraîtrait bizarre). Et moi, hagard (pis que Salazar) comme un cavalier emporté par le triple galop d'un étalon en chaleur (là, il s'agit d'une question de vis ou de mors), je continue de bégayer sans parler, cas d'une extrême rareté à notre époque où l'on parle tellement au lieu de se taire !

— Oui, tout se passera bien, répète le major Dan Hinos (sa mère née Thompson, tu penses !) ; la seule chose qui me tracasse, c'est ça !

Il me désigne, en chuchotant du doigt, le trio de zélés serveurs, muets plus que trois carpes à l'étal du poissonnier.

— Vous, votre discrétion ne fait pas de doute, ajoute-t-il (ce qui est gentil à lui), mais eux... Alors, là, eux... Hein ? Un secret pareil, dur à taire ! Enfin, nous allons faire l'impossible.

Le Vieux qui a repris ses esprits ressemble à un boxeur compté dix, et même dix fois dix, et qui se demande si le combat va bientôt commencer, ou si la Finlande se trouve dans l'hémisphère sud.

Il m'avise, me sourit.

— Je vous remercie d'être venu, c'était très bien, me dit-il. L'orchestre n'était pas fameux, mais le buffet, chapeau !

Il se redresse, grâce à mon aide spontanée. Et alors il redécouvre tout, plus le major Dan Hinos, et il bredouille :

— J'ai pas eu le temps de me recoiffer, vous n'auriez pas un peigne ?

Notre confrère britannique a un petit ricanement méphistophallique (ce qui est sa manière d'entrer en érection ; un Anglais, tu parles !).

— Trouvez-nous deux malles, me dit-il.

Pas besoin de me faire un dessin (fût-il animé).

— Ecoutez, major, l'affronté-je, il n'y a pas dans tout le Royaume de France un type qui sache mieux fermer sa gueule que moi, mais vous n'y trouverez pas non plus un homme plus curieux. Que vous évacuiez discrètement le prince, bon. Mais ensuite ?

— Ensuite ça me regarde, riposte le major. Allons, commissaire, le temps presse, faites livrer deux malles dans l'antichambre pendant que je parlerai à ces garçons, et ne soufflez mot à âme qui vive de ce qui vient de se passer ici !

Que veux-tu que j'objecte ?

J'attrape Pépère par une aile et l'entraîne vers des contrées meilleures.

*
**

Ce sont les trois serveurs en personne qui déposent les deux cadavres dans les malles.

Le major mande alors le bagagiste.

Ensuite de quoi, il congédie le personnel d'un mouvement de forte-tête.

— Ils ne parleront pas, m'affirme-t-il d'un ton satisfait.

— En êtes-vous bien sûr ?

— Oui, car grâce au ciel ils sont tous trois pères de famille.

— J'établis mal le rapport, major.

— Parce que vous n'osez pas, affirme mon homologue.

Je sursaille :

— Entendez-vous par là que vous les avez menacés de vous en prendre à leurs enfants, capitaine ?

— Major, rectifie l'intéressé. Ecoutez, mon cher ami, quand la raison d'Etat s'impose, la sensiblerie n'a plus cours. C'est ce que j'ai expliqué à ces messieurs qui l'ont d'ailleurs parfaitement compris. Au reste, je ne les ai pas menacés ; je leur ai simplement indiqué qu'on avait vu des enfants irradiés à distance parce que leurs papas avaient eu la langue trop longue. Ils n'ont pas regimbé. Les hommes ont parfois, dites-vous, le cœur sur la main ; ils sont capables de l'avoir également sur la langue. Merci pour votre aide et vivez votre vie !

Il a un salut presque militaire.

Nous quittons l'appartement à la suite des deux malles.

J'ai vaguement l'impression de suivre un enterrement.

CUDAILLITRE XIII

Et à présent, lecteur très cher, mon honorable pensionneur, mon souffre-couleur, mon érésipèle (ou érysipèle) mal gratté, mon contemporain (pas si temporain que cela), mon ...-de-jatte, mon ...-de basse-fosse, mon ... et chemise, mon ...-de-sac, à présent, lecteur contestataire (mais pas tellement testataire), à présent, je te reprends au moment où je sonne à la porte de la villa « Les Colombes », impasse de la Médisance ; c'est-à-dire, peu après les incroyables péripéties qui se sont déroulées en la suite princière du *Prieuré Palace,* hôtel de grand renom, parce que de grande classe, jusque-là inaltérable, malgré les pernicieuses inscriptions graffitées sur les murs avoisinants.

Je sonne, donc, et l'on vient m'ouvrir, comme par enchaînement. Une aimable jeune fille, belle comme une colique en cours de réalisation, sèche, maigre, la frite pleine de boutons sanguinoleurs, le cheveu filasse, la peau merdique, trop pâle pour emballer un vivant, le nez chaussé d'affreuses lunettes que tu croirais qu'elle regarde l'existence à travers les roues d'un vélo. C'est pas croyable, les vrais vrais moches, l'art qu'ils ont de faire appel à des accessoires pas tolérables pour aggraver leur cas.

Elle est passée d'extrême justesse à côté du bec-de-lièvre, mais elle s'est rattrapée en sacrifiant son menton, lequel est resté à l'état de projet à peine esquissé.

Elle me visionne sans joie.

S'écarte pour me faire entrer en s'abstenant de répondre à mon salut. La pure, l'authentique gueule de raie, dont on se demande à quoi elle peut servir, et pour quelle saugrenue raison un monsieur est grimpé un soir sur une dame pour qu'à eux deux ils commettent une pareille bévue.

A part elle, l'ambiance est plutôt joyeuse aux Colombes (le pluriel me paraît usurpé, vu qu'il n'y a qu'une colombe et une chouette dans cette cage !).

On entend de la musique qui cuit au bain-marie sur un électrophone. Et une chanson qui n'a rien à voir, en provenance de la cuisine.

La ravissantissime Isa Bodebave (Hyères, Var) apparaît, affolante avec son slip blanc et juste un tablier par-dessus, que ça représente (le tablier) l'Empire State buildinge, droit comme un « I ». Et quand elle se penche ou se place de profil par rapport à mézigue, tu lui constates les loloches, en vistavision. Sublimes ! Quel bonheur de vivre, cette gosse ! Elle me vient à l'avance, en claudiquant, rieuse, gantée de caoutchouc rose parce qu'elle faisait la vaisselle avec Paic citron défoutraillé et qu'elle protège ses jolies patounes, la toute belle ! Que ses paumes restent bien veloutées pour les caresses, et comme elle a raison, bravo, chérie !

— Comment va cette cheville ? lui enquiers-je.

Elle a un geste d'insouciance.

— Ce sera l'affaire de quarante-huit heures ! Je vous présente Dorothée, mon amie. Elle est anglaise et parle très mal le français. Nous correspondions, à l'époque du lycée. J'allais chez elle, à Marlow, elle venait chez moi, à Hyères. Contrairement à ce qu'on dit des Français, c'est moi qui ai appris sa langue, et pas elle la mienne.

— Elle est charmante, dis-je, elle me fait songer à une irruption d'eczéma que j'ai beaucoup aimée.

Isa m'adresse une moue pour le chat.

— Seriez-vous xénophobe ? demande-t-elle, en grec.

— Non, mais je tolère mal que les filles ne soient pas ravissantes, et j'ai l'impression que, de ce côté-là, votre potesse a raté le dernier métro.

On me fait pénétrer au salon. Une pièce un peu conne : fenêtres à petits carreaux, tapis de haut nylon, papier de tapisserie à rayures, tableautins pour bureau de station-service, meubles comme dans les cauchemars des amoureux de la Haute Epoque ou comme dans les rêves des frénétiques du mobilier salle-d'attente-de-dispensaire-dentaire-de-sous-préfecture.

Mais enfin, beau ou hideux, confortable ou pas, un siège est un siège et je dépose tout ce qu'il m'est poussé au-dessus des jambes dans celui qu'on me désigne.

— Scotch ? demande la môme Isa.

— Yes, miss.

Elle s'empresse, après avoir ôté ses gants, comme deux capotes anglaises en fin de mission. Le tablier me rend dingue. Pour me chasser la tricotine, je m'efforce de rassembler mes esprits. Je me dis : « Gaffe-toi, mon bonhomme ! Tu es dans une ruche qui n'abrite pas de gentilles abeilles, mais de vilaines guêpes ; la mocheté est anglaise, ce qui cadre parfaitement avec ce qui précède de cacateux... » Le Ricain a tubophoné dans cette masure, ce qui en dit long comme le réseau téléphonique en personne sur l'activité secrète de la belle Isa.

Elle décapsule une boutanche de J-B.

— Je le prends sec et sans glace ! m'empressé-je de déclarer, craignant qu'elle ne m'administre le bouillon d'onze heures.

Elle me verse une rasade à la Shéhérazade.

Et là-dessus, la sonnette carillonne avec vigueur.

Isa va ouvrir. Je l'entends parlementer. Bérurier lui explique qu'il vient pour le nouveau branchement téléphonique. Il doit seulement prendre les mesures du clamistreur adjacent, ce sera l'affaire de cinq minutes.

Isa se soumet de bonne grâce et le Mastar surgit, superbe. Il a dégauchi une casquette des P.T.T. Il est en bras de chemise et tient sous le bras gauche un énorme registre noir, tandis qu'il brandit de la main droite un mètre pliant flambant neuf.

— Mande pardon, 'sieur-dames ! dit-il en s'agenouillant devant le combiné téléphonique.

Tu le verrais, t'aurais du mal à garder ton sérieux : sa gravité suprême, la façon dont il examine le poste, mesure le fil au ras du plancher, prend des notes obscures qu'il consigne dans le registre.

Il est perdu dans son boulot, l'aminche. Papal, à force de concentration épiscopale. Il marmonne pour lui des chiffres, des mots techniques. Ensuite, il se redresse et demande :

— C'est quoi, en haut ?

— Les chambres, répond Isa.

Le Mammouth opine et se dirige vers l'escadrin.

— Permettassiez ? demande-t-il sans attendre de réponse.

— Hé, dites ! s'écrie ma camarade à cheville foulée.

— Quoi ? aboie le Gros.

— Où allez-vous ?

— Mais, en n'haut ! rétorque mon pote. Faut bien que je vais faire mon boulot, non ?

— Quel boulot ?

Plus que parfait, Béru. Sublime de naturel ! Quel acteur ! Il fouille sa poche de pantalon, sort une feuille de papier pelure de couleur jaune, couverte de dactylographie.

— Ici, c'est bien les Colombes, villa appartenant à Victorien Poiluchard, de Nantes, non ?

Bravo pour sa documentation ! Il a exécuté consciencieusement sa mission.

— En effet.

— Alors tout est banco, ma poule.

Et il monte.

Isa renonce à ergoter.

On entend siffloter la Crème des Glands, là-haut.

Il marche, sans feutrer son pas pachydermique et hippopodermique.

Je reprends la conversation là où je l'avais laissée, à savoir que je la commence :

— On sort, ce soir ?

— Je ne peux pas laisser Dorothée.

Je soupire :

— Je veux dire : tous les trois ?

— Il faut que je lui demande.

Elle pose la question à sa potesse. La grincheuse répond qu'elle me trouve une gueule de bellâtre. Je lui rétorque, également en anglais, que merci beaucoup est-ce qu'elle pourrait me l'envelopper, c'est pas pour manger tout de suite ? La conne rougit, s'étant mis en tête que je ne comprenais pas son dialecte. Elle bredouille pour déclarer qu'elle ne sortira pas parce qu'elle a ses français qui la fatiguent, mais qu'on peut à notre guise.

Isa proteste pour la forme. Mais elle a très envie et accepte qu'on aille clapper des anguilles meunières en Brière, à l'auberge de Bréca où la bouffe est bonne et les patrons sympas.

Elle monte se préparer.

Tu vois ?

Je demeure seulâbre avec la miss Mocheté. Tente de l'amadouer par un sourire de bonne venue, avec au moins vingt-quatre ratiches à l'avant-scène. Mais cette gerce, pour l'amollir, faudrait le procédé dont use Dali pour amollir les montres. Raide comme la queue du lion britiche sur les armes auxquelles je te faisais allusion y a pas si loin.

J'ai jamais compris l'hostilité instinctive d'une flopée de gens. La manière que tout les braque, ces branques, et qu'ils en veulent à la terre entière d'être la terre entière ; ce mécontentement de la vie qui s'exprime par leurs vilaines bouilles acariâtres, leurs mimiques, leurs voix, leurs silences aussi. Pouah ! C'est vraiment de l'existence perdue, offerte aux gorets. Et encore l'image est mauvaise : les gorets, eux, vivent intensément, ils bouffent, ils baisent, ils sont comestibles de la tête à la queue. Dans le fond, c'est le plus noble animal de la création puisque tout est bon dans le cochon, alors que rien ne l'est dans l'homme, sinon son cœur, parfois, mais tant rarement, ce con !

— Vous allez séjourner à La Baule tout l'été ? essayé-je d'engrener.

— Je ne sais pas encore, répond la vilaine d'une voix rogue.

Et moi, le foutre me biche. Tu n'ignores le combien je suis un être impulsif ? Que rien au grand ni au petit jamais peut m'empêcher de balancer ce que j'ai *on the potato.*

Et alors, bon, écoute ce que je lui dis. Je lui fais comme ça :

— Il me semble que nous avons un ami commun.

Elle sourcille et me fait :

— *Really !*

Ce qui signifie « Vraiment ! »

— Oui, je lui fais : Al Bidoni.

— Qui donc ? elle me fait.

Je lui refais :

— Al Bidoni.

Ce, tout en la sondant comme avec une jauge à huile.

Elle fait non de la tronche, ce qui décroche une barrette de ses vilains crins. La barrette se met à pendouiller au bout d'une mèche, comme une poire oubliée par l'automne au bout de sa branche dénudée (1).

(1) Je n'aurai que trois mots pour qualifier une telle phrase : Ad mi rable !

(William Shakespeare)

— Je ne connais personne de ce nom, elle me fait.

— Il s'agit d'un Américain, je lui fais.

— Non, non, je ne connais pas, elle continue de faire.

Je me prends à deux mains et je m'emporte :

— Ecoutez, je lui fais. Si ce n'est pas vous qu'il connaît, c'est donc Isa, car hier, en ma propre présence, il a téléphoné ici.

Je ne sais pas si ça la gratouille ou si ça la chatouille, mais elle reste impa tu sais quoi ? Vide ! Oui : impavide. Et je la plains, me complais-je d'ajouter, idiot jusqu'à la moelle comme il est d'usage et déraison.

— Je ne pense pas qu'Isa ait un ami de ce nom, assure la donzelle, elle m'en aurait parlé ; demandez-lui.

Et justement, Isa radine en chantonnant. Sublime : toute de blanc vêtue : futal, chemisier, pull noué autour du cou, bracelet de cuir de sa Cartier, godasses et, très probablement slip, mais nous vérifierons la chose plus tard.

— Ce gros type est toujours là-haut, qui prend des mesures, lance-t-elle à miss Dorothée, tu devrais aller surveiller ce qu'il fait, bien qu'il n'ait pas une tête de voleur.

L'Anglaise promet d'un froncement de nez. Isa l'embrasse, je lui fais « hello », et nous partons.

Partons, tontaine et tonton.

Partons côte à côte, hanche à hanche plutôt.

Et, à peine qu'arrivés dans ma voiture (en anglais : *in my car*) je la galoche, la pelloche, la tastelinguiste, la bricole et lui compucte impunément — comme toujours — le trémulseur de ahanement.

Mon désir est revenu, superbe, intact, majestueux. Pas besoin de l'offrir avec des fleurs, il est bouquet à lui tout seul.

Le temps de quitter l'agglomération bauloise (peau de Baule et balai de crin) et j'emprunte, parce que j'y ai intérêt, le premier sentier menant au premier bois venu, dont la masse sombre densifie dans la clarté déclinante du jour. « Oh ! qu'elle est belle ma Bretagne ! » qu'il chantait, l'exquis Tino, dit Napoléon V. Et comme il avait raison, lui si parfaitement corse, de rendre hommage à cette péninsule plus armoricaine encore que ses langoustes ! Comme il disait juste avec sa voix de velours potelé, notre anti tonitruant Tino, si parfaitement Rossi qu'on a envie de lui sauter au cou afin de presser un peu de Bonaparte dans ses bras. L'amour ! L'impérissable d'Olonne ! Le cher grand au regard sombre qui vint un jour me chanter « Joyeux anniversaire » à ma table, pendant que je dégustais un plateau de fruits de mer (et de père inconnu) ; et que tant je me sentis à l'aise dans la brise de sa voix royale, sous les regards conjugués — voire simplement jugués — des autres convives (pas tellement vives d'ailleurs). Oui, il me chantait « Joyeux anniversaire », rien que pour moi dont ça l'était ; me le chantilla calmement, amicalement, sans bouger autre chose que sa lèvre inférieure, et mes tympans en furent à jamais ennoblis, au point que je leur interdis formellement de se laisser aller un jour à la surdité. C'était mon anniversaire de natif du Cancer, et il chantait pour moi tout seul, Tino-le-Grand, Tino-le-Sublime. Chantait au-dessus de mes fruits de mer océaniques qui s'en souviennent encore, lui le glorieux Méditerranéen.

Ineffable instant de grande liesse intérieure. Et que j'ai dégusté en me servant de mes oreilles comme de cuillers à dessert. Et qu'ici, au détour d'un chapitre à la con d'une très connesque histoire, le besoin me prend de l'en remercier tardivement, mais du fond de l'âme, Tino. Tino *for ever*...

Que nous voici dans le bois gratouillé d'écureuils. Je stoppe entre deux fûts. Ma camarade d'expédition n'a rien contre cette halte forestière, étant amie de la nature et — qui sait ? — écologiste de cul, peut-être, va-t'en savoir avec les femmes !

Moi, très *in petto*, mais *in petto* à ne presque pas m'entendre, je me dis en termes rapiécés que je fais montre d'une légèreté de barbe à papa ! Con n'en juge : chargé de veiller à la sécurité du prince Charles, je lui apporte personnellement le poison fatal. Chargé d'éduquer une jeune consœur fraîche rémoulue (comme dit Béru, qui dit aussi : « jeter son dé velu » pour « jeter son dévolu », mais ça n'a aucune importance) je la laisse kidnapper. Je laisse dynamiter l'hôtel, je constate l'assassinat de deux personnes, on m'assomme, on me prend pour : un gland, un nœud, un con, une pomme, une truffe, une patate, un guignol, une bille, un melon, une figure de fifre, et moi en père turbable, que fais-je ? Je place ma belle marchandise auprès d'une donzelle qui profite de ce que nous sommes à La Baule pour me mener en bateau ! Je la soupçonne, la lorgne, la guette. Et je n'ai d'autres pensées, au plus fort des événements, que de lui jouer l'acte II d'Adam et Eve ! Je déchois, mon gars ! Je dégénère, comme si Rodrigue, au lieu d'allonger le comte Deumot, l'avait félicité pour cette tarte dans la gueule à son daron !

Mais les sens sont ce qu'ils sont, mon érection, ce que tu sais, et la tentation de l'instant, par trop attrayante. Alors je fais taire la timide voix de ma balbutiante conscience et guide la ravissante Isa jusqu'à la hutte propice qu'un forestier bien intentionné a édifiée là. Certes, il en a cadenassé la porte, l'abruti, mais qu'est-ce qu'un misérable cadenas de quincaillerie pour un Santantonio en rut ? Hmmm ? Caisse ?

En l'occurrence, mon épaule droite est au service de mes testicules.

Alors : une, deux, et trois ! Poum ! Entrez, vous êtes chez vous. Cabane à outils, lalalahitou ! Des sacs de toile s'empilent ; je les dépile, les étale. L'amour rustique. Musique de chanvre ! Dépiautage rapide ! Faut reconnaître qu'elle « s'aide », comme disent les bonnes gens. En moins de temps qu'il n'en faut à un aiguilleur du ciel pour se mettre en grève, je la restitue à l'état qui fut le sien lors de sa naissance.

Si je suis en haute tension, elle l'est également. Ce qui suit alors est digne des grandes prouesses du signor Casanova, le polisson vénitien. Peu porté à la vantardise, je le tairai. Assez de ces décrivances complaisantes faites pour émoustiller le lecteur, humecter l'index des lectrices sans qu'elles eussent besoin d'ôter leur masque de scaphandrier, ranimer les espoirs des vieillards disjonctés, mettre à rude épreuve les fermetures Eclair des bénards et rapprocher les époux en bouderie. Oh, certes oui : assez ! Les mœurs se décomposent ! Un peu de tenue, messieurs les z'auteurs ! De retenue ! La noblesse de notre profession c'est d'écrire pour ne rien dire (achète les prix littéraires et ouvre-les à n'importe quelle page, tu t'en convaincras).

Donc, je te passe outre mes faits et méfaits d'arme. Garde un silence de mort sur la démonstration de vie ardente que j'exécute en mille temps et douze mille six cent soixante-neuf mouvements. Juste quelques annotations marginales, pour le principe et pendant que j'y pense. Elle raffole du « Bouc Commissaire », de « La Charrette du laitier », de « Madame la Comtesse monte en amazone », de « Maudire et lécher ferme », de « Les Flammes s'avancent », de « Cinzano de Bergerac », de « La Sartreuse de Charme », de « Vodka en femme », de « Madame Baud varie » et d'encore quelques bricoles de moindre importance. M'étant servi, pour l'enchanter, de ma flûte de Pan, de ma langue orientale, de ma main de velours, de mon doigt de cour et de l'habitat rural. Lui ayant consacré une demi-heure d'affilée (ou d'enfilée), le meilleur de moi-même, l'essentiel de ma science. L'ayant comblée jusqu'à ce que ses soupapes chauffent, je masse la partie de mon individu qui participe le plus vigoureusement à ce genre d'exploit, à savoir : mes genoux.

Comme partie de baise-Baule, c'est réussi.

En fait, elle ne craint pas de me l'affirmer en termes simples mais véhéments.

La reconnaissance d'une frangine est toujours bonne à enregistrer sur une cassette, le mâle réagissant à la flatterie comme le noyau d'un atome quand il subit une interaction avec un rayonnement.

Je remets l'objet de ma vanité dans ma culotte ; il y a pas tant, je disais encore « dans ma soutane », mais personne ne sait plus de quoi il retourne depuis que le clergé n'est plus cul-soutané.

Et voici que la porte s'entrouvre doucement, doucement en grinçant comme dans un film de série « C », qui est, au reste — ou Oreste comme disait Euripide —, celle à laquelle appartient ce livre.

Un gonzier pénètre, circonspecte, malgracieux sous son bada de cuir noir. Une frime figée, des yeux fixes. Moi qui connais les gangsters de haut vol (si je puis m'exprimer ainsi ; pardon : s j p m'ex a.) je peux te garantir sur facture que cet homme en est un, et même de première classe.

Il tient un pistolet gnapofuseur à canon britmitche de la main gauche.

Il finit d'entrer, comme on dit à Lyon, referme la lourde et s'y adosse.

— Hello ! C'était bon ? demande l'arrivant dans un français qui mériterait encore trois mois de cours intensifs chez Berlitz.

Je m'abstiens de lui répondre. Une sonnerie féroce retentit dans ma tête ; celle-là même qui m'avertit qu'une calamité est imminente quand il est déjà trop tard pour la conjurer.

D'instinct, je visionne ma fougueuse partenaire. Elle achevait de se réharnacher, Isa. Elle mate l'arrivant avec terreur, les vasistas écarquillés comme les portes des arènes de Madrid un dimanche de corrida.

L'homme au chapeau de cuir fouille la vague de son bénouse avec sa main libre et dit :

— Tiens : on va jouer à quelque chose !

Il sort un dé. Un gros dé jaune à points noirs.

— Pair ou impair ? me demande-t-il.

Et moi, comme un con, je m'entends répondre : pair.

Le besoin de frimer devant la poulette, cherche pas plus loin !

Le visiteur jette le dé, le rattrape à la volée et le remet dans sa poche sans seulement contrôler le résultat.

— Vous avez perdu ! il m'assure.

— Navré, qu'est-ce qu'on jouait ?

— La vie de la petite, répond-il.

Il braque la gosse sans se presser. Isa recule, ainsi qu'il est d'usage, en bredouillant des « non ! non » désespérés. Mais le mec défouraille posément, à trois reprises. Isa ne pipe pas et s'étale en arrière. Ses fringues blanches ne le sont plus. Tu parles d'un carnage !

Le tueur n'a pas cessé de me fixer, en tirant. Un grand professionnel. Nerfs d'acier ! Rien ne lui échappe.

Je m'attends à ce qu'il m'assaisonne à mon tour. Une inhumaine résignation m'empare. Tout mon individu est en état d'extrême abandon, car je sais qu'il m'est impossible de tenter quoi que ce soit. Je n'ai pas d'arme sur moi et, en aurais-je une qu'il ne me serait pas loisible de l'utiliser.

— A présent, vous allez m'accompagner ! déclare le tueur.

Je m'efforce au calme, mon détachement prémortem m'aide à le trouver. Pourquoi ne m'abat-il pas aussi ?

Parce qu'il a besoin de moi.

Pour faire quoi ?

A suivre !

Il prend de sacrés risques en m'accordant un sursis. Il a beau être pourvu d'une super-technique et faire montre d'un déterminisme imparable, il n'est jamais bon de jouer trop longtemps avec l'Antonio. Je t'annonce ça en passant, mais tu en penses ce que tu veux, hein ?

Et sais-tu la manière qu'il comporte, ce zigoto ? Il replace son décapsuleur de cervelle dans le holster arrimé sous son bras droit (il est gaucher).

— La confiance règne, hé ? lui fais-je, juste pour dire de dire, histoire de causer pour ne pas me taire.

— Vous ne pensez pas que nous allons partir en voyage l'un derrière l'autre, moi en gardant le canon de mon pistolet sur votre nuque, non ?

Il a un petit bout de rire mal engagé. Ce type, en fait, je me demande s'il lui arrive de rigoler pour de bon, et dans l'affirmative, qu'est-ce qui peut bien l'amuser ? Laurel et Hardy, tu crois ? Un discours de la reine d'Angleterre ? Le code des impôts ? La photo de Jimmy Carter ?

On retrouve le dehors humide, salin, avec un commencement de nuit étoilée.

Al Bidoni pose familièrement sa main sur mon épaule.

— Vous avez vu la manière dont j'ai liquidé cette fille, hé ?

— Travail de vrai professionnel, apprécié-je.

Il semble tout joyce de mon compliment.

— L'habitude. Dix ans de pratique, vieux, ce serait malheureux ! A Philadelphie j'ai obtenu *le chargeur d'or* : une seconde trente pour tirer, départ arrêté, c'est-à-dire mains plaquées aux cuisses.

— Compliment !

— Ce que je voulais vous dire, c'est que si vous ne faites pas exactement et bien sagement ce que je vais vous ordonner, deux dames cesseront de vivre.

— Quelle horreur !

— Surtout pour vous, car l'une d'elle est votre mère.

Le taquet qui me démange les phalanges manque engendrer un k.o. profond. Je le retiens *in extremis* grâce au peu de latin qui me subsiste.

Moi, tu me sais sur le bout du cœur, pas vrai ? Tu connais mon attachement indélébile à Félicie, et le comment il m'insupporte qu'un malfrat à gueule de raie pourrie vienne la mêler — fût-ce en converse — à ses giries.

Comment fais-je pour ne pas l'expédier au pâtre, comme dit Béru quand il veut user de l'expression *ad patres* pour la commodité de ses échanges humains ? Oui, comment fais-je ? Il faut croire que rôdent en nous des forces de la *self control security* qui nous évitent le pire lorsque le pire nous semble être la solution de facilité.

— La seconde femme, poursuit Al Bidoni, est votre jeune auxiliaire, miss Bernier. A la moindre erreur d'aiguillage, l'une et l'autre seront mises hors vie. J'appelle erreur d'aiguillage toute initiative inconsidérée de votre part.

— Où est miss Bernier ? demandé-je.

— En compagnie de votre chère mère. Elles auront tout loisir de lier connaissance. Il y a aussi ce petit garçon turbulent que vous avez recueilli par bonté d'âme.

Cette déclaration me laisse à méditer. Ainsi donc,

ces ignominieux, ces infiniment bas, ont kidnappé Maman pour avoir barre sur moi !

O mon sang ! Comme tu ne fais qu'un tour ! Mais comme tu le fais bien !

Et toi, ma rage aveugle, comme tu désertes le compartiment fumeur de ma raison pour suivre ton cours du soir impétueux !

Et ce poing, qu'un obscur instinct a maîtrisé, ignore tout des contraintes de l'esprit.

Il fulgure ! Il s'en va ! Il part ! Il arrive à la pointe mentonnière de ce requin mal famé, de cet olibrius du meurtre. De ce galvaudeur d'essence humaine ! De ce crachat vivant ! De cette suprême vilenie à deux pattes !

Plaouf ! L'autre, positivement (et je pèse mes adverbes) est soulevé de terre. J'ai le temps de voir chavirer son regard de chacal sodomisé par un tisonnier porté au rouge. Il est pris au tu sais quoi ? Dépourvu !

S'abat, les bras comme un qui fait la planche dans sa piscaille, en contemplant le grand ciel du bon Dieu, si bleu, si calme.

Le voici dans l'herbe mouillée de rosée crépusculaire. Le bruit de manèges forains monte de la ville, plus un halo dans les tons orangés... Instant de quasi-félicité. Emporté par ma rancœur, moi cependant si sensible, j'aligne un coup de savate dans la gueule à ce vilain. J'entends craquer sa mâchoire pour la seconde fois. Qu'importe ! Me baisse, le fouille. Empare ses fafs, ainsi que son pistolet crougnabouzeur à modulation lente. Ne lui laisse que son flouze afin de ne pas avoir l'air d'un voleur.

Puis rejoins ma bagnole. La sienne, la grosse

américaine, est remisée à deux pas de la mienne. Je démarre à l'arraché, labourant le gazon galeux du sous-bois parasol.

— Vite, vite, il faut que je téléphone !

IDIOTITRE XIV

La sonnerie retentit, une fois, puis deux, puis trois, et mon cœur se met à faire la toupie dans ma cage à serin. Personne ! Quelle horreur ! L'angoisse me noue, me tiripille, me distord ! Je vais vomir mes viscères, mézigue, d'appréhender pareillement !

Et alors que je commençais à me liquéfier de l'intérieur, à suinter, à relâcher des orifices, on décroche.

La voix ibérique de notre petite bonniche espagnole demande :

— *Si ?*

Et j'aboie, comme tu lapes la glace d'un cornet au moment où elle va dégouliner sur ses doigts :

— Rosita ? C'est Monsieur !

Monsieur ! Chaque fois je trémouille de m'octroyer un tel vocable. C'est Monsieur ! Faut pas craindre d'outrecuider ! Faut pas rechigner sur sa personne, ni non plus chier la honte ! Si je suis « Monsieur », elle, la soubrette, c'est « Mademoiselle » alors ! Note que ce sont eux, les ancillaires, qui s'accrochent le plus fortement au vocabulaire traditionnel. Ils sont conservateurs dans le plumeau.

— Ah ! Bonjuir, Messieur ! qu'elle me vaporise, la Rosita, par-dessous ses moustaches, en gratouillant de sa main libre les touffes de noir cresson qu'elle porte sous les bras.

J'entends fourbir ses ongles. Et puis son souffle sent l'ail et l'oignon frit. C'est bath, l'Espagnerie. Vivant !

Je risque d'un ton mal assuré :

— Vous pouvez me passer Madame ?

Et c'est la chute libre.

— Mais Madame, l'est partie cesté matin avec Antonio !

— Où ? hurlé-je, comme toute une horde dans la Toundra.

— L'esté allée vous rejoignir à Le Baule !

— Comment est-elle partie ?

— En vouatoure ! C'esté oune dame qui l'a vénue chercher.

— Une dame comment ?

— Oune joune dame.

Oh ! merde ! Je raccroche...

Je tire à hue et à dia, décidément. J'aurais dû manœuvrer Al Bidoni pour lui faire dire où se trouve maman, au lieu de le planter là pour courir au téléphone. En réalité, je n'ai pas cru qu'il disait la vérité. Je pensais à un coup de bluff.

Attends que je récupère. Faisons le point... Pas commode, je ne sais où j'en suis, mon pauvre lecteur atrophié, perdu en cette aventure comme un naufragé de la Méduse qui aurait raté le radeau. Tout est allé si vite, et en tous sens...

Pour commencer, cette explosion de la plage à laquelle nous n'avons échappé, Michèle et moi, que parce que j'ai du bol et d'autres polars à commettre. Ensuite, la vieille dame de l'*Esturgeon* qui avait quelque chose à me dire et qu'on a zigouillée dans l'intervalle... Et puis son copain de jeu, le René Creux, mort aussi... Et l'homme à la veste blanche, flanqué de sa curieuse équipe, qui traîne sur les lieux de ces deux meurtres... Bon, bouge pas, ça ne faisait que démarrer... Dominique disparaît pour être allée faire de l'enquête à titre privé chez Al Bidoni, la conne ! Et alors... Isa qui m'aguiche d'une entorse bidon sur la plage... Et puis le prince Charles !

Alors là ! Là est le big morcif ! A peine qu'arrivé, l'héritier de la Couronne Britannouille défunte, ainsi que son secrétaire, foudroyé par le cyanure de sa langouste ! Et les poulagas anglais chargés de sa protection nous interdisent d'ébruiter la chose ! Un événement de cette importance ! Si international ! Le scoop fabuleux qui va remplir des pages et des pages de journaux ! Moi, dans le fond pas fâché d'être blanchi de ma participation involontaire au meurtre, je fonce chez la belle Isa. L'embarque. La fais magistralement reluire ! C'est alors qu'Al Bidoni qui nous filait intervient, l'abat froidement sous mes yeux et m'annonce que ma Félicie est entre ses griffes ! Ne me contenant plus, je l'allonge d'un crochet en acier trempé au bouc. Vérification faite : maman a bel et bien disparu ainsi que notre petit Antoine !

Me voilà donc désemparé, ployant sous les cadavres et la crainte qu'il n'arrive du très fâcheux à ma vieille.

Un tremblement convulsif m'empare. Ça ne dure pas, mais j'en suis secoué de la cave au grenier.

Comme si je me trouvais à poil dans une chambre froide.

Je me dis avec force : « Es-tu un homme ou une souris, Tonio ? » Une réplique de film américain visionné il y a très longtemps. Film comique. Le héros était un gars dépassé par les événements, comme toujours. Un pleutre confronté à des dangers trop corsés pour lui. Et il s'exhortait à l'action, le ridicule biquet. Son *leitmotiv* étant : « Agis ! Agis ! Agis ! Es-tu un homme ou une souris ? »

Y a des trucs comme ça qui vous reviennent ; on se demande pourquoi. Oui, bien pourquoi les insignifiances des jours se refusent à naufrager dans nos mémoires. Pourquoi elles restent collées au talon des souvenirs comme des chewing-gum ou des merdes de chien.

Alors bon, tout ça pour t'en revenir que je dois agir. Faire n'importe quoi, n'importe comment, mais le faire. Et tout de suite.

Je quitte ma chambre pour rallier celle du Vieux, le concierge m'ayant affirmé qu'il s'y trouvait.

Je toque. On ne me répond pas. La clé se trouve sur la porte. J'entrouvre pour m'annoncer à haute voix et, pile, un ricochet de miroirs me montre Achille en train de s'embourber Mme Bernier !

Non, mais tu écoutes bien ce que j'écris, ou si tu regardes ailleurs ?

Il l'a renversée sur son plumard, et il l'opère en grand style, Pépère. De manière un peu surannée et aristocratique, certes, mais efficace toujours est-il, j'en déduis aux gémissements qui échappent à Michèle. T'avoueras que c'est mon jour de déconvenues intégrales, non ? Le pire de cette année et de celles qui l'on précédée, si j'excepte celui où Papa nous a largués, bêtement, sans prévenir, le pauvre chéri, me laissant à Félicie pour jusqu'à la fin du monde...

Or, donc, cette personne qui tant m'impressionnait, que tant je convoitais, et qui souffre du kidnapping de sa grande fille ; cette personne qui me donnait des marques d'intérêt on ne peut plus vives, cette femme exquise, et de race, se laisse embroquer par m'sieur l'directeur, commak, sans crier gare, alors que rien ne pouvait laisser prévoir un pareil abandon !

Furax, ivre de toutes les rancœurs, je ne puis me décider à la discrétion et, au lieu de me retirer en catiminichose, comme il se devrait, je me pointe délibérément dans la chambre.

Le Vieux bougonne ferme quand il s'avise de ma présence.

— Retirez-vous, San-Antonio, que diantre ! Vous ne voyez donc pas que je m'occupe de Mme Bernier ?

Le verbe « s'occuper » me paraît particulièrement bien venu en la circonstance.

Par respect humain, peut-être, mon Vénérable ajoute :

— La pauvre chère a eu une fatigue, un moment de faiblesse, de pâmoison ! Son tourment de mère ! Les circonstances. Ah ! l'inoubliable créature ! Ah ! l'exquise ! Laissez, madame, San-Antonio ne fait qu'entrer et partir. Ce n'est pas à moi de me retirer de vous, mais à lui de se retirer de nous. Vous êtes ensorceleuse, madame ! Non, ne vous dégagez pas de ma présence, vous me laisseriez cruellement à penser qu'elle vous est importune ! Je vous rassérène, madame. Tenez, doucement, voyez-vous. Sans hâte, en grande intensité protectrice. Savez-vous, madame, que vous m'avez rendu fou de vous, l'espace d'un éclair ? Je vous aime à l'emporte-pièce, madame. Vous le dis, vous le fais, vous le prouve, ne m'en dédirai jamais ! Volupté ! Volupté ! Extase ! Il y a quelque chose d'unique dans toute votre personne, madame. La plus grande enchanteresse de mon existence, juré, certifié, lu et approuvé ! Attendez, patientez, je me reconcentre, me retrouve, je récupère ce rythme qui tant semblait vous agréer ! Vous aimez la lenteur de la Loire, madame ! Et ce balancement qui pourrait être de Ravel si on le mettait en musique. Ah ! Oubliez cet intrus malotru, chère fabuleuse ! Repâmez-vous, ma merveilleuse. Redites-moi vos soupirs, redonnez-moi votre fièvre à boire ! Voilà, ça y est, je suis de nouveau sur orbite. Là... Sentez-vous ma présence obsédante, belle âme ? Prenez conscience de ce que je vous occupe au mieux de mes possibilités. Cela va et vient de soi. Et aussi, de soie, n'est-il point vrai ? Je suis un soyeux drille par le sexe. Ah, comme nos corps se comprennent admirablement, madame. Comme ils parlent bien le même langage sensoriel. Ne restez pas inerte, de grâce. Participez à cet infini qui se balance comme un rossignol au bout d'une branche de rosier. Allez, mieux que cela ! Conjuguons à deux dos le verbe aimer, madame. Plus fort, vous dis-je ! Ecoutez ma supplique... Exaucez-la, ma toute divine prêtresse ! Mais nom de Dieu, bouge ton cul, salope !

Comprenant que ma présence est vraiment superfétatoire, je me retire, ainsi que le Vieux l'a promis à sa partenaire.

⁂

Juché sur un tabouret, au bout du bar, je contemple le cube de glace qui ne se décide pas à fondre au fond de mon verre vide.

Il est l'heure de la bouffe et l'endroit est à peu près vide. Le barman en profite pour faire ses comptes. C'est à son tour d'être absorbé, si je puis me permettre ce mot (et je ne vois pas qui pourrait me l'interdire).

Il fait clapoter le minuscule clavier d'une machine calculer, comme l'univers en foisonne depuis un temps, qu'à tel point les profs de math vont pouvoir se convertir à la culture des racines de gentiane, vu que pour les racines carrées c'est plus qu'une simple touche sur laquelle peser.

Entre alors un hôte de choix : Mauricet Ducron, l'académicien. Tout le monde le connaît d'antipathie. Sa sature dindonneuse, sa poitrine pour jabot, sa tronche de perruqué de la Pléiade qu'un coup de vent aurait décoiffé, son regard hallebardeur qui tient à distance, ses gestes de prélat, sa bouche de dégusteur de vins fins, autant que son parler en chambre d'écho font de lui ce qu'il est, c'est-à-dire un pédant à vocation de grand inquisiteur et qui serait dangereux s'il n'était con, et drôle s'il n'était pas trop con.

Il entre, maniant une canne à pommeau d'ivoire dont il se sert comme M. Von Karajan (le fameux chef d'orchestre arménien) de sa baguette, mais lui, ce n'est pas la Cinquième qu'il dirige, mais sa gloire. D'ailleurs, il a été surnommé Magloire par quelques journaleux désopilants.

Cet être qui se prend pour l'Ecrivain-Soleil, au point qu'il emporte dans tous ses voyages l'annuaire des téléphones de Paris, afin de pouvoir lire son nom imprimé où qu'il se trouve, va me rendre un immense, que dis-je : un signalé service, soit un service insigne, pour des fois que l'expression ne serait pas encore jusqu'à toi ; car la culture se perd et s'abîme de plus en plus rapidement et le temps se prépare où l'on ne pourra même plus loger de bulles dans les bandes dessinées. L'homme reviendra aux dessins rupestres, j'entrevois, prédis formellement. Les écoliers d'aujourd'hui ne savent plus rien et je frémis en songeant qu'ils passeront pour des érudits aux yeux obscurantés de leurs descendants complètement descendus en effet.

Mais pour l'instant, retournons vite au glorieux Mauricet Ducron, altier bonhomme de plume de paon, qui gorgeonne et rengorge et bombe torse, ventre, testicules, en ce bar du *Prieuré Palace*, à mon seul profit et aussi à celui du gentil barman calculateur.

Je te disais qu'il me rendait un signalé service (signalé : de *segnalare* « rendre illustre », et combien il va le devenir, illustre, ce service !)

Tu sais quoi ?

Sa canne !

J'admire la manière dont il la virevolte. Un artiste tambour-major ! Presque de l'art. Il l'utilise mieux que son stylo à encre dorée.

Et en moi, pendant que je contemple ce numéro de bravoure, un voile se déchire comme le pantalon de Béru quand il se baisse trop brusquement. Je sais ce qui m'a tracassé chez la mère Duralaix, tandis que je contemplais son cadavre modestement vautré sur le tapis. Oh ! oui, je sais. L'apprends à un détour de pensée, sans préméditation. La canne ! La lumière est instantanée. Elle m'inonde. J'ai un sourire d'enchantement que Mauricet Ducron prend pour de l'admiration, même les tartes dans la gueule. Tiens, il se farde ! Pourtant il passe pour aimer les femmes ! Il est vrai que c'est un acteur. Il joue le rôle écrasant de Mauricet Ducron. Avec sa gueule de cul, il doit utiliser le papier hygiénique comme démaquillant, probable !

La canne ! La canne de la vieille !

Attends que je m'explique pour essayer de te faire comprendre en comprenant moi-même. La dame impotente a été tuée par surprise. Une canne était nécessaire à ses déplacements. Or, quand la mort l'a prise au dépourvu, elle tenait sa canne pressée contre sa poitrine, en un geste d'instinctive possession. Elle ne s'en servait plus *mais la protégeait*. Oui : à un moment de péril, alors que son (ou ses) visiteur(s) venai(en)t de la dépouiller de quelque chose, elle serrait sa canne sur son sein. Et c'est cela qui m'a choqué. Qui m'a fait tiquer, moi, l'infaillible limier ! Le maître à peser le pour et le contre (je suis le Roberval de la déduction).

Canne ! Canne ! Canne !

Serait-ce un trait de lumière dans cette sanglante opacité ?

Constatant ma jubilation, Mauricet Ducron m'adresse un geste pré-bénisseur d'une main dont le poignet est endentelé.

— Beau temps, n'est-ce pas ? me lance cet homme de conversation.

— Oh, oui, Monsieur Guy des Cars, lui réponds-je, non moins aimablement, en m'esbignant comme s'il me menaçait d'une dédicace.

On ne peut pas appeler ce modeste déploiement de deux flics un « cordon de police » ; encore moins un cordon sanitaire, tant tellement qu'ils fouettent des pinceaux, mes z'aimables collègues. Néanmoins, ils représentent la force publique et protègent la maison du crime.

Je me pointe, la bouche en forme de « je t'aime », ma brème policière (plastifiée) entre deux doigts, comme il était bon, jadis, quand on présentait sa carte à un valet de chambre (mais au jour de d'hui, y a plus de valet et presque plus de chambre, en tout cas des députés). Les agents (qui ne font pas le bonheur) sourcillent et saluent très mollement, comme derrière une vitre en verre dépoli.

— Ce qu'y a pour vot' service, m'sieur l'commissaire ? s'inquiète l'un d'eux.

— Je viens jeter un coup d'œil aux lieux, dis-je.

Ils m'hochent leurs têtes de veau dont on a fâcheusement oublié la vinaigrette et celui qui a le plus d'initiative (il fait partie du syndicat) me dit :

— L'procureur d'la république y est avec le commissaire d'ici.

— Je serai ravi de leur faire la connaissance, assuré-je sans perdre Montcalm (contrairement aux troupes françaises qui perdirent le leur devant Québec en 1759, ces connes !).

Et je franchis la porte sans plus m'occuper d'eux. Dans la maison de la défunte, c'est le ronron classique des constatations. Des personnages jeunes (car désormais on est jeune dans la police et la magistrature) s'affairent avec une certaine économie de mots et une grande précision dans les gestes. On va, on vient aussi par voie de conséquence, on photographie, on mesure, on examine, on palpe, on récupère, on saupoudre, on s'accroupit, on chuchote, on note, on annote, on ânonne, on tâtonne, on pet-de-nonne. Et puis on reva et on revient, tout ça bien dans la logique des nécessités des circonstances et de l'instant. Ma venue insouhaitée fait rembrunir les chefs. Je me présente en catimini. Paris, toujours mal vu par la province. Bec enfariné, le Parigot. Grande gueule, puant, vanneur, dédaigneux à la manque. Le tout sale con, pur malt ! Snobineur ! Le vilain apôtre dans toute sa hideur ! Et des phrases pas audibles, des mines pas vraies ! Turpide, enfoiré, incongru, un con cru. La race fumière, le Parisien. Il n'est bon mec de Paris ! Faut s'avancer sur la pointe des pieds. S'excuser frelateusement, chuchoter qu'on en est tout juste à peine, par raccroc et inadvertance, voire accident ; mais que ça ne va pas durer. On y passe pour dire, manière de constater la nocivité des mœurs, le combien elles sont pernicieuses ! Il y a à peu près ça dans mon attitude. Je veux les amadouer, leur calmer la rogne armoricaine.

Monsieur le procureur est un jeune avenant, genre cadre surdoué. Je lui murmure à mots couverts que la raison de ma venue est un secret d'Etat. La veuve Duralaix a tripoté dans des milieux bizarres, bizarres, j'ai dit bizarres, jadis. Mais qu'on ne se dérange pas pour moi. Je suis pas venu empiéter ni faire chier d'aucune sorte. Juste regarder de visu. Etablir un petit rapport. On me rechigne, mais on me tolère et, comme je suis plus discret qu'un tampon périodique, on finit par me presque oublier. Ces messieurs continuent leur labeur.

Moi, je visionne le cadavre roide, à distance. Oui, oui, j'ai bien senti la chose clochante. Cette farouche manière qu'elle cramponnait sa canne, la bonne boiteuse, la Gilberte Rosier épouse Duralaix (*sed lex*). Pas à s'y tromper, au cours de sa panique intense, elle a eu ce réflexe. Bon, à toi de jouer, bonhomme.

Dans la lumière pauvrette de la chambre, son mystère s'épaissit, à la gentille vieillasse. Je voudrais bien engourdir sa canne, mais ils sont tous après elle, mes confrères, comme des corbeaux sur le cadavre d'un chat écrasé. Y en a l'un d'eux qui, justement, tente de la lui ôter. N'y parvient pas. Il rogne, à mi-voix (ou *mezza voce* si tu préfères que je te le dise en italoche) : « Bonté divine, y'a pas moyen de lui faire lâcher prise. »

Son collègue Dubois objecte que, dans quelques heures, la rigidité cadavérique cessera. Le gars admet le bien-fondé de pouvoir et renonce apostolique.

Moi, je guigne cette canne à en bicher mal au ventre. Te dire ! Je pense à ma Félicie disparue avec le petit Antoine. Et puis au prince Charles dont le décès n'a pas ému ses anges gardiens.

En bas, s'opère une sorte de remue-machin. Un pas de soudard ébranle l'escadrin. Un gardien of the peace surgit et rugit :

— Excusez si je vous demande pardon, messieurs, mais c'est rapport à un autre meurtre dont on vient de découvrir !

« Poum ! me dis-je très simplement et en aparté ; il s'agit du sieur René Creux. »

Les autorités présentes gardent tant bien que mal le contrôle de leur self.

— De qui s'agit-il ? questionne le commissaire.

— D'un type probablement américain, bien qu'il n'ait pas de papiers sur lui, mais c'est à cause de sa voiture. Il a été tué dans le petit bois de Krèv'Barbac'h », au nord-est de la ville.

Un qui manque en avaler sa glotte, ainsi que la ficelle qui la transforme en yo-yo, c'est ton bien-aimé Santantonio, mon lapin !

Putain, quelle journée !

Et attends que je te fasse rire : elle est pas finie !

MERDITRE XV

La nouvelle cause une certaine effervescence chez mes confrères. Et mézigue, mouscaillé jusqu'à la moelle, de me dire « mais comment ai-je pu buter ce type d'un crochet aux mandibules ? » Je sais que nombre de boxeurs sont décédés d'un k.o. trop violent, pourtant je n'ai pour ma part jamais eu à déplorer ce genre de désagrément. Il est vrai que, dans ma rage rogneuse, j'ai balancé toute la sauce, et même un peu plus !

Le magistrat instructeur, comme on écrit dans les baveux, demande justement au messager de mauvais augure de quoi est mort « son » Américain (il a dit « votre » Américain, pour bien marquer combien cette nouvelle l'emmerde, au point qu'il fait cadeau moralement de ce cadavre à celui qui le porte à sa connaissance). Et c'est là que ma surprise se mue en stupeur. Tu sais ce que lui répond l'archer ?

— Il a été étranglé !

R nie être anglais, que disait mon vieux Léon, du temps qu'on déconnait sans vergogne, par plaisir de déraper. Epoque heureuse où on faisait des glissades sur le langage comme les gosses sur les plaques de verglas. Etranglé, Al Bidoni ! Je n'aurai qu'un mot : merde ! Cette fois, tout bascule ! Ne ferais-je pas une espèce de cauchemar éveillé ? Un petit dégourdoche n'aurait-il pas filé une rasade de L.S.D. dans mon café au lait, d'hasard ?

Mes confrères dévalent en se jetant mutuellement des ordres. C'est beau la hiérarchie, parce que tu trouves toujours un gars qui obéit à un autre qui lui-même obéit à quelqu'un qui reçoit des ordres d'un quidam nanti d'instructions.

Enfin seul !

Je me précipite sur la canne et dévisse la poignée. Cachette classique, une canne ! Vieille comme tes fesses ! Eculée de partout. T'as pas un polar sur dix sans canne dont on déboulonne le pommeau pour emparer un document ultra-secret. Je vois, moi, déjà, le nombre de fois que je lui ai fait appel à la canne fourrée ! T'as des recettes inamovibles, inépuisables. La canne creuse, c'est la corne d'abondance des z'auteurs de romans policiers. Et tu crois bêtement, cher Bazu, que je vais faire la fine bouche ? Dédaigner le truc ? Tiens, fume ! Toujours est-elle que je fais bien de ne pas lui passer outre à ce gadget réchauffé, car il y a bel et bien quelque chose dans la canne. Un mince étui de cuir souple long de cinquante centimètres, presque de cinq cents millimètres.

Je le fourre rapidos dans mon bénouze, le long de ma jambe, qu'il se réchauffe.

Et puis je me trisse. Direction : le boqueteau de mes exploits. Pour ça, je file le train à la caravane de flics et de magistrats qui déjà s'élance (d'arrosage).

***

On l'a étranglé à l'aide d'un lien de chanvre très grossier, très rural, le sieur Al Bidoni. Proprement, pendant son k.o. Un beurre ! Il était inanimé, inconscient. Ce fut un jeu d'enfant. Et à présent, le voici tout grisâtre, presque bleu, avec la bouche entrouverte et les lotos en boutons de bottines.

Ma discrétion confine à l'effacement. J'observe tout à distance, sans parler, sans m'imposer le moindre.

Un collègue sort de la cabane où j'eus le privilège de calcer la malheureuse Isa.

— Monsieur le commissaire ! hèle-mon-collègue-t-il ; vous pouvez viendre un instant ?

Et le commissaire N° 2 va.

Je sais ce dont il va découvre.

Ne reste pas longtemps.

Ressort et nous dire :

— C'est curieux, étrange et surprenant, mais ça sent la poudre dans cette cahute.

C'est tout !

Pour lors, abandonnant mon humilité, je me précipite.

Nothing ! Nobody ! Rien ! Personne ! Le cadavre de ma ravissante partenaire a disparu.

Mais, effectivement, cela sent la poudre.

Preuve que si c'est un cauçhemar que je fais, il est en odeurs !

Je dis au-revoir-bonne-chance à mes frères

confrères cons et me taille ailleurs (comme un Sénégalais (1)).

***

L'hôtel des *Mouettes et de la Bretagne réunies* est un établissement propret et modeste qui fleure la crêpe, la moule (marinière) et le cidre, senteurs éminemment bretonnantes, tu en conviendras ou tu iras te faire sodomiser rue Saint-Ane.

La première personne que j'avise, dans la salle de café-restaurant, c'est Berthe Bérurier, attablée devant un pot de rillettes. Et la seconde n'est autre que son époux, l'ineffable Alexandre-Benoît. A leur table figurent également l'oncle Lemmuré, propriétaire des lieux, et sa bigote fille qui ressemble à de la morue séchée (et indessalable).

Je me sens comme un type qui se serait fait faire douze pipes consécutives, puis qui aurait gravi le Galibier à vélo avant de grimper au dernier étage de la Tour Eiffel en panne d'ascenseur.

Je salue d'un hochement de tête en arc de cercle et me laisse choir sur une chaise.

Bérurier me fait fête. Il égosille mon blaze, mes titres et mes mérites (qui sont grands et infinis), tout en conservant à droite de sa grande gueule graisseuse trois cent cinquante grammes de rillettes et une livre de pain breton.

— Tu tombes à pic, se réjouit le Gros, on va procréer à un'dégustation de sardines, à mon investi-

(1) San-Antonio écrit trop vite. Il a dû vouloir dire qu'il se tire ailleurs (comme un Sénégalais).

gation personnelle. J'trouve qu'la sardine est en voie d'négligence, d'nos jours. Même dans les pique-niques on n'l'emmène plus. Et c'est dommage, vu qu'à part excepté le fait qu'tu la rotes, c'est un entremets électable. Mais j'attire ton intention su'la nuance suivante : y a sardines et sardines...

Il commente tandis que sa baleine continue de planturer de la rillette en omettant de torchonner ses lèvres plus graisseuses qu'une machine-outil.

Le malingre tonton fait la gueule de mon arrivée.

Son asperge bénite me coule des regards furtifs, par-dessous sa pudeur hypocrite, et p't'être qu'elle imagine ma bite, après tout, cette pauvrette en racornance faite initialement pour s'envoyer en l'air comme tout une chacune, mais que d'obscures contraintes morales maintiendront toujours en chasteté. Et pourquoi, s'il te plaît, des êtres se trouvent-ils en état d'effroi charnel ? Pourquoi sont-ils épouvantés par leur sexe et par celui des autres ? Quel bricolage de l'esprit les tient en semi-esclavage ? Quand j'en vois, je les contemple pour tenter de piger. M'est avis qu'il faut les aider, aller à eux, les apprivoiser, puis s'efforcer de les intégrer dans la ronde du cul, les convertir...

Je souris à la cousine, pas d'un sourire hardi qui épouvante ces âmes frêles, mais d'un sourire contrit, qui se veut timide pour ne pas choquer. Malgré tout, cette enfoirée de vilaine saucisse détourne les yeux et plonge dans son assiette un nez fait pour être rouge et maintenir de vilaines lunettes enlaidisseuses.

Le roi de la sardine à l'huile se tait devant ma mine préoccupée, lance un rot sonore (et qu'est-ce que ce sera après la sardine's party !).

— T'as pas l'air dans ton assiette ? il observe.

— Parce que tout va de mal en pis, Gros. Jamais je ne me suis trouvé dans un pareil état de délabrement mental !

Il récrie que c'est pas possible, merde, à mon âge, avec une gueule comme ça et une tringle d'airain, la vie qui me sourit large, la considération de mes supérieurs, l'affection de mes inférieurs, une auto qui marche bien, pas de blennorragie à l'horizon, une digestion parfaite, une mère édifiante, des costars bien coupés, du succès auprès des femmes, des revenus substantiels, une montre Piaget, une autre Cartier, un pote comme lui, un autre comme Pinuche, les dents saines, les pieds toujours propres, du papier à lettres à mon nom, une carte de flic, ma photo dans les journaux, une cave bien garnie, une certaine instruction, des relations utiles, un abonnement au *Monde*, une paire de skis Rossignol, la photo dédicacée de Lecanuet, l'abonnement au gaz de France et un stylo.

— Ma mère a été kidnappée ! lui lancé-je en pleine frime.

Alors là, il est plus que parfait, Béru. Impressionnant de participation affective.

Il pâlit, sa grande gueule reste ouverte comme la braguette d'un pâtre grec assis au cinéma à côté de M. Roger Peyrefitte.

Il tente de déglutir, n'y parvient pas. Le sang de ses yeux devient violet. Sa main lubrifiée aux rillettes se met à trembler.

Il finit par demander, d'une voix de ventriloque :

— Qu'est-ce t'appelles kidnappée, Gars ?

Je lui raconte tout ce dont je viens de te narrer,

et par le menu puisque nous sommes à table.

La Berthe continue de briffer, mais en nous prêtant l'oreille. De temps à autre, elle se fend d'une exclamation, voire d'une interjection, à la rigueur d'une onomatopée.

Le tonton Lemmuré se recule, affolé de côtoyer un individu auquel il arrive de telles mésaventures. Son asperge moisie cesse de grignoter pour susurrer une prière d'autodéfense, qu'elle dégaine à la volée de son répertoire.

Mon Compère est si tant tellement pris par mon récit que, tu ne sais pas ? Il en oublie de manger. Il faut l'arrivée du plateau de sardines pour le ramener aux choses du moment.

Dès lors, il arrache le couteau planté dans la motte de beurre salé, se tartine une tranche de pain bis épaisse comme le Nouveau Larousse, ce qui la double d'épaisseur, s j p m'ex a, puis sort des sardines dégoulinantes de leurs sarcophages pour les installer, en formation de tableau de chasse sur le socle ainsi préparé.

Avant la première mordue, il dit :

— Affolons-nous pas, P'tit homme ! Dis-toi bien qu'toute pelle mérite sa lèvre et qu'si t'avales la cruche à eau t'as la faim qui s'casse ! Dans c'genre d'amphigouri, c'est pas la peine d'tortiller du dargif pour chier droit, pas vrai, cousine ?

Ainsi prise à partie, la malheureuse novicieuse s'étouffe de l'air du temps.

Mon solide compagnon de malfortune poursuit, en dévorant sa monstrueuse tartine qu'il restitue par fortes parcelles à la faveur des syllabes ouvertes.

— Faut faire av'c c'qu'on a comme élémentaire,

mon pote ! J'voye mal pourquoi t'est-ce tu serais débordé par la situasse, merde ! Faut tout bien n'analyser, piger l'pourquoi du comment. Dans la disjoncture présente, tu t'plantes le pif dans l'événement au lieu d'prendre du r'cul pour tenter d'le voir dans son entier. C'est pour ça qu't'es marron, j'ai l'honneur d'porter à ta reconnaissance. Bité profond, mon pote, comme un gars qu'un sadique enfil'rait au débotté sans crier près d'la gare ! Y n'peut pas l'voir, vu qu'l'autre s'tient derrière lui, et pour cause, hein, cousine ?

— Je vous en prie, Alexandre-Benoît, un peu de retenue devant une jeune fille ! proteste l'oncle Lemmuré.

— Hé, oh ! Tonton ! Calmos, riposte Bérurier. Un'jeun'fille qui dérape su'sa méno, on peut pas passer son temps à lu chanter « Les lilas blancs », non ! C'tout d'même pas ma faute si la môme Poupette a pas été aux asperges en temps utile, si ?

Puis, revenant à mon troupeau de moutons :

— Le gars qui se fait embroquer par surprise, pour voir son emplâtreur, il a qu'une soluce, mon loulou : regarder dans un'glace, corrèque ? Toi, t'en es au moment qu'tu dois mater c't'histoire dans une glace, et pointe à la ligne !

— O.K., réponds-je, en ce cas, passe moi une glace !

— La glace, c'est ma jugeote. Comme j'ai pas vivu l'affaire, j'peux la r'garder d'en face, comprends-tu ? Dans tout c'que tu m'as bonni, on s'aperçoit de quoi t'est-ce ? D'puis les confidences de ton cur'ton irlandoche à Nouille-York, c'est qu'on d'vait buter l'prince Charlot ici. Et l'buter coûte que coûte. Tout cet indispositif mis sur le pied-d'œuvre le prouve. La bombe à la plage, l'attaque en cours de route, volontair'ment ratée, d'ac, mais prévue, et puis l'empoisonn'ment à l'hôtel, c'est formel ! Fallait qu'le prince soye repassé à La Baule et pas ailleurs !

— Pourquoi à La Baule ?

— V'là une bonne question à cent balles, mon drôlet. Pourquoi à La Baule ? Quand t'est-ce t'y auras répondu, tu seras près d'la gagne ! Parce qu'enfin, l'prince, av'c la vie d'oiseleur qu'il mène, c'est pas plus duraille de l'plomber dans son île ou bien lors d'au cours d'ses voilliages à travers l'monde, non ? Attends, j'vas t'dire : un attentat, c'est l'affaire d'une poignée de gonziers bien déterminancés. Alors qu'ici, c'est fou l'trèpe qu'est au charbon. Et pis, pourquoi bousiller tous ces personnages escondaires, tels que la vieille boiteuse, le vieux flambeur du casino, la môme Isa ? Pourquoi t'embarquer Maâme Félicie et not' p'tite collègue fraîche rémoulue d'l'E-cole de police ? Pourquoi buter l'Américain ? Brus-qu'ment, on a l'impression qu'la vie humaine n'a plus d'importance !

Ce qui est inoubliable et un peu fabuleux, chez le Gravos, c'est qu'il parvient à disserter sans cesser de mastiquer des quantités gastronomiques de bousti-faille. Certes, il y a — je te le répète — de la déperdition : les fringues mouchetées de ses voisins de table l'attestent, mais l'exploit demeure.

— Téziguc, poursuit le Généreux, dès qu'on touche à ta mère, y a plus d'homme. Complètement envapé, l'Antonio. La meilleure des preuves dont j'puisse t'administrer, c'est qu't'as pas seul'ment examiné tes butins.

— Quels butins ?

— Tu vois dans quel cirage tu clapotes ! T'as oublié ! Tu n'm'as pas dit qu't'avais piqué le larfouillet d'Al Bidoni, ainsi qu'son feu ? Et puis qu't'as dégauchi un étui d'cuir dans la canne à mamie La Boquille !

Ces paroles ramènent soudain en moi un calme ferrugineux. Me voici en une seconde aussi benoît que les sardines douillettement vautrées dans leur huile d'olive. Je m'installe à la table voisine et j'y dépose mes prises, à gestes mesurés (au millimètre près). Le bruit de mastication du couple ressemble aux ébats d'un hippopotame dans un marécage.

Je commence par explorer le portefeuille de l'Américain. Il contient des cartes de crédit, quelques photos représentant une jeune femme blonde et deux enfants blonds. Bien que la pochette de cuir soit vidée, elle reste rigide, comme si elle contenait une armature en métal léger. Je palpe minutieusement le box, examine les menues coutures, puis, l'instinct me poussant, je chope mon canif, dont la lame est mieux aiguisée que celle d'un rasoir de figaro espagnol, pour inciser le portefeuille. Ayant pratiqué cette laparotomie, je coule l'extrémité investigatrice de mes doigts par l'ouverture. Je ramène un rectangle de plastique, très léger, très brillant, portant des lettres et des chiffres en relief. C'est plus grand qu'une brème de crédit, plus éloquent aussi.

Je regarde, regarde encore, et puis encore et re-encore ! A m'en faire fondre les yeux de trop d'attention extrême. A en chialer, tellement que ça me brûle.

Le sardinophage me flanque un coup de lance-flammes à l'huile en plein visage.

— On dirait un canard qu'a trouvé un couteau ? m'invite-t-il aux confidences.

— Il y a de ça, le renseigné-je incomplètement.

— C'est quoi t'est-ce, ce truc ? n'a-t-il pas honte de questionner à brûle : hennin, guêpière, pourpoint, etc.

— Un document prouvant que le sieur Al Bidoni appartenait à la C.I.A., consens-je tout de même à l'informer, c'est une carte magnétique lui permettant d'accéder au Saint des Saints.

Béru enfonce son index droit dans une caverne noire et sanieuse, gratouille de l'ongle dans la région de ses amygdales, réprime un spasme léonin et ramène une extrémité de sardine qui n'avait point été écaudée. Il hésite à la remanger, y renonce, la dépose sur sa manche (ce qui est la place rêvée pour toute sardine entière ou partielle) et déclare :

— Ce mec était de la C.I.A. et il défouraillait sur une jeun'fille ! Et y kinappingeait ta mère ! Non, mais c'est du lard, du cochon ou quoi, ton histoire ?

Je ne lui réponds pas, trop accaparé qu'*I am* par un afflux de réflexions élégantes. Berthe en profite pour déclarer que je devrais participer aux agapes — puisque la bouffe surabonde — car, selon elle, un homme à l'estomac bien garni est infiniment plus disponible qu'un autre aux entrailles gargouillantes. Là, son Béru a vu grand. Seize grandes boîtes de sardines, ça fait un peu beaucoup, à quatre. Or, selon ses principes généreux : quand y en a pour dix, y en a pour cinq, Berthe. Le cœur sur la main quand ses mains ne sont pas encombrées.

Mais moi : pas faim ! Tu me vois pas faire une sardine's party avec ces ogres alors que je ne sais ce qu'il est advenu de ma bonne Félicie, non ? Les hommes sont fumelards, en plus d'extrêmement cons. Perfides jusqu'à l'os. Sans foi ni vraies lois, sans feu ni lieu d'être satisfaits. Des horreurs déambulatoires ! Ils pourrissent sur pied, et voilà. Du vinaigre irrigue leur corps. On ne se remet jamais d'eux. Faudrait réussir à exister sans les connaître. Les savoir, seulement, et garder ses illuses à leur propos. Les croire tels qu'ils devraient être au lieu de les découvrir tels qu'ils sont vraiment, c'est-à-dire abominablement charognards ; n'ayant d'humain que leurs travers. Et puis tant pis, faut laisser ainsi, attendre que la mort nous les rende trop tard. On n'a pas d'autre ressource que d'attendre qu'il soit trop tard.

Je réponds que je ne veux pas clapper et j'entreprends de découdre l'espèce de reptile de cuir servant d'étui à je ne sais encore quoi, mais on va bien voir...

Je fends la couture à l'aide de mon canif suraffûté. Et des petites choses en forme de boulettes, mais ce ne sont pas des boulettes puisqu'elles sont à facettes, roulent sur la table. Des diams ! Tous calibrés identiques : pierres d'un bon carat chacune, et il y en a beaucoup, beaucoup, peut-être une centaine ? Peut-être davantage... Attends : une, deux, trois, quatre, cinq, six, sept, huit, neuf, dix... Oh ! oui, oh ! là là ! Plus de cent. Pas loin de deux cents à vue de doigts.

Une fortune ! Il est à combien, le carat d'un carat ? Elle s'emmerdait pas, la Gilberte Rosier épouse Duralaix ! Je comprends son geste farouche pour presser sa canne sur ses mamelles. Dis : des centaines de briques, ils représentent, ces cailloux. Sont-ce ces éconocroques, à la mère ? En ce cas, tu parles d'une fourmi ! Le petit écureuil est enfoncé, ce foutraque, avec ses glands-pour-l'hiver !

Les convives cessent de sardiner.

— C'est-il des véritables ? demande dame Berthy en cloaquant du clappe.

J'en biche un, le mire à la lumière.

— De l'authentique, ma chère !

Elle requête, gourmande, féminine au plus au point :

— N'm'en donneriez-vous point une pince, que j'me fisse faire un ruisselet. Une rivière, j'oserais pas avoir l'toupet !

— Je vous les abandonnerais tous s'ils étaient à moi, ma bonne amie, mais ils ne le sont pas.

— Ne disiez-vous pas comme ça que leur maîtresse est morte assassinée ?

— Exact, ces pierres sont donc devenues ainsi le bien de l'Etat et de ses héritiers...

L'étui étant éventré, je rassemble les diamants au centre de mon mouchoir, que j'attache ensuite serré.

Je repense aux millions gagnés par Dodo, la nuit dernière. Décidément, la fortune ruisselle à La Baule. La fortune et la mort, la mort et l'amour... Tout cela va bien ensemble après tout !

Béru a repris sa mastication à mandibules forcées. Il met les bouchées triples afin de compenser le ralentissement consécutif à ma miroitante découverte.

Pourtant, il parvient à articuler à travers son effroyable malaxage :

— D'où qu'é t'nait tout c'blé, la vieille ? C'est pas

sa retraite des kroums qui ya permise d'accumonceler ce tas de cailloux !

— En effet, conviens-je, il y a autre chose. Peut-être a-t-elle amassé ce pactole sour l'Occupe, à l'époque où elle vendait les juifs par treize à la douzaine ? Je pencherais pour cette hypothèse. Car le casino ne constituait pour elle qu'une distraction, elle y menait petit jeu. C'était la vieille dame à martingale de mère de famille.

— N'empêche qu'elle savait des choses que les vieilles biques de son acabit savent pas habituellement. A preuve : é voulait t'causer, et en plus, elle a dit à ses amis qu'c't'ait l'I.R.A. qu'avait posé la bombe de la plage.

— Elle tenait le tuyau de René Creux. En voilà un, tiens, qui devait être intéressant à interviewer...

Le Gravos pose sur mon bras une main tellement puissante et huileuse que tu la prendrais, à première vue, pour une bielle de locomotive.

— Ça me revient, ce dont j'voulais t'causer, hurle-t-il.

Et dans le cri, une demi-livre de sardine-pain-beurre concassés voltigent à la ronde.

— Que voulais-tu me dire ?

— Tu m'as bien n'annoncé qu'la noye passée, une chiée de gens a t'été chez Creux, qu'on s'demande qui c'est-il de parmi z'eux qui l'ont buté ?

— En effet.

— Dans la liste, t'as manutentionné un'religieuse en Ami 6, je croye ?

— Exact.

Il se verse un verre de picrate, l'écluse d'une jetée d'avant-bras, et déclare :

— T't'à l'heure, quand j'sus monté chez les deux gonzesses, j'ai installé mon p'tit matériel dans la pend'rie d'une chambre. Et t'sais quoi t'est-ce j'ai été donné d'apercevoir ?

Il me semble comprendre, grâce à mon sens divinatoire proverbial, mais j'ai le tact de lui laisser cracher sa révélation.

— Un' t'nue de frangine au grand complet, Mec : la robe d'burne, la sornette, le chapelet qui fait ceinture et des croquenots tels qu'en portait feu ma grande vioque pour s'rendr' au marché !

Je me soulève de mon siège et dépose un chaste baiser sur son front vaste comme un fronton de pelote basque.

AHURITRE XVI

Il ne veut pas me suivre tout de suite après le repas, Béru.

— J'te demande un'p'tite plombe de batt'ment, il me supplille.

Je m'informe, mais il rechigne. Chevalier Mystère, présent !

— J'peux quand meme pas tout t'dire ce dont ma vie s'compose, Mec.

Tout de même, craignant que je prenne en mauvaise part sa discrétion, il chuchote :

— L'onc' Lemmuré est un vieux gredin qui n'fait rien pour rerien. Si qu'y nous invite dans son hôtel, c'est pour un motif, tu penses.

J'attends, les yeux en forme de point d'interrogation, le visage glacial, les lèvres serrées comme des fesses d'alpiniste en train de dévisser.

Sa Rigoureuse Majesté m'entraîne à l'é, tu sais quoi ? Cart ! A l'écart.

— En deux mots commençants, il fait en me triturant un bouton de veston ; j'sus t'engagé par lui comme *Trique-Jockey*.

J'étonne de la prunelle. Du verbe aussi.

— *Trique-Jockey ?*

— V'là : son hôtel périclinait. L'an dernier, on est v'nus à l'improviste, moi et Berthy. Y f'sait la hure, ce sagouin. Ce qui nous a pas coupés les z'émois. L'soir venu, comme tous les soirs, j'embroque ma chère âme. C'soir-là, on a t'été plus brillants et plus bruyants qu'ordinairement d'habitude. La toute grande fantasia, mon Seigneur. Ça a foutu le tricotin à tout l'hôtel. Un ramadan terrific, t'aurais vu ! L'lend'main, y a des pensionnaires qu'avaient débauché des potes d'aut'albergos du voisinage pour qu'y profitassent élégamment d'la corrida. L'Vieux a tout d'sute retapissé les parties qu'il pouvait tirer d'la chose et y nous a invités à jouer les prolongations. Y s'en est suivi des cas d'sauvetages *in extrémité* en c'qui concernait des dames seulâbres que not' dialogue des Caramels excitait trop fort et qu'y fallait que j'allasse éteindre dans la foulée. Un petit coup de piston par-ci, un brin d'minette chantée par-là, j'ai joué d'la tringle et du finger à société, jusqu'à ce que la populasse soye comblée. D'puis lors, ça désemplit plus, sa crèche. Y sert Canigou et Ronron aux clilles, mais les gaziers s'en tamponnent : y z'achètent des cornets d'frites dans la journée, pour compenser. Ce dont qui les fascine, c'est la noye, mon pote. Bon : il est l'heure qu'on entre z'en scène ! Berthe ! T'es parée pour l'duel d'amour, ma colombe ?

Docile, la baleine emplie de sardines se lève et suit son soigneur et maître.

— Tu peux viendre av'c nous, propose Bérurier : on n'pratique pas en chambre, mais près d'la chaudière du chauffage central, qu'est éteinte, mais dont à laquelle la tuyauterie est conducteuse du bruit.

Etant d'un esprit curieux, sans cesse avide de découvertes, au plan de l'humain, je file son train au couple.

L'oncle Lemmuré emporte précipitamment sa grande fille sur le port pour une promenade nocturne, qu'il assure propice au sommeil.

Les deux Béru disposent chacun d'une chaise. Ils s'assoient donc, face à face, lui, les jambes croisées, un bras passé sur l'accoudoir. Elle comme une personne de bon maintien, en attente dans le salon de son gynéco.

Discret dans l'indiscrétion, je vais m'adosser au fond du studio d'émission.

Sa Rondeur se ramone les amygdales.

— Bon, t'es parée, la mère ? il s'inquiète.

— J'ai ! répond B.B.

Lors, le Mastar se met à travailler de la jambe droite. Il appuie sur un engin que je n'avais pas remarqué encore et qui est un gonfleur à canot pneumatique bricolé, c'est-à-dire qu'on a adjoint des plaquettes métalliques aux bords du soufflet. Vigoureusement actionné par le pied béruréen, l'appareil produit un grincement identique à celui d'un sommier fortement sollicité.

Alexandre-Benoît force l'allure, rigoleur. Au bout de quelques minutes d'exercice, il murmure :

— Allez, à toi, ma poule !

Berthe attaque dès lors sa partition en exhalant une longue plainte modulée, moutonnante, qui s'enfle, retombe, pour remonter, passant de l'aigu au grave, puis se saccade en halètements brefs et précipités.

Le Gros approuve d'un hochement de tête. Sa voix

s'élève à son tour. Sobre au début, avec des accents farouches.

— Ahhhhhhmmmmmr ! dit-il.

— Vouahouhahaha ! répond sa dulcinée.

— Ahoooooooo ! enchaîne le Valeureux.

— Mrrouiiiiii ! riposte sa Merveilleuse.

C'est le prélude. De la plainte articulée, on passe à l'interjection fortement brandie :

— Ahhhh !

— Ahhhhhrrrr !

— Oh ! Oh là là !

— Haaa !

— Ahhh !

— Haaaaaa !

— Ahhhhhh !

Et ensuite, aux mots. Brefs, toujours. Ardents !

— Tiens !

— Oui !

— Tiens !

— Encore !

Puis aux embryons de phrase :

— Plus vite !

— Comme ça ?

— Fourre !

— Arrête-toi pas !

— T'es fort !

— T'es belle !

— T'es énorme !

— Remue pas tant, qu'autrement sinon, je vas partir à dame !

La première phrase enfin ! Parfaitement construite ; avec verbes, le signe indubitable qu'elle est véritablement phrase. Le verbe ! Ce cœur du langage !

A partir de ce signal, chacun se met à rivaliser d'ingéniosité, d'audace, de véhémence. Chacun donne libre cours à sa poésie naturelle, à sa fougue sensorielle. Et ça devient vite très beau.

Comme du Racine.

Alexandrins ciselés à la main.

Exemple :

Berthe :

— Ah ! Dieu, c'est pas possib' d'en avoir un' pareille !

Béru :

— Remue ton cul, ma poule, et cess' de causer !

Berthe :

— Oh ! la, ho ! là, je pars complèt'ment toute !

Béru :

— Pars pas sans moi, chérie, tu connais pas la route !

Le tout entrecoupé de râles, de petits cris vifs d'assaillant à saillie. De pâmade du Tigre. Ça feule, ça miaule, ça rugit, ça barrit, ça Dubarry, ça blatère, ça cancane, ça bêle, ça cacabe, ça margote, ça hennit, ça brait, ça hulule, ça grogne, ça glapit, ça glousse (elle glousse, Esther, comme disent les Anglais), ça pépie, ça mugit. Et tu continues tout seul, moi, ça me fait tarter.

Tout l'hôtel en vibre, grâce à cette vénérable tuyauterie, admirable conductrice de la foutrance béruréenne. Le concert s'amplifie. On entend démarrer des sommiers, des vrais, dans les étages. Que c'est à se croire dans une usine de tissage (bravo Jacquard ! Et merci !). La manière dont ça tagadatsointe frénétiquement, bas en haut, droite à gauche, sur rue, sur cour. Chiares ou pas chiares. Hardi ! Sus ! Suce ! Tout l'hôtel à tonton Lemmuré se met à giguer du cul ! Course de troïka à la cour de Pierre-le-Grand ! Tagadatsoin ! Tagadatsoin ! Et tsoin donc ! Poum ! Pif ! Paf ! Oh ! que oui : paf et repaf ! Les chants de chair s'élèvent. Sublimes, pis que du grégorien à l'abbaye de Saint-Benoît. Les Béru décélèrent leur passion bidon. Ils défeignent.

— V'là, y sont su' lord bite, maint'nant, déclare le Trique-Jockey, satisfait. J'ai juste l'temps d'aller écluser un petit gorgeon de muscadet avant qu'les dadames seulâbres envoyent des télexes-consommateurs d'urgence.

Nous remontons. Il n'a même pas le temps de picoler, l'Enflure, vu qu'une houri charivareuse, en peignoir non fermé, gesticule au détour de l'escadrin, en réclamant de la bonne chibrée bien fraîche.

Il va s'exécuter sans trop rechigner. Berthe le regarde s'éloigner en soupirant :

— C'qu'il a, mon homme, c'est qu'il a pas peur des mouches. C'est un garçon délicat qui rebuffera jamais une personne âgée en manque de tendresse. Si j'vous dirais, commissaire, ce à quoi il est capable, ce serait rien de le dire.

Fière de son compagnon, elle se remet les pendards en position de pare-chocs dans leur monte-charge respectif.

*
**

Il est installé auprès de moi dans ma chignole, le Gros. Pomponné à la diable. Heureux de lui et de vivre si justement l'existence qui lui fut impartie. Il est presque beau. Beau comme un homme aimé.

Il me guigne du coin de l'œil, un sourire béat aux lèvres. Parfois, il exhale un renvoi riche en remugle de sardines à l'huile d'olive vierge, et de chatte pas vierge au déodorant corporel *Good Frifri spray* suractivé. Mission remplie ! Dame également. Une femme de notaire, veuve depuis des années. Des rhumatismes articulaires la privent de ses pratiques solitaires compensatoires. La vie est dure pour le troisième âge !

Il l'a fait reluire somptueusement, cette chère douairière (de douairière les fagots). Il raconte pour mieux se repaître de sa charité. Juste un petit brouti-broutage liminaire, et puis hop ! L'enfilage classique. La sobre tringlée, manière de lui arpenter le parvis, bien qu'elle démène du prose, Mémère. Le calçage rapide : tout vêtu, façon cosaque s'embourbant une paysanne dans les steppes de l'Asie Centrale chères au camarade Borodine (je l'appelle camarade, mais il était fils naturel de prince). Elle est allée au super-fade rapidos, en dame trop sevrée qu'un greffier frôleur de jupes déclenche, la pauvrette ! Travail rapide, certes, mais efficace. Sa seule cliente pour ce soir. Elle était déjà ici l'an dernier. Demain, la chose se propagera et il aura plus à faire, l'ignominieux. Les gonzesses en rut, c'est comme les pauvres : quand t'en brosses une, faut te payer les autres idem !

Et bon, il est prêt, le César du troulala. Paré, ne manque pas un bouton de guêtre à sa braguette, comme disait Bazaine qui disait n'importe quoi.

Il change de converse.

— Pourquoi que tu m'as attendu, l'Artiss ?

T'eusses aussi bien pu aller r'lever le compteur tout seul.

Le gros coquin ! Il veut me l'entendre avouer que j'ai besoin de sa pomme, ce soir. Que j'ai le cœur en berne de Félicie et de tout le reste et qu'il me faut un peu de chaleur, un peu de tendresse. C'est mon gros toutou fidèle, Alexandre-Benoît. Ma bouillotte d'âme.

— Justement, j'ignore où tu l'as fourré, ton compteur.

— Tu m'y aurais d'mandé, j't'y eusse dit.

Il a besoin que je m'affole, quoi, le gueux.

S'il y tient, après tout.

— Peut-être que j'ai besoin d'une couverture chauffante pour m'emmitoufler le moral, Gros.

Alors sa rude main gauche, gauche mais forte, et tout autant meurtrie que l'autre, se pose sur mon épaule.

— Tu la reverras, ta mère ! promet-il.

Mon pare-brise s'opacifie à cause de deux sortes d'espèces de larmes qui ne se décident pas à larguer mes cils inférieurs. Y a des fois, t'es en état de pleurance, mais tes lacrymales ont la prostate. T'as beau essayer de t'égoutter la tronche...

Je tente de siffloter. Inutile, j'ai comme du citron aux lèvres.

— Tu sais qu'y faut qu'on va dépatouiller tout ce bigntz c'te nuit ? déclare brusquement l'Effervescent. J'y sens. J'sus dans une forme carabinée. J'renverserais des montagnes. Ça m'vient du coup tiré av'c la vieille. On dix rats ce con vœu, mais quand tu fais l'bien, y t'en reste qué'qu'chose, Mec. Quelle heure est-elle ?

Je lui désigne le cadran de ma tire.

— Onze plombes moins vingt, c'est la belle heure pour attaquer une nuit blanche, affirme le Sentencieux.

⁂

Tout est éteint dans la villa « Les Colombes », Impasse de la Médisance.

Le silence règne presque, à peine troublé par un téléspectralecon qui mate un vouestern tout en détonations. Que juste les tagonistes ont le temps de placer un hurlement entre deux slaves.

Comme s'il était en manque de vacarme, le télespècedesalcon monte le son. Cette fois, c'est Hiroshima notre amour ! Tudieu, cette partie de casse-tympans !

Bérurier contourne un petit garage jouxtant la villa, dont les portes sont ouvertes. Il se juche sur une sorte de borne propice pour atteindre le toit plat de la construction annexe et se saisit d'une petite boîte métallique qui s'y trouvait.

Il s'agit d'un enregistreur à ondes plâtreuses dont l'antenne mesure à peine vingt-cinq centimètres, ce qui est la longueur moyenne d'un sexe masculin en tenue de parade.

Je goupille le nerveur de foumingite, rembobine le ruban et branche l'appareil. Pendant une chiée longueur de bande c'est le silence. Un silence crapoteux, coupé un peu, de-çà et ci et là et merde d'un bruit mal défini : pas, ronflement de voiture, geignement de gonds.

J'active la bobine, peu soucieux de me farcir ce concert pour sourdingue intégral pendant des heures.

Je stoppe l'accélération par sauts de puce, vérifie que rien de valable ne s'est enregistré. Un marqueur de temps à consternance frappée m'indique que pendant cinquante minutes il ne s'est pas produit d'interventions sonores aux « Colombes » ; et voilà qu'en enclenchant l'émetteur, une fois de plus, j'entends une voix de femme. Pour lors, je retourne un tantinet soit peu en arrière, à minuscules giclées rétrogradantes. Et bon, je commence par le commencement, c'est-à-dire par une sonnerie bigophonique.

Celle-ci retentit deux fois et on l'interrompt alors qu'elle amorce sa troisième stridence.

La voix est assez feutrée, car la prise de son s'est effectuée à bonne distance de l'appareil. Je pousse l'ampli au maxi. Ça devient parfaitement audible, d'autant que j'y colle ma baffle pour me déchier les tympans du vouestern scabreux et pétaradeur.

Je reconnais la voix de Dorothée, la vilaine potesse de la pauvre malheureuse Isa, défuntée à la fleur de nave. Son accent et son espèce de projet de zozotement personnalisent son débit (de poisson).

Elle reconnaît d'emblée la voix de son interlopoildecuteur car elle fait simplement : « Alors ? » Et puis elle écoute. Et ça en cause longuet tant que je finis par me demander si l'appareil ne roule pas sur la jante. Mais non, l'organe de la Britannoche retentit : « Je pense que c'était préférable. J'arrive tout de suite. J'aimerais savoir l'endroit précis... » On doit lui donner des indications car elle ponctue des « Yes... oui... good... bon... C'est cela... O.K. ». Tu vois ?

Ensuite d'alors elle raccroche sec.

Bruits de pas précipités. Des portes qui claquent.

Assourdi, le ronron d'une chignolette de petite cylindrée (sans doute une 3 cv : celle de la nonne qui se rendit chez feu Creux).

Le silence reprend, plus uni, plus constant. Et je sens de source sûre que rien désormais ne le troublera.

T'es d'accord ?

Un contrôle parce que je suis probe jusqu'aux doigts de pied.

Effectivement, il n'y a plus rien sur la bande qu'un joli silence d'ambiance, semblable à ceux qu'enregistrent les ingénieurs du son pour mettre dans les films où il en faut. Que tu verrais tout le monde, pendant que ça tourne, fermant sa gueule en se retenant de pouffer, comme des écoliers devant le monument aux morts, les onze novembre, lors de la minute de silence ; tout ça... Des choses, j'en parle que c'est à se demander pourquoi, ce besoin de dire, et de dire encore, comme si cela avait une quelconque importance, alors que c'est archirien de rien...

Et que moi, je tends l'appareil au Gros. Et il le rebranche, le rejuche qu'on ne sait jamais. Comme quoi je fais bien d'être toujours outillé et de traîner des flopées de gadgets dans ma chignole, façon James Bond, en petit certes, en français. On fait ce qu'on peut, nous autres, sans idées, sans pétrole, avec seulement un certain sens de la démerde.

— Ça t'a allumé, Mec ? il s'inquiète.

J'y fais signe (si j'étais Saint-Saëns — l'unique — j'y ferais cygne (1)...) de me laisser cogiter. Je pense

(1) Saint-Saëns, je te l'ai déjà fait, mais pas comme ça. Dans notre job, se renouveler, ça consiste à redire les choses autrement.

avec beaucoup d'alacrité, de verve, de détermination et encore un tas de choses. Moi, tu me connais un peu mieux maintenant qu'on se connaît bien, pas vrai ? Quand je viens de morfondre dans des angoisses, du noir, des paniques internes, le moment se pointe où mon esprit regimbe et prend de l'altitude, de la latitude, de la longitude et du poil de l'ablette, comme disait un de mes amis qui demeurait rue Jean-Goujon. Et voilà ce qui se produit, mon neveu ! L'élévation. La toute grande. Je survole le problo kif les engins spéciaux des Russes et des Amerloques qui se guignent du très haut des cieux, mais avec des objectifs capables de déterminer la couleur des poils occultes d'une bergère en train de se faire caramboler derrière une meule.

Oh ! oui, oui oui oui... Je vois. J'entrevois, j'entrepige ! Le côté : « Mais bon Dieu c'est bien sûr » au pauvre père Bourrel.

— Suis-moi, esclave !

Le Gravos loufe très fort en guise de réponse et sa déflagration intestinale surenchérit sur les péripéties du vouestern (très terne).

***

La nuit est clairée de lune (je n'écris pas « éclairée de lune », mais « clairée », hein, les potes de l'imprimerie ?). La cabane de la clairière est pauvre mais bien close. Comme je parviens, un gendarme se détache de l'ombre et nous surgit contre, braquant sur nos avenantes physionomies le faisceau d'une torche mal torchée (y a des cacures de mouches sur la vitre).

— Qui va là ? dit-il, ayant lu la formule dans un

feuilleton sur la guerre de *quartz-orge-disent-oui* retrouvé dans le grenier de sa grand-mère qui vient de déménager pour se rendre au caveau familial de grande instance.

Pandore jaillissant de sa boîte. Les formalités zuzuelles : brèmes et présentations. Explications évaso-fumeuses. Le gendarme salue, marri.

Je procède à ce dont je suis venu pour. Béru m'aide, la loupiote du gendarme nous aide. Je mate la cabane. Je mate le sous-bois. Je mate le chemin de traverse aux ornières moelleuses comme des cuisses de caissière. Je prospective. Je suppute, comme disait une radasse du Sébasto. Et alors, tu ne sais pas ? Eh bien, je te le vais dire sans te réclamer un fif de supplément, mon gamin. J'extrais de ma fouille le pistolet d'Al Bidoni.

Je vise la brioche du Gravos. Presse la détente (Est-Ouest). Poum ! Le Mastar me fixe avec éberluance. Il est resté debout, voulant rester proscrit, écrirait Hugo. Une tache rouge s'élargit sur sa limouille qui en comporte bien d'autres, et des moins appétissantes.

— Niamey Tananarive, bafouille l'Emblême, ce qui, traduit de l'émotion, veux dire : « Non, mais qu'est-ce qui t'arrive ? ».

— Tu as eu mal ?

— Non, mais j'ai été surpris. Ça fait tout froid.

Il éclaire son bide pour mieux étudier la tache.

— T'y vas fort, tézigue ! Une chemise toute neuve que je m'avais ach'tée aux vacances dernières !

— Ne te tracasse pas. La tache rouge partira toute seule. En ce qui concerne les autres, là, je ne promets rien.

Le gendarme assiste à cette séance de music-hall avec l'air de se demander si c'est encore loin l'Amérique.

— On se fait toujours des farces pendant le travail, j'y esplique, les petites blagues, tout comme les petits ruisseaux de diamants, entretiennent l'amitié.

Et bon, il acquiesce, comme quoi c'est possible et qu'il n'a rien contre, sauf la fois où le sous-brigadier Auvrecon avait glissé des tomates archi-mûres dans ses brodequins.

— Al Bidoni était en cheville avec ces deux filles, déclaré-je à Bérurier. Quand j'ai embarqué la môme Isa, il nous a suivis, a attendu que je me la sois payée, puis il est venu et a feint de la tuer.

— Et elle, de son côté, a feindu d'être morte ? continue le bon élève surdoué.

— En effet. Alors, je te vas poser une question, mon Tout Chérubin : pourquoi ce cinématographe indigne d'un film de série « Q » ?

Mister Gras-Double s'efforce de jouer au miroir de Marguerite. Et quand il a terminé, il accouche de sa déduction :

— Je crois venir de comprendre, Mec.

— Alors exprime-toi dans ce clair langage qui a fait ta renommée et ma fortune.

— Ce gonzier, d'après selon ce que t'as découvri, est de la C.I.A. ?

— Affirmatif.

— Y marnait en poule avec les deux souris ?

— Exact.

— Et il prétendait avoir enlevé ta môman ?

— Oui, hélas.

— Alors, tout est clair comme de l'aurochs, mon pote. Pourquoi qu'il a kidnappingé ta mère ? Pour avoir barre sur toi !

— Certes.

— Pourquoi qu'il a fait semblant d'scrafer la donzelle ? Pour que tu croyes qu'il est capab' de tout, y compris de buter Maâme Félicie. Tu me files le dur ?

— Pieds nus et la corde au cou, Gros.

— En somme, ce gars voulait qu'tu l'prendrais pour un tueur.

— Sans nul doute ; mais dans quelle intention ?

— Parce qu'il voulait apprendre quéqu'chose de toi, eh, pomme à l'huile !

— Qu'aurais-je pu lui apprendre, juste ciel ?

— P't'être que t'en sais rien, p't'être que tu sais sans t'en rend' compte. En tout cas, lui, il croyait dur comme ferme que t'étais au parfum de ce truc en question.

— Mais, saperlipopette, dis-je avec un grand sens de la mesure, car, en bien d'autres cas plus ou moins similaires, je n'aurais pas manqué d'exclamer « mais, bordel de Dieu » ; mais, saperlipopette (donc), nous étions positivement du même bord, lui et moi. Il eût été très simple de sa part de me prendre à partie délibérément au lieu de se livrer à cette comédie !

Le Mastar a toujours le coup de jugeote imparable.

— Tu voyes les choses z'ainsi, lui, y les voiliait t'autr'ment, qu'veux-tu qu'je te dirais !

Evidemment.

Le pandore qui a dîné avec les anges (qui pandore

dîne, comme le répète sans cesse Jean-François Revel dans ses articles de fond à tiroir) dégage un sandwich anti-bourrasque de sa giberne gendarmière. Un pain d'une livre découpé dans le sens de la longueur et farci de harengs et d'oignons frais. Se met à dépecer ce monument à pleines dents plus ou moins cariées sous le regard tout de suite saliveur de Bérurier.

Pour ma part, je continue de phosphorer allegreto.

Donc il y a eu, concernant Isa, simulacre d'assassinat. Al Bidoni fait mine de la trucider, elle mine d'être morte. Il s'assure de ma personne. Mais moi, emporté comme tu sais, je le mets K.O. et m'en vas.

Que se passe-t-il ensuite ? La môme risque un z'œil à l'extérieur. Elle avise son copain allongé. Au lieu de lui porter secours, elle l'étrangle au moyen d'une méchante ficelle de chanvre qui passait par là. Pourquoi ? Je donne ma langue.

Bon, la gosse vient de trucider l'Américain. Du moins est-ce ainsi que j'entrevois les *things*. Elle saute dans sa bagnole remisée à l'écart et fonce jusqu'à un téléphone pour prévenir sa potesse, la mocheté britiche, puis revint mettre l'auto à sa place initiale. Les traces de ces différentes manœuvres sont parfaitement lisibles à la lampe électraque sur le sol riche en humus du bois. Peu ensuite, la Dorothée radine avec sa *3 horses* et les charmantes jeunes filles de *good family* s'emportent ailleurs. Fin de l'épisode.

Je fais part à mon ami. Il m'écoute distraitement, n'ayant d'yeux et d'âme que pour le sandwich du maréchausseur. Qu'à la fin, il dit à cet aimable fonctionnaire :

— Il est à l'hareng, votr' casse-dalle ?

— Oui, c'est des harengs dont ma femme prépare soi-même. Elle les fait mariner à l'huile avec des baromates.

— Charogne, ça n'doit pas s'êt' dégueu. Et ell' fout d'l'ognon, selon d'après ce qu'y m'semb' ?

— Pas dans la marinade. On les ajoute au moment du sandouiche.

— Ça parfume, dégouline le Gros.

— Positivement, confirme le gendarme.

— J's'rais curieux de goûter le goût que ça a, avoue mon ami.

— C'est pas commode à couper, dit le pandore affamé.

— Vous savez : entr'collègues, on n's'craint pas du bec, assure Alexandre-Benoît en s'emparant du sandwich. C's'rait malheureux, dans not' profession.

Et il se met à clapper le repas du malheureux à grandes bouchées voraces. Le pandore voudrait se gendarmer et reprendre son bien. Mais Béru, habile manœuvrier, feint d'oublier sa présence et de se consacrer à notre enquête. Il bouffe l'humble repas du bon gendarme.

La nuit continue de se dérouler, immense sous ses étoiles. L'air salin, si tonifiant, me dodeline un peu. Faut dire que je suis quelque peu rassuré sur le sort de M'man et sur celui de la môme Dodo. Je préfère qu'elles aient été kidnappées par une équipe de la C.I.A. plutôt que par un gang de tueurs.

— Allons prendre un pot à mon auberge, décidé-je.

On souhaite bonne nuit au gendarme, lequel nous dit au revoir à nous et adieu à son sandwich.

***

— Vous avez retrouvé Dodo ? s'inquiète Mme Bernier en m'apercevant.

Elle se tient dans un angle discret du bar, au côté d'Achille, qui la serre de près. Il a changé son fusil des pôles, le sagouin ! Tu parles d'un bellâtre, çui-là ! Vieux queutard que j'aimais ! Il rutile du bonheur de jouir et d'arborer sa conquête. Son crâne flamboie comme une engelure sous un réverbère.

— Pas encore, mais je puis vous donner des apaisements quant à sa situation.

— J'aimerais un rapport circonstancié ! pintadise le Dabe.

Espèce de nœud !

— Je vous l'adresserai en trois exemplaires, sur vergé supérieur, dès que j'aurai terminé mon enquête, promets-je.

Bérurier s'avance :

— Très honoré de vous présenter mes aspects, m'sieur l'directeur. Et v'là vot' dame, sans doute ? Mes rois mages, chère maâme, j'sus fier qu'mon grand patron aye un' bourgeoise d'votre classe, ça en jette sur tout' la police. J'vous fais pas de baise-main parce qu'je viens d'bouffer d'l'ognon frais, et qu'c'est tenace, mais le cœur y est !

Le dirluche épouvanté se file en renaud.

— Pensez-vous vraiment que cet endroit convienne à ce Falstaff, San-Antonio ! Allons, voyons ! Amener ce poussah ici, en pleine gentry, dans un club aussi fermé, où le prince Auguste d'Angleterre sable le champagne !

Machinalement, j'obéis à son coup de menton. Et alors, qu'aspers-je ?

Oh ! non, je ne te ferai pas deviner, rassure-toi. Ne te le donne pas en mille, mais entier, d'un bloc.

Oui ! Parfaitement, « il » est ici, le prince Charles. Tout superbe, avec son air d'avoir l'air con par pure inadvertance (1). Raie sur le côté, œil atone, la mèche non allumée (parce que mouillée), le nez plongeant, le sourire comme en ont les chiens, parfois, les caniches surtout. Costar sombre à rayures plus claires. Cravate anglaise dans les teintes chiantes indéfinissables.

Il écluse en compagnie d'un grand type frais comme du surgelé, dévitaminé et morose. Et puis il y a deux pouffes de bon maintien en leur compagnie. Jeunes filles réservées (par qui ?) à la converse languissante.

Je respire plus largement. Plus librement.

Ainsi donc, les sortilèges continuent : le prince n'est pas mort ! Ce n'était que de la catalepsie dans le genre de celle que nous subîmes à Bangkok, le Gros et moi (2).

Voilà donc pourquoi mon con (extrêmement) frère britannouille ne s'affolait pas de ce décès. Mais comment diantre savait-il que cet assassinat était de la frime ?

Sacrée putain d'histoire, où ce sont les gens de la

(1) Note pour l'ambassadeur de Grande-Bretagne en France : Ne prenez pas la mouche, Excellence, attendez la suite.

(2) Si pas fait, lire d'extrême urgence « A prendre ou à lécher », du même prodigieux auteur. En vente partout, et même ailleurs.

C.I.A. qui kidnappent les mamans de flics, où l'on fait semblant de buter les princes héritiers, où les auxiliaires des agents américains étranglent leurs plus ou moins collègues. J'y perds : mon latin, mon anglais, mon allemand, mon sanskrit, mon yiddish, mon temps, mon argent, mon pucelage, au change, ma situation, mon prestige, mon droit d'aînesse de fils unique, la femme que je convoitais, du poids, haleine, mon sang-froid, patience, confiance, la foi, ma trace, le nord, l'équilibre, les pédales, la partie, du terrain, une bonne occasion de rester chez moi.

Ne reste plus à la dame Duralaix et au sieur Creux que d'entrer bras dessus, bras dessous dans le bar du *Prieuré Palace*, sous la conduite d'Al Bidoni. Tiens, ce dernier tiendrait Maman et Dodo par le bras. Et...

Mon hébétude fait plaisir à voir, puisque le Vioque ne peut se retenir de sourire.

La jolie Mme Bernier, très réussie par mister le dirluche, se laisse aller dans les moiteurs de la confiance en l'avenir. Y a des frangines, je te jure, qui te démonteraient la Tour Eiffel par leur seul comportement. Tu les vois d'une manière et puis elles sont d'une autre. Et toi, bon con, tu ne sais plus, soudain, pour quelle maison tu voyages.

Si je te disais, puisqu'on ne se cache rien, que je me sens virer énergumène, ma pomme. Un rien, et je vais renverser les tables à coups de talon, dérouiller les gaziers qui voudraient s'interposer, tirer des coups de pétard dans les glaces, briser les boutanches du bar, bref déclencher un western de bistrot corse, un soir d'autonomisation.

Faut que je me défoule. Que je m'accomplisse. Que je m'extrapole. J'en peux plus, je craque, les gars ! La voilà, la *grossen crise ! Achtung !* Je brise ! J'explose. On ne peut plus me maintenir, me contenir, je suis injugulable ! L'Etna, c'est moi ! Eruption, irruption ! Poum ! Tout part ! Je m'Hiroshimate !

Bérurier, que l'accueil du vioque a fait s'autoreléguer au fond de la salle, près du hall, m'adresse un signe.

Je le rejoins (de culasse) d'une démarche de funambule ayant bu trois coups de trop.

— Ressaisisse-toi ! me dit-il.

Oh, l'ami ! Le vrai, l'attentif ! Le devin, le divin ami, si prompt à comprendre, si perceptif.

— Pourquoi ? bougonné-je.

— J't'ai senti comme si t'aurais pris un coup d'lampe à souder dans le derche, Mec. M'a semblé qu't'allais filer le seau à champ' su' la gueule du vioque.

Je lui saisis le bras.

— Béru, je me sens à bout. Serais-tu d'accord pour prendre des risques avec moi ?

— C'te connerie, comme si y aurait b'soin qu'tu l'demandes !

— Un truc qui peut nous coûter notre carrière ?

— On f'rait t'aut'chose, Gars, y existe plein de jobs marrants.

— Un truc qui pourrait même nous valoir une condamnation ?

Je lui tape sur les claouis, à m'épancher ainsi.

— Oh ! classe, arrête ton cinoche, on va pas t'accoucher aux fers, si ?

Ma décision est prise.

— Va chercher ma tire au parking, tiens, voilà les clés. Tu resteras au volant et tu m'attendras à droite du perron, sur la pelouse, dans la zone moins éclairée.

— Banco !

Il s'en va sans solliciter de plus amples informations. Dès lors, je gagne le comptoir et fais signe au barman de me prêter une oreille, n'importe laquelle. Il me propose la gauche et je l'accepte.

— Vous allez foncer à la table du prince. Vous vous pencherez sur le type qui l'accompagne et direz tout bas à ce gentleman que le major Dan Hinos a besoin de lui parler d'extrême urgence, et qu'il l'attend sur le parking.

Le gentil barman opine.

En ce dont il me concerne, je vide les lieux.

La suite sera ce qu'elle sera.

L'essentiel est qu'elle soit.

HÉBÉTITRE XVII

Les Rosbifs, ce qu'ils ont d'inimitable (de la loi) en plus de leurs gueules, c'est leur démarche. Quand tu les vois déambuler, tu les prends tous pour des gardes de la *Queen* en civil. La manière un peu glissante qu'ils avancent un panard devant l'autre, en gardant le buste raide, comme si un système compensatoire le conservait imperturbablement à la verticale absolue.

Le compagnon du prince s'annonce sur le perron. Il regarde de droite et de gauche, cherchant le major des yeux.

Je viens d'allumer un Davidoff number ouane, manière de me donner une contenance aisée.

Adossé à un pilier du péristyle, je contemple le survenant d'un air presque indifférent. Quand son regard fureteur croise le mien, j'ôte mon barreau de chaise de ma bouche et je dis, en anglais dans le texte, tout en désignant ma bagnole dont les feux arrière rougeoient dans l'ombre qui noiroit :

— Par ici !

L'autre, sans se casser le tronc, se dirige vers la guinde. Pas l'ombre d'une hésitation, le frère. Je lui emboîte l'escarpin.

Il se pointe au niveau de l'auto. Bérurier, sans quitter le volant, délourde la portière arrière en passant son bras musculeux par-dessus le dossier de son siège.

L'ouverture de la lourde déclenche la loupiote du plafonnier. L'Anglais marque un temps. Que je profite pour le rejoindre et lui poser le canon du revolver al bidonien sur la nuque.

— *Go in !* j'y intime.

En ponctuant d'un solide coup de genou dans les fesses.

L'artiste ne perd pas le contrôle de son self pour autant et monte sans barguigner. C'est bien de sa part, car s'il avait barguigné, je lui aurais fait pousser un œuf d'autruche à la base du crâne, remonté comme je suis. Je déteste qu'on barguigne dans les périodes suraiguës.

Je le rejoins, sans lâcher mon feu, ni mon Davidoff.

— Chauffeur, au bois, et lentement ! sollicité-je de la haute bienveillance du Gravos.

Il démarre aussi sec.

— Slave dit, où qu'on va ? s'inquiète le bon Chéri.

Une idée me prend :

— La plage de La Baule est la plus belle d'Europe, rétorqué-je.

— Ça, c'est bien sûr, dit Prosper.

Il contourne l'hôtel, prend la direction de l'*Esturgeon*, puis emprunte une ruelle confortable et silencieuse conduisant à la plage. Que parvenu sur le front de mer, comme on dit puis, mon Patapouf bien-aimé cherche une rampe d'accès à la plage même, la trouve, la prend et s'engage en direction des flots. Il fait marée haute. La lune est allée à la pêche aux moules. Seules, les lumières de la ville, entre z'autres celles — bien somptueuses — du *Prieuré Palace* se réfléchissent dans l'eau.

Ici, le sable n'est pas fluide comme sur certaines plages, mais compact. A preuve, tu peux y faire du bourrin, je crois te l'avoir dit. Et même de l'automobile, de bonne heure, ou bien tard le soir, quand les estivants ont planqué leurs couennes.

Le bord de mer, ici, est comme les habitants : stable.

Béru roule en direction du Pouliguen. La plage décrit un arc de cercle et devient sombre à cause des petits rochaillons qui se dressent à cet endroit.

— Je crois qu'on sera bien ici pour causer, dis-je à mon dévoué compagnon de risques.

Il stoppe ; et l'on n'entend plus que le murmure puissant de l'océan qui saque et ressaque interminablement, ce con. Je baisse ma vitre afin de mieux respirer l'air du large. Malgré la nuit, des trouées claires percent le ciel bas et on voit scintiller le flot à l'infini, comme des voies triomphales dans les pénombres houleuses.

— Tant de beauté, murmuré-je, tant de splendeur naturelle, et nous autres, minus, à baver, gigoter, mettre tout à mal au lieu d'admirer, vous ne trouvez pas cela navrant, mylord ?

L'Anglais ne répond pas.

Bérurier s'agenouille sur son siège, dos au volant, s'accoude sur le dossier d'icelle et demande :

— Tu causes français, Rosbif ?

— Oui, dit l'homme.

— Ben alors réponds, mon pote ! Môssieur, ici

présent, t'd'mande si tu trouves pas glandu qu'les mecs s'tirassent la bourre d'vant un si chouette océan en ord' de marche, av'c vagues su'l'évier, lueurs à grand spectac' et toutim ?

Décontenancé, malgré son phlegmon britannique, l'ami du prince hoche la tête sans répondre.

Le Gros lui allonge une torgnole intrésèche comme à un punching-ball.

— Et la politesse, p'tit crevard, ça t'étoufferait-il ? C'est pas parce que t'es pote av'c un prince qu'y faut nous zober, non mais...

— Béru, coupé-je, tu veux bien aller regarder dans le coffre de ma guinde, je crois qu'il y a une pelle dedans.

Il descend et va.

Revient en brandissant une pelle de campeur à manche court dont je me sers, l'hiver, dans les neiges alpestres.

— Parfait, tu creuses un trou dans le sable, gars. Très profondément, je te prie.

— Grand, le trou ?

Je désigne mon compagnon et soupire :

— Juge toi-même.

Le Gros inspecte mon voisin de banquette, opine et s'en va pelleter dans le sable compact.

— C'est un assassinat ? demande l'Anglais, sans tellement claquer des chailles.

— Ça peut en devenir un, en effet, admets-je.

— Pour quelle raison ?

— Pour raison de manque d'informations, *my dear.* J'ai un besoin urgent de savoir des choses. Si vous êtes en mesure et consentez à me les dire, il n'y aura pas d'assassinat. Si vous n'êtes pas en mesure ou si l'étant, vous refusez de me les dire, il y aura assassinat.

Il acquiesce et lisse du bout des doigts sa mèche anglaise sur la droite de son front britannique.

— En admettant que je sois en mesure de vous les dire et que je vous les dise, qu'est-ce qui me prouve qu'il n'y aurait pas assassinat ensuite ?

— Le fait que vous deviendriez mon complice. Pourquoi assassiner un complice qui joue le jeu ?

— Mais...

Je le coupe :

— Non, mon ami, il n'y a plus de place pour le moindre « mais » dans cette histoire. Votre unique chance de voir se lever le soleil sur ce paysage merveilleux c'est de parler, de parler beaucoup, mais à bon escient.

Devant le capot, Béru fouit le sol malléable avec une ardeur qui dénote son hérédité terrienne. Race de laboureur et de fossoyeur rural, le Gros. La terre glaise, connaît bien : toutes les formes de sol ! Dans la vie il y a ceux qui savent se baisser et les autres. Lui, il est des bipèdes capables de s'activer à l'équerre.

— On commence ? fais-je au jeune homme blême.

— J'ignore ce que...

— Vous allez le savoir. Débutons par des questions simples : qui êtes-vous ?

— Arthur Brandton.

— Vos fonctions ?

— Je fais partie de la maison du prince Charles.

— En qualité de ?

— Garde du corps.

— Qu'est devenu le secrétaire en compagnie duquel il est descendu au *Prieuré Palace ?*

— Il est rentré à Londres, étant souffrant.

J'exhale un nuage de Davidoff qui emplit tout l'habitacle soudain.

— Connaissez-vous certains habitants de La Baule ?

— Non, personne.

— Avez-vous entendu parler d'une vieille dame nommée Gilberte Duralaix, née Rosier ?

— Jamais.

— Ni d'un monsieur retraité qui s'appelle René Creux ?

— Non plus.

— Connaissez-vous un agent de la C.I.A. du nom d'Al Bidoni ?

— Je n'ai pas cet honneur.

— Non plus que deux jeunes filles dont l'une aurait pour nom Isa Bodebave et l'autre Dorothée ?

— Elles me sont inconnues.

— Eh bien, ça ne marche pas mal pour vous, dis-je en riant à pleines dents. Une dernière question : si je vous parle d'un homme habillé de blanc, accompagné d'une fille rousse habillée de vert, et assisté de gardes du corps de type plus ou moins hindou, avez-vous une vague idée de qui je veux parler ?

— Oh ! pas du tout.

— Dommage, fais-je, c'était là les seules questions que j'avais à vous poser ; excepté le cours de la livre, je n'en vois vraiment pas d'autres.

Le silence (relatif, vu qu'il y a, hors de l'auto, ces deux océans que sont l'Atlantique et Bérurier, l'un brassant de l'eau, et l'autre de la terre avec une même énergie implacable).

Du temps s'écoule. Devant nous, le Gros a disparu, happé par les profondeurs qu'il crée.

Guerre des nerfs. L'Anglais reste immobile. Moi presque, mes seuls gestes étant pour décendrer mon cigare. Je sens que le Rosbif prépare quelque chose. Sinon, il se manifesterait. Mine de tout (1). Il a une manière de caresser son nœud de cravate qui m'alerte. Je sais que sa main va descendre innocemment jusqu'à sa poche intérieure. Et alors...

Avec une promptitude de reptile gobant sa souris, je lui plonge dans la calandre, tête première. Il me chope en plein poitrail et l'air de ses soufflets met les adjas. Moi, toujours prompt et courtois, empresse de fouiller sa vague. J'en sors seulement un stylo. Bel objet de nacre et d'argent que t'appuies sur le capuchon pour que se dégaine une aiguille longue d'une douzaine de centimètres.

L'Anglais essaie de récupérer sa respiration tandis que j'épingle son mignon stylo après la doublure de mon propre veston.

— Vous avez trop attendu, dis-je. Ce genre de gag, c'est tout de suite ou jamais. Il fallait l'utiliser au départ.

Il opine.

Je baisse ma vitre.

— T'en es où de tes fouilles, Gros ? lancé-je. C'est encore loin, l'Australie ?

— On pourra bientôt enterrer une girafle debout, me répond la voix étouffée du terrassier de charme.

— O.K., nous arrivons.

(1) Pourquoi toujours « mine de rien » ? Réagissons, mes amis, réagissons !

J'enjoins au gus de déhotter. Une fois descendus du véhicule (en anglais *vehicle,* ne me remercie pas, c'est un cadeau de la maison) j'ordonne à mon pote de prendre des sangles dans mon inépuisable coffre et d'entraver les jambes et les poignets de notre copain.

Ce dont.

Le Mastar en action, dans ces cas-là, tu croirais un horloger du Jura suisse, tellement ses mouvements sont précis. Le temps de compter sur moi (ou jusqu'à trois) et notre prisonnier l'est totalement.

— Flanque-moi ce rigolo dans ta fosse, camarade, enjoins-je à mon pote. Il faut en finir.

— C'est plein d'eau, au fond du trou, avertit loyalement ma Cornemuse-à-graillon.

— Et alors, c'est pas pour emporter, c'est pour mourir tout de suite !

— *Vase pour ventre !* rétorque Alexandre-Benoît, en anglais (1).

Et, sans ménagement, il shoote mister Brandton (2) au fond de son excavation. L'homme y tombe la face vers le fond. Il a la bouille dans l'eau, fait des efforts du torse, du col, pour se la mettre au sec.

— *Good night !* lui dis-je. On va vous inhumer, mon cher. Il se passera bien quelques jours avant que votre aimable carcasse ne soit découverte. Et qui sait ? Peut-être des mois, le hasard est tellement capricieux. Demain, la marée sera encore plus haute et balaiera toute trace en surface.

(1) Tout nous fait supposer qu'il a voulu dire « *As you want* ».

(2) Les Anglais, je les appelle presque toujours Brandton dans mes chefs-d'œuvre.

Là-dessus (c'est le cas d'y dire) je biche la pelle et me mets à le recouvrir de sable, en commençant par les panards. Ça pleut dru sur lui. Par fortes pelletées bousesques. Chtiaff chtiaff !

— Aide-moi avec les mains ! demandé-je à Bébé-rouge, maintenant j'ai hâte d'en avoir terminé avec lui !

Le Gros m'aide.

Il a déjà un bath matelas sur les endosses, le Rosbif. Le traczir me biche. Et s'il jouait mordicus les stoïciens ? S'il se laissait ensevelir vivant sans renauder ? Courageux jusqu'à l'impossible ! Tu t'imagines, ma gueule ?

— Hello, gentleman ! lance-t-il tout à coup, au plus fort de notre boulot.

— Vous m'causez ? roucoule le Mammouth.

— Si vous me tirez de ce vilain trou, j'aurais peut-être deux ou trois choses à vous dire, fait l'Anglish.

— Disez d'abord ! ordonne Bérurier, on appréciera ensuite, moi et mon ami.

Comme il hésite, je reprends mon turbin fastidieux.

— Non, attendez ! dit le Britannoche, avec, enfin, une certaine angoisse dans l'intonation.

Il fait de nouveaux efforts pour garder sa bouche à l'air libre.

— Il y a à Batz un institut de thalassothérapie qui s'appelle *Kor' Higan ;* c'est là que se trouve l'explication.

DEMEURITRE XVIII

C'est une vaste construction ultra-moderne : vitres et béton. Elle se développe en forme de « V » grand ouvert, face au large, au sommet d'une éminence grise qu'on appelle ici « Père Joseph » parce que c'est un riche lieu (1). Elle se dresse sur deux niveaux entièrement vitrés et ressemble à la fois à une clinique et à une prison moderne. De petits bungalows annexes occupent l'arrière de l'Institut. Le tout est cerné d'un haut mur de pierre, très ancien, vestige d'une opulente propriété du siècle dernier, qui craque sous la poussée irrésistible de conifères retroussés par le vent de mer.

Je stoppe ma chignole à faible distance.

— Tu croyes qu'on s'off' un'p'tite visite dominicilaire ? interroge le Gros, plein d'espoir.

— Et comment !

— Et ton pote, caisse on en fait ?

— On le boucle dans le coffiot de ma pompe !

Exécutance immédiate. Après quoi, je gare ma voiture à l'abri illusoire et précaire d'un buisson.

(1) Tu sais bien que je pratique la littérature de non-retour !

Maintenant, à nous de jouer, nous nous plaçons en file indienne tous les quatre (nous deux et nos ombres, car la lune à présent rutile dans un ciel en cours de dégagement total). Une brèche causée par une trop forte pesée de la haie vive nous permet de franchir le mur. Qu'ensuite d'alors, courbés en trois, nous utilisons les pans obscurs pour nous diriger vers l'extrémité de l'aile droite. Et sais-tu pourquoi, l'aile droite, pauvre gnouf ? Bonnement parce qu'un grand écriteau en galvachromotche onduré placé avant l'entrée fournit le plan de l'Institut et raconte comme ça tout bien : les salles, les tenants-aboutissants, trucs, choses, voire même machins ; y compris les « appartements de la direction ».

Donc nous prenons la direction de la direction, comprends-tu, brin de spermatozoïde décapoté ?

On avise des veilleuses à travers les baies. Mais à cette heure induse tout est silence. Le vent s'est levé, a chassé les nuages masquant la lune et la lune, comme j'ai eu le privilège de te le préciser quelques paragraphes plus tôt, montre son cul de jument à tire-larigot.

Nous atteignons sans encombre la porte convoitée, une assez belle lourde moderne, ma foi, vitrée en verre trop dépoli pour être au net, comme je dis souvent, mais je suis là pour ça.

— T'as ta carouble ? inquiète Béru.

Mon sésame brille déjà au creux de mon serrement de paume.

Certes, la serrure propose des difficultés, étant de conception machiavélo-moderne. De nos jours, ils savent plus quoi inventer pour faire chier le monde.

Mais la technicité jointe à l'expérience aplanit (faut qu'un « p », oublille pas) toutes les embûches.

Bérurier se gratte l'entrejambe frénétiquement, tandis que je serrurise, comme s'il tentait de faire tenir peinards des hôtes dont je te laisse apprécier la témérité.

— Ça vient, moui ? s'impatiente ce goret approximatif.

C'est venu. La porte s'écarte.

Te dire que nous entrons serait du bas remplissage d'auteur tirant à la ligne, moi qui n'y pêche même pas !

Donc, nous sommes dans la place.

Mon dessein est simple, mais animé. Un vrai Walt Disney ! Trouver le directeur dard-dard (tu permets) et l'inviter à réveillonner en le faisant se mettre à table séance tenante.

Les lieux sont configurés de telle short que je suppose sa chambre au rez-de-chaussée. Le gazier qui a conçu et réalisé cet institut devait disposer de gros moyens, fais-moi confiance. On n'a lésiné ni sur les matériaux, ni sur l'aménagement, et moins encore sur le luxe. Les moquettes ne sont pas en pétrole transformé, les tentures ont été (automne, printemps, hiver) taillées dans du velours surchoix, à je ne sais plus combien le mètre cube ; et le mobilier, moderne, mais y en faut, sort de chez un ensemblier dont les prix sont aussi exorbitants que les prétentions d'une vedette américaine. Les portes sont capitonnées ; les tableaux abstraits (c'est te dire ce qu'ils coûtent !) les objets cons mais rares, à tendance exotique.

C'est grâce au clair de lune que je visionne les

lieux, me gardant bien, tu penses, d'actionner les calbombes.

Béru avise un flacon de cristal taillé, portant à son large goulot une gourmette que laquelle est gravé le mot whisky. Il s'hâte de le déboutonner pour s'entiffer la rasade gloutonne. Ensuite de quoi il remet le flacon en place, mais avec une brusquerie qui provoque un « blouiiiing » musical.

Furaxif, je l'invective à voix basse mais à mots découverts. Bien le moment de se pinter la gueule ! Effraction ! Et ce glandu qui vient écluser les alcools de nos hôtes !

Je m'engage dans un couloir assez long, ce qui vaut mieux, crois-moi, que de s'engager à la Légion Etrangère. Et c'est alors qu'une sorte de jaguar six cylindres me bondit dessus ! Ah ! le traître ! Comme il fulgure bien ! Quelle détente ! Souplesse ! Je dis jaguar, mais va-t'en savoir au juste, faudrait avoir son pedigree à cette bestiole. Heureusement que j'ai conservé mon sésame délourdeur à la main et qu'il est pointu comme une dague florentine. Re-t'heureusement que j'abonde en réflexes variés ! Une vraie pile nucléaire ! Vlan, dans mon geste de parade, j'enquille le poinçon dans la tronche de l'animal. Et voilage-t-il pas que j'lui crève un œil, à cette pauvre bête féroce ? Ce feulement rugisseur, mon neveu ! Pour le coup, il m'oublie et se trisse droit devant lui en se cognant à tous les meubles. Mais l'alerte est donnée, et je préférerais que ce fût le bulletin météorologique qu'on donnât !

Des portes, des exclamations.

Ça se pointe.

— Krichna ! crie une femme en s'annonçant.

Elle joue du commutateur. Devine qui ? Tu donnes ta langue ? La rouquine qui escortait l'homme à la veste blanche ! Tiens donc ! Comme on se retrouve ! Sans perdre une fraction de deuxième (1) à examiner la situasse, je me précipite sur la fille, avec la célérité de son jaguar et l'enlace. M'en sers de bouclier, tu comprends ?

On pourrait choisir plus mal et moins moelleux ! Bien m'en prend, car l'homme à la veste blanche radine à son tour. Il a troqué sa veste immaculée contre un pyjama de soie qui l'est davantage encore ! Lilial dans ses conceptions vestimentaires, le mec !

— Restez où vous êtes, levez les bras au ciel, et ne tentez rien, sinon je perfore votre rouquine aussi rudement que j'ai énucléé votre minet !

Il hésite. Un type réveillé en sursaut, n'importe ses facultés, est en état d'infériorité. Alors il obtempère, Arthur. Bérurier qui jusque-là n'a rien fait, se contentant d'estimer les événements et d'en tirer des conclusions, Bérurier le Guerrier, Bérurier l'irremplaçable, marche jusqu'à notre immaculé adversaire et, comme ça, pour dire, sans me consulter, trouvant probablement sa physionomie peu amène, il la lui emporte d'un coup de boule d'avant-centre réceptionnant un corner.

Ses réactions sont parfois imprévisibles, au Gros. T'as des tronches molles, tu les vois écraser une brave chenille qui traverse le chemin, d'un coup de talon rageur, alors qu'elle ne leur a rien fait, rien demandé, juste parce qu'ils la trouvent répugnante,

(1) On parle toujours de seconde, classe à la fin. Et les synonymes alors ? Faut les laisser moisir ?

velue comme elle est. Eh bien, le Mastar, c'est pareil. Il lui prend des humeurs spontanées. Ruades d'âne, sans préméditation. Et à quoi correspondent-elles au juste, tu peux m'expliquer ?

Le blanquet perd connaissance. K.O. raide.

Un autre lascar surgit. Je le reconnais : c'est un de ceux qui m'a fait ma fête chez Creux. L'Hindou, tu sais ? Il tient une arme, mais je m'hâte de lui dire en anglais (ces gens-là parlant volontiers ce bas patois depuis qu'ils ont été britannisés, car les colons, quand ils s'en vont, abandonnent tout sur place, y compris leur langue, ce qui permet de renouer des relations quand les orgueils se désendolorent) : « prends ton pétard par le canon et tends-le poliment au gros monsieur, sinon je bousille cette gonzesse ! »

Il se résigne. En Orient, c'est le sens de la résignation qui les mène. Béru chope le feu.

— Tu peux essayer de marquer un nouveau but, l'encouragé-je.

Et ploff ! Il encrâne rageusement l'Hindou. Qui se tend, (toujours, l'Hindou se tend) et s'affale.

— Conserve son feu et va visiter les autres pièces, Gros.

Ainsi fut fait.

N'ayant trouvé personne, le Mahousse revint, ligota proprement les deux hommes avec des moyens de fortune ; enferma le jaguar borgne dans la cuisine, et me demanda quels étaient mes projets. Je lui répondis que j'avais hâte de m'entretenir avec la belle rouquine en un lieu discret, en fin de quoi, nous la conduisîmes dans la salle d'opération du bâtiment attenant que l'Hindou réveillé nous indiqua obligeamment.

ININTELLIGITRE XIX

Rien n'est plus intimidant, pour un profane, qu'un bloc opératoire. Les arcanes les plus technicitiennes de la N.A.S.A. sont moins impressionnantes.

Lorsqu'on a donné les loupiotes en grand et qu'une intense lumière blanche nous inonde, nous nous sentons gagnés tout à coup par un sentiment qui ressemble à de la frousse.

J'installe la rouquine sur la table de découpage artistique (vivisection... halte !). L'y fixe à l'aide des moyens destinés à cet usage, et puis m'installe au bord d'elle, comme jamais aucun chirurgien n'osa le faire, je gage.

— Ma chère Mimiss, lui dis-je, nous vivons une nuit décisive. Imaginez-vous que lorsque l'aube pointera, je saurai tout de ces étranges manigances. Et c'est vous qui allez me mettre au parfum.

Elle a un regard vert, la chérie. Tu sais qu'elle n'est pas mal bousculée du tout ? J'ai pas eu l'occasion de bien la contempler, mais franchement, elle mérite d'être examinée au microscope, voire tactilement, façon non voyante.

— Vous appartenez à la police, nous avez-vous dit ?

— En effet.

— Vos procédés ne sont guère légaux, commissaire.

— C'est que je suis un commissaire qui manœuvre dans l'illégalité, ma chère. Le genre de flic pour qui tous les moyens sont bons, surtout les pires. J'ai là mon assistant, homme de grand savoir, dont la force de conviction n'est plus à démontrer. Il suffit que je vous confie à lui pour qu'ensuite, si j'ose ce mot, vous vous confiiez à moi. Pour ne rien vous cacher, il est du genre insensible. Les larmes d'un bambin le font chialer, mais les hurlements d'une aventurière molestée l'amusent. Vous voulez tenter l'expérience ?

Bérurier ne pige pas, du fait que je parle anglais comme ma poche ; il fait joujou avec les ustensiles chirurgicaux rassemblés dans la salle. Entre autres, un bistouri électrique capte son intérêt. Il se met à en jouer, comme il étudierait le maniement d'un rasoir à pile. Le déclenche, le circonvolute, tout ça ; bref se fend la poire avec.

— Elle va causer ? il demande.

— Vous comprenez le français ? fais-je à la fille.

— Naturellement.

— Alors répondez directement à mon valeureux compagnon.

Elle se tait, plongeant son regard de tigresse bengalienne jusqu'au fond de mes prunelles françaises pour voir si j'y suis.

Comme le silence se prolonge, Bérurier s'annonce (apostolique, évidemment (chacouille) avec son bistouri-gadget.

— Une supposition que tu veules pas parler, dit-il,

eh ben t'as plus de nez, ma poule. J'te file un p'tit coup d'tronçonneuse dans le tarin, vlouf, et t'es obligée, ensuite, de faire tenir tes lunettes de soleil av'c du sparadrap.

— Pensez-vous aux conséquences d'un tel acte ? elle rebiffe.

Ça fait poiler le Gravos.

— Turellement qu'j'y pense pisque j'te dis comment qu'tu faudras faire pour mett' des besicles !

— Vous n'oseriez pas.

Là, il explose. Peu psychologue, cette personne. On ne met pas Bérurier au défi, qui que l'on soit : femme, moine, vieillard ou mouche du coche.

Lui, écoute, alors là, il me la coupe, si je puis parler ainsi en pareille circonstance. Car il saisit l'oreille droite de miss X, et lui flanque un p'tit coup de sécateur. A vrai dire, il ne lui ôte qu'un morceau du lobe, 3 centimètres carrés au plus.

Sa Majesté brandit le vilain trophée sous le regard chaviré de la donzelle.

— Faudra plus compter porter des boucles d'oreilles, lui dit-il, à moins qu' t'arrives à t'faire greffer ce petit machin. Tiens, r'garde, môme, j'le dépose su' c't' étagère. Et maint'nant, ma loute, on te dépife ou tu nous racontes c'qu'on est v'nu savoir ?

Blême, tremblante de désespoir et de rage et du reste, et d'encore plus que cela, elle consent.

Sa devise ? Celle du camembert : qui ne dit rien, qu'on sent !

Pour la stimuler, le Démoniaque fait vrombir le bistouri. Le connaissant comme je le pratique, je suis certain qu'il va l'emporter.

*
**

Oui, elle parle, miss.

Je l'entreprends bien posément, avec méthode, sans emballement.

— Qui êtes-vous, vous et votre bonhomme, et que cache cet institut de T'es salaud t'es rapide (comme dit Béru) ?

Réponse : ils sont anglais, elle née en Inde, d'un père vice-sous-gouverneur-adjoint. Son mec se nomme Steve Mac King. Il était médecin militaire à Bombay, dans les derniers temps de l'occupation britannouille. Là-bas, il a fait la connaissance d'un toubib hindou, le docteur Mal Abär, qui l'a initié à certaines pratiques chirurgicales stupéfiantes.

Je te vais pas dire illico ce dont il s'agite avant de s'en servir, because je te réserve un chié coup de théâtre final que tu m'en diras des nouvelles ! Non ! Va pas regarder tout de suite, grand connard ! Refrène ta monture ! Passionné par ces techniques abasourdissantes, Mac King, après la chute de l'Empire, s'est ramené en Europe, ayant épousé Maud-la-Rouquine. Peu après, il a démissionné de l'armée et s'est consacré à la chirurgie faciale. Sa renommée a été immédiate en Britannerie ; mais il avait des visées plus audacieuses, c'est pourquoi, très vite, il en a eu classe de déplisser la peau des vieilles douairières londoniennes ou de leur rebricoler le blair, et il est venu s'installer en France afin de se mettre à l'abri de la curiosité de ses confrères. Et alors là, sous le couvert de l'institut de thalassothérapie, Mac King a entrepris une œuvre époustouflante (je te dis de ne pas lire plus loin, bon Dieu ! C'est terrible, cette impatience de môme, merde ! Moi, quand je te vois piaffer de la sorte, carboniser mon édifice par trop de précipitation, j'ai envie de tout larguer, t'abandonner aux vrais littérateurs ! Alors là, tu comprendrais ta douleur, mon pote. Oh ! dis donc : le lion de la métro, ses bâillements, ce serait rien en comparaison des tiens. Sans compter que tu paierais plus cher. Car ils me valent le double, en prix de vente, pour pas le centième en qualité. Puisque t'as déjà essayé tu dois savoir que je te mens pas) œuvre qui lui a apporté la fortune avec un F et un compte en banque majuscules ! Seulement, lui fallait du trèpe. Des rabatteurs. Il n'a pas le temps de s'occuper de tout. Son turbin l'accapare complet, le brave docteur.

Des rabatteurs, il en a dans mon dentier (je veux dire : dans le monde entier (1)). René Creux en faisait partie et « s'expliquait » dans ce coin de la France (sa fréquentation du casino lui permettait de lever des proies plus faciles, car certaines gens, lorsqu'ils sont complètement ratissés, sont mieux conditionnés pour accepter une pareille aventure). Dans la section Midi, encore plus riche à exploiter, il disposait de sa petite équipe de filles : Isa, Dorothée, d'autres encore... Tout allait pour le mieux, dans le meilleur des mondes (tiens ! un alexandrin, merci, M. Jourdain !) (2). Mais il a fallu que cet idiot de

(1) J'aime bien la faire, celle-là. Parfois, je me la fais par surprise, quand je suis seul. Ce que je peux me marrer !

San-A.

(2) Et voilà que sa remarque provoque chez San-Antonio un deuxième alexandrin, ce qui nous montre tout ce que ce remarquable auteur peut bailler à Corneille.

Creux (qui décidément manquait de relief) se confie un jour à la mère Duralaix (*sed lex*). La vieille salope au passé tourmenté, sorte de fausse Mata Hari, navigatrice en eau trouble échouée sur la somptueuse plage baulienne, voulut tirer parti de cette information. *Yes, but* comment ? Nous allons le voir dans pas longtemps, et j'en passe !

Il me faut maintenant te dire, ô mon lecteur peu crédule et gland à n'en plus pouvoir, te dire, cher compagnon de mésaventure, te dire à toi que j'aime pourtant de bon et mal gré, te dire que les rabatteurs du Dr Steve Mac King ignoraient tout de son siège. Ils étaient contactés régulièrement par la rouquine qui, en somme, s'occupait du ramassage des « clients ». Ignoraient en grande partie la destinée des gens qu'ils rabattaient. C'est la garcerie de Mère Duralaix qui, astucieuse comme mille mouches, a tout découvert et dès lors, s'est mise à faire chanter Mac King. Elle se faisait remettre des petits diams, à raison d'un par mois. Mais, m'annonce la rouquemoute, seuls les premiers sont vrais. Sans doute la vioque avait-elle dû prendre ses précautions avant de déclencher son chantage. Toujours est-il qu'elle tenait bel et bien le couteau par le manche et avait barre sur le toubib (*or not to be,* puisqu'il est anglais, le pauvre). Attends, ne bouge pas, ne m'interromps pas, je funambulise. Avec ta cervelle de carton-pâte, je me doute que tu t'époumones la matière grise à me filer le dur. Mais quoi, fais un effort, mon grand. Invente ce que je te tais, dédouble ce que je te dis, fous-y du tien, quoi, merde ! On est deux, non ? Y a pas de raison que je me cogne le turf seulâbre.

Elle avait donc trouvé — du moins le croyait-elle — le bon filon, Mémère. Mais soudain elle a pris la chiasse. Et sais-tu *why?* Biscotte l'attentat de la plage. Faut te dire que chaque jour à la même heure, elle allait prendre son thé au bar extérieur du *Prieuré Palace*, la daronne. Elle sortait du casino pour aller déguster son Ceylan-citron en grignotant une pâtisserie. Ce jour-là, la chance lui souriant, elle n'y est point allée. Alors elle a eu peur. Quand, à l'*Esturgeon*, on lui a signalé ma présence, le traczir l'a poussée à se placer sous ma protection, car, quoi qu'elle en eût dit à ses amis Prandurond, elle feignait seulement de croire à la version de son copain Creux, concernant un attentat destiné au prince Charles... Mais quelqu'un a pris les devants. Quelqu'un qui se trouvait à l'*Esturgeon* et qui a assisté à notre brève converse. Qui ? La rouquine l'ignore. Ou du moins le prétend.

Un bruit étrange me fait tiquer. Est-ce le ronron du bistouri électrique ? Que non pas : simplement le Gravos qui s'est endormi à même le sol du bloc opératoire.

Il est touchant, ainsi recroquevillé sur le carrelage immaculé, mon vieux frangin. Tu dirais un saint-bernard devant une cheminée. Il a la tête entre ses pattes antérieures, les oreilles pendantes, le museau retroussé. Tu le sens passionné par la suite de l'affaire, le sardinophage. Avec lui, faut pas que ça dure trop longtemps, sinon il décroche.

Alors, pour moi seul, je reprends mon interrogatoire.

— Passons à la rubrique Creux. Qui l'a tué ?

— Je l'ignore.

— Ecoutez, chère belle dame, je recommence à

penser que vous vous payez ma tête, ce qui est dommage compte tenu de son harmonie et de la qualité de ce qu'elle contient. Voyons : vous prétendez ne rien savoir de l'assassinat de Duralaix, pas plus que de celui de Creux et les deux fois, lorsque je me pointe sur les lieux, je vous y trouve !

— Les deux fois, nous avons été appelés par l'intéressé. Et l'avons trouvé mort.

— Duralaix vous a téléphoné ?

— En nous priant d'arriver immédiatement, oui.

— Bon, elle avait votre téléphone, donc c'est plausible, mais vous venez de me dire que vos rabatteurs, comme Creux, ne savaient où vous joindre.

— C'est bien pourquoi nous nous sommes déplacés, malgré le précédent Duralaix. Nous nous sommes demandé comment il se faisait que cet homme eût tout à coup nos coordonnées.

— Vous avez bien dû articuler des hypothèses à ce sujet ?

— Bien sûr. Steve et moi avons compris que c'était sur l'instigation de l'assassin que ses victimes nous appelaient avant qu'il ne les tue.

— Et vous avez une idée quant à son identité, à ce criminel mystérieux ?

— Aucune.

Nouveau silence, épais comme du goudron. La nuit, quand la bouche devient aussi pâteuse que l'esprit, le silence a une consistance d'huile de vidange.

— Et si on parlait du prince Charles ?

— Eh bien ?

— Il a subi deux attentats à la Baule, l'un en y

arrivant, et qui m'a paru bidon. Un autre dans la soirée, et qui m'a paru réussi.

Elle sourit, un peu comme la *Jouvence* de ce cher abbé qui doit être assis à la droite du *Vermifuge Lune* et à la gauche de la *Ouate Thermogène*, là-haut, au moment où nous mettons sous pression.

— L'œuvre de l'I.R.A., à n'en pas douter.

— Pourquoi cette salve sans conséquences ?

— Vous connaissez mal les Irlandais, commissaire ; ces gens sont très organisés. Ils avaient tout combiné pour se payer le prince au *Prieuré Palace*. Une rafale tirée sur une voiture qui roule a des effets problématiques, voyez chez vous le Petit Clamart. Et pourtant la cible était volumineuse ! Ici, on a cherché à inciter le prince à demeurer à l'hôtel où tout était préparé pour le recevoir : bombe, poison, etc.

Je réfléchis peu pour admettre que.

— Reste la question Al Bidoni, dis-je.

Elle sursaille (ou tressaute, pour dire de changer. Toujours ces poncifs souverains, je m'épuise le tempérament !).

— De qui parlez-vous ?

— De cet agent de la C.I.A. qui est venu se faire refroidir à La Baule dans de bien étranges circonstances. Et qui a enlevé une consœur à moi, ce qui est déjà grave, mais également ma mère, ce qui n'est pas tolérable. Que savez-vous de lui ?

Ça tombe, net : « rien » !

Et elle redit « rien » sur un ton de curiosité. Elle paraît soucieuse.

— La C.I.A., dites-vous ?

— Oui, ma chère.

Alors un truc assez relativement cocasse s'opère :

c'est brusquement elle qui se met à m'interroger.

— Comment le connaissez-vous ?

— Il était en cheville avec deux de vos rabatteuses de la Côte.

— Comment le savez-vous ?

J'y dis. Donnant donnant, quoi. Elle s'est suffisamment affalée, cette pauvre dame à l'oreille coupée (elle est à bout, comme Edmond) (1). Moi, dans les nuits tardives, j'ai des vigueurs qui m'insistent les sens. La fatigue est bonne conseillère. Je te me l'emplâtrerais fastoche, Maud. Et voilà que, plus je me répète la chose, plus elle me fascine. Je crois piger le phénomène qui réduit un sadique à son acte : l'autosuggestion.

Tout en lui narrant, je lui caresse les hanches, négligemment. Elle m'écoute d'un œil noyé, si tu voudrais me permettre.

— En somme, dis-je, c'est facile d'en déduire : la C.I.A. a eu vent de votre activité. Cette honorable maison (sic) a voulu tout connaître de la chose, étant intéressée au plus haut chef (de gare). On a confié cette mission à Al Bidoni. Sans doute que les fuites venaient de la Côte. Al est entré en contact avec les deux filles qui ont accepté de vous trahir pour collaborer avec lui. Les unes et l'autre ont joint leurs connaissances et leurs moyens pour investiguer. Ce qui les a conduits à La Baule. Elles ont établi leur quartier ici en louant une villa.

(1) Terriblement tiré par les cheveux. San-Antonio fait ici allusion à l'ouvrage d'Edmond About « L'homme à l'oreille cassée ». Il nous a habitués à mieux.

Patrick SIRY, Directeur Littéraire.

Je me penche sur elle :

— Ce sont ces deux garces qui ont tué la mère Duralaix et René Creux !

Je viens de repenser à la soi-disant religieuse que Boudin (Père et Fils) a vue entrer en premier chez le flambeur-rabatteur. Dorothée, la mocheté. Ne disposait-elle pas d'une tenue de nonne ? A moins que ce ne fût Isa ? Mais en ce cas, puisqu'il y avait collusion entre les deux filles et le mec de la C.I.A., Maman et Dodo sont entre leurs griffes à c't'heure ! Deux redoutables tueuses, qui ont déjà trois meurtres homologués à leur actif, car je n'oublie pas, si toi ça t'est sorti de l'esprit, qu'Al Bidoni a été strangulé par Isa.

Et pourquoi l'ont-elles buté, ces coquines ? Pourquoi cette rupture d'alliance ?

Le regard de la mère Maud est tout chaviré. Faut dire qu'incidemment, ma main a dévié et qu'elle lui caresse le delta du Nil. Tu vois, je ne serais pas surpris que le Dr Mac King soit un magicien du scalpel, mais un piètre du bigoudi farceur. Moi qui pratique volontiers les dames, je reconnais une personne en manque à quatre cents mètres.

Et celle-ci n'a pas eu sa ration de zim-lala depuis la signature des accords d'Evian.

— Je pense, fais-je, sans stopper ma délicate manœuvre, très charitable au demeurant, je pense qu'ils ont opéré de conserve dans un premier temps. Les deux garces se sont servies de l'Américain. Et puis, quand elles en ont su assez, elles ont décidé de faire écuyères seules. Pour commencer, elles se sont rendues chez la Duralaix avant que je n'y aille, histoire de la neutraliser. Le trio avait réussi à remonter jusqu'à elle. Les filles savaient, par le mystérieux quelqu'un qui se trouvait à l'*Esturgeon*, qu'elle m'avait filé rancart...

Je me tais... Et puis ? Imaginer quoi ?

Un grand « à quoi bon ? » m'empare.

Je voudrais récupérer ma vieille, moi. J'en ai classe de me démener.

— Oh ! Chéri, qu'elle fait.

Exactement, elle dit *darling*.

Et tu voudrais résister, toi ?

Moi, impossible.

Pour la première fois, je vais faire l'amour sur une table d'opération. Elle peut être utilisée à des fins moins nobles, tu sais.

Que je prends pas seulement le temps de dessangler ma conquête. Juste je lui dégage le centre d'accueil. Et que me v'là à sa dispose, joue à joue, pris au jeu du joug. Elle pousse des plaintes d'allégresse, la chère rouquine. Faut que je m'applique, cré bon gu ! Pas la bâcler. Le coup du milieu, ça se déguste.

Et je l'entreprends à la langoureuse, comme toujours. Valse dans l'ombre.

Mais, tandis que je lui consacre le meilleur de moimême, j'avise une lampe rouge fixée au mur, qui se met à palpiter à chacun de mes assauts, dirait-on, comme si elle entendait les rythmer. Moi, ça me pompe l'air, un machin de ce genre.

Je me mets à décélérer, puis je coupe les gaz et cours sur mon erre. Surprise, consternée, elle balbutie :

— Déjà !

— Non, la rassuré-je, mais c'est cette satanée lampe qui me trouble.

— C'est l'avis d'appel sur la ligne d'urgence, murmure péniblement ma partenaire.

— Où est le téléphone !

— Dans une armoire d'acier, au fond.

Je m'arrache pour aller répondre, le Nestor en tige de métronome. Je trouve le bignou, décroche.

Pour commencer, rien ne se produit, cependant, je décèle confusément le bruit infime d'une respiration. Alors je joue l'atout pour la toux :

— Eh bien, qu'est-ce que c'est ? demandé-je en déguisant ma voix.

Pour cela, je me pince le nez avec ma main libre et conserve ma langue de côté dans ma bouche. Ça me fait un peu l'élocution du cher Michel Simon. Je saupoudre d'accent anglais pour parachever.

L'organe qui retentit, pas besoin de le faire peindre en vert pour l'identifier. C'est celui de la môme Isa.

— Le docteur King ?

— Lui-même, qui est à l'appareil ?

— Mon nom ne vous dirait rien.

— Que me voulez-vous ?

— C'est assez délicat à expliquer.

— Alors vous m'expliquerez plus tard, vous savez l'heure qu'il est ?

— C'est très important.

— Mon sommeil l'est davantage.

— Plus que votre sécurité, docteur ?

Je feins le gars douché. Mon ton s'infléchit.

— Où voulez-vous en venir ?

— Mme Duralaix, ça vous dit quelque chose,

docteur ? Et M. Creux ? Ces deux personnes sont mortes assassinées et j'ai la preuve que vous vous trouviez, vous et votre femme, sur les lieux du crime.

— Quelle preuve ?

— Des photos prises au téléobjectif à l'aide d'un système à infrarouge très perfectionné. En outre, nous détenons un document relatif à vos activités qui était en possession de la dame Duralaix. La C.I.A. et la Police Française sont sur votre piste, docteur. Vous n'aurez plus le temps de déménager vos pensionnaires si nous levons le petit doigt. Et nous sommes prêts à le lever si vous refusez nos conditions.

Je laisse passer un bout de temps. Si Mac King avait répondu, il aurait examiné la situation avant de poursuivre.

Moi, je compte jusqu'à douze.

Et puis :

— Quelles sont ces conditions ?

— Voilà : vous nous proposez tout l'argent dont vous disposez immédiatement, nous savons que cela fait beaucoup. A vous d'énoncer la somme. Si elle nous convient, banco. Sinon, tant pis pour vous, nous avons d'autres moyens de monnayer vos documents.

— C'est de la folie !

— Nous sommes fous.

— Mais !

— Non, articulez une somme. Si vous dites autre chose qu'un nombre, je raccroche et tout est fini. Il n'y aura pas de marchandage, docteur. Vous proposez une seule somme. Si elle nous agrée je dis oui, si elle est insuffisante je raccroche, à vous de juger !

Quel sang-froid ! Jouer une telle partie avec une telle maîtrise, chapeau !

Je gamberge sec cette fois. Si jamais cette hyène se prend au mot et qu'elle raccroche, je risque de perdre une sacrée partie.

Je plaque ma main sur l'émetteur.

— Maud ! crié-je, combien donnez-vous par client à vos rabatteurs ? Répondez-moi vite, je vous en conjure.

— Cinquante mille francs ! répond-elle.

Je dépaume le combiné.

— Dix-huit millions ! murmuré-je.

Trois secondes s'écoulent.

— En nouveaux francs, bien sûr ? demande-t-elle.

— Ben, oui.

— Alors c'est O.K.

Réponse catégorique. Là seulement est la faille. Là, il y a eu un frémissement de cupidité infantile. Elle est encore une petite fille, par certains côtés. Une garnemente perverse, meurtrière, asociale, machiavélique et tout le tremblement, mais des reliquats de quasi-innocence demeurent collés à la personnalité de cette toute jeune aventurière, à cette walkyrie du crime qu'un hasard peut-être a orientée sur cette voie sanglante.

Un milliard et huit cents millions d'anciens francs ! Le pactole. Elle en est étourdie. Combien espérait-elle toucher ? Dix fois la somme allouée pour un client ? Cent fois ?

— Quand ? fait-elle âprement.

— Quand vous voudrez, mais il me faudra des garanties, je vous préviens.

— Qu'appelez-vous des garanties ?

— Eh bien : les documents dont vous parlez, plus

un reçu sur lequel vous reconnaîtrez avoir perçu le prix de votre silence.

— Vous vous foutez de moi !

Elle panique. Mais je dois endormir sa méfiance qui ne manquera pas de poindre quand elle mesurera ma docilité. Un homme comme Steve Mac King se laisse-t-il facilement convaincre de devoir verser un tel paquet de flouze ?

— Dites, vous vous imaginez que votre parole me suffira ?

« Je vous donne tout ce que je possède en liquide en échange de ma tranquillité, aussi je veux être assuré de cette tranquillité. »

Un temps.

— Bon, je vais voir.

— A mon tour de vous dire qu'il me faut une réponse immédiate.

— D'accord.

— Où dois-je vous remettre le fric ?

— J'envoie quelqu'un le chercher.

Je manque m'exclamer, m'écrier une connerie quelconque devant cette impudente témérité, me fendre d'un « pas possible ». Elle n'a pas froid aux yeux.

— A l'Institut ?

— Quelqu'un qui n'a rien à voir avec tout cela : une religieuse. Il vous suffira de lui remettre la valise contenant l'argent. Elle croit qu'elle va chercher des médicaments pour un médecin d'ici.

Je souris à l'appareil.

— Et les documents ?

— Elle vous les remettra, ils seront dans une enveloppe.

— Et si je ne lui donnais pas le pognon ?

— Vous auriez une mauvaise surprise.

— De quel genre ?

— Une surprise, c'est une surprise, répond-elle, et elle raccroche.

Bon, j'en fais autant.

Qu'a-t-elle voulu signifier par là ? Est-ce du bluff ?

Je reviens me mettre à l'intérieur de mistress King, car il serait de la dernière impolitesse de ne pas lui terminer ce que je lui ai si bien (du moins ai-je la fatuité de le croire) commencé.

Elle reprend ses roucoulades, moi je pousse mes avantages au plus loin, au plus profond. Tant qu'après une dizaine d'excellentes minutes, la dame à qui il manque un lobe, mais qui a trouvé beaucoup mieux (et qui rime) inarticule un ahahahahaha interminable et prend en trombe tant et tant de pieds que là encore, on trousserait (s j p m'ex. a) un nouvel alexandrin.

Puisque le pied est à l'ordre de la nuit, je flanque le mien dans les miches du Mammouth.

— Debout, Camarade ! La France a encore besoin de toi.

Il se séante en grommelant que « bon Dieu, quoi, merde, il n'est pas Jeanne d'Arc ».

FOUTITRE XX

Rien ne sert de partir, il faut courir à point. Souvent, il m'est arrivé de prendre La Fontaine en défaut. On a trop tendance à accepter les assertions d'un rimeur car on ne veut pas déranger ses vers. Mais comme moi je me fous d'une quantité indicible de choses, je peux rectifier.

Nous sommes donc sur le pied de naguère quand la petite trois chevaux, modèle fatigué, débouche paisiblement sur l'esplanade de l'institut.

J'ai mis la jolie Maud au courant de ce qui se tramait et nous avons pactisé. Il est des instants où les alliances se renversent, ou bien se conjuguent différemment. Question d'opportunité. Faut jamais trop t'inquiéter lorsque, par exemple, deux nations se tirent la bourre. Dis-toi que le moment viendra où leurs intérêts redeviendront communs et où, d'antagonistes, elles seront cul et chemise. Pour la France, en général, dans ces cas-là, c'est l'autre nation qui fait la chemise ; question de vocation. La France est un coq qui se fait enfiler. Il chante haut et fort, mais c'est toujours lui qui l'a dans l'oigne, et que veux-tu que je te dise ?

Or, donc, sur moi, la trois chevaux s'avance.

Je dis sur moi, mais en réalité je me tiens à l'écart pour ne pas être reconnu. Toutefois, j'ai passé la veste blanche du Dr Mac King. Maud se tient sur le pas de la porte, bras croisés, hostile et prudente comme il sied à une dame qu'une autre vient visiter pour la faire chanter et lui secouer près de deux milliards d'anciens francs.

La petite voiture décrit un arc de cercle polaire et va se ranger assez loin de nous, devant un bâtiment situé à l'extrémité de la construction. Si tu voudras mon avis, l'arrivante n'est point seule. Quelqu'un l'escorte, qui reste planqué dans la bagnole, prêt à interventionner si le cas échéait. Aussi, fissa, fissa, dis-je au Mastar d'aller voir en passant par-derrière pendant que je pourparlerai avec la plénipotentiaire. Il acquiesce, et bravo, tout est bien qui commence bien.

On ne voit plus de curé en circulation depuis qu'ils sont en civil. Et, excepté en Italie et à Fribourg (Suisse), on n'aperçoit plus guère de religieuses en uniforme non plus. Je prévois que bientôt, après Jean-Polak II, le pape aussi se loquera mylord, en bleu croisé, avec un bouton de lys à la boutonnière et une limouille à col ouvert.

L'arrivante, je la retapisse d'emblée : c'est Isa. La silhouette, malgré la tenue de religieuse, la grâce, la joliesse demeurent. Elle marche vite en balançant une enveloppe de papier kraft à bout de main.

Au moment où elle se pointe, je vais me placarder dans le vestiaire dont je laisse la lourde entrouverte.

— Bonjour, madame, dit-elle aimablement à la rouquinette.

Maud répond d'un grognement.

— L'on m'a chargée de vous remettre ceci, continue sœur Isa, en tendant l'enveloppe.

Maud opine (elle adore, je peux te garantir) et biche l'enveloppe dont elle fait sauter le couvercle.

De mon poste d'observation, je la vois en retirer quelques épreuves photographiques qu'elle contemple hâtivement. Ensuite elle déplie une liasse de documents jointe aux images. Elle les compulse fiévreusement et se paie un haut-le-corps ; comme ça, tu vois. Tchloc ! T'as regardé ? Je recommence : tchloc. Le sursaut de surprise, comme dans les films quand l'héroïne apprend, en pleine lune de miel, que son mari est bigame : tchloc. Un petit haussement d'épaules suivi d'un léger déhanchement et d'une crispation de la frite. Tchloc. T'as bien compris ? Pardon ? Je poildecute ? En ce cas, va te faire lanlaire, mon grand, et avec un truc gros commak ! Espèce de paltoquet !

Maud refoure le toutim dans l'enveloppe. La révérende murmure :

— C'est bien ce que vous attendiez ?

— Je pense, dit la rouquemoute.

— Je dois prendre une valise de médicaments, n'est-ce pas ?

— Mon mari achève de la préparer, venez...

Elle entraîne Isa, comme nous en sommes convenus (je peux m'exprimer en châtié courant, tu sais, si je veux), vers sa chambre. Ce faisant, elles doivent passer devant le vestiaire. J'attends qu'elles aient franchi ce point stratégique, ensuite d'alors quoi j'en sors et me jette sur la sœur Isa pour la ceinturer.

— Heureux de votre résurrection, ma Mère ! lui dis-je.

Une clé japonaise, une autre anglaise, une troisième à molette, et puis la gonzesse se retrouve bloquée les bras dans le dos, pas heureuse. Maud prend les liens préparés à l'avance et la ficelle. Nous passons alors au salon et je propulse la fausse frangine sur un canapé large comme l'Amazone après qu'elle ait reçu les eaux du *Tapajos*.

— Tu permets, chérie ? fais-je à la mère Maud en allant prendre l'enveloppe.

Fectivement, les clichés montrent bel et bien Steve Mac King et sa femme arrivant dans les villas des meurtres, et même à l'intérieur, dans la chambre même de dame Duralaix. De quoi compromettre le couple, ça, fais confiance. Je passe à la liasse des documents, et pour lors, une bouffée de considération m'empare concernant la vieille boiteuse. Quelqu'un d'organisé, bien qu'à la retraite. Une toute fine lame. Avant de se lancer dans le chantage, comment qu'elle a su constituer un dossier sur King. Tout son curriculum est laguche : sa carrière de médecin colonial, des rapports concernant ses travaux à Bombay avec le docteur hindou, son établissement londonien, concernant le ravaudage des vieilles ladies ; son installation en France, la copie de chèques qui furent versés à Creux, les noms, même, de certains clients racolés pour l'institut. Et d'autres pièces encore, patiemment rassemblées, dont la réunion constitue un accablant dossier. Je me promets de potasser tout cela plus tard, à tronche reposée. Maintenant, c'est l'hallali. Avant de me consacrer à Isa, j'attends le retour du Mastar. Il revient, sentant le frais et la sardine rotée (1).

— Personne, me rassure-t-il. J'ai maté à l'intérieur et aussi dans le coffiot, elle est bien v'nue seulâbre.

Rassuré, j'amène un siège auprès du canapé.

— Pendant que je m'explique avec cette jeune personne, emporte Mme King auprès de son époux et conditionne-la également.

Le Docile agit sans mot dire, si ce n'est un vague pet matinal, mais qui ne tire pas à conséquence (2).

⁂

Tu crois que c'est moi qui vais attaquer ?

Eh ben, zob ! C'est elle. Teigneuse, furaxe, noirâtre de rage. Rien de pire qu'une femme en haine. Rien de plus hideux. Spectacle quasiment insoutenable. Cette resplendissante créature est enlaidie par la fureur qui l'anime.

— Pauvre enc... de flic, me lance-t-elle. Tu te crois malin, n'est-ce pas ?

— Malin n'est pas le mot, ma gosse. Disons que j'ai une certaine notion de la justice.

— Imbécile, sombre trou du cul, poulet vérolé, fier-à-bras, connard ! Chien de garde des banques !

Oh ! Oh ! Voilà qui sent son hyper-gauchisme de loin !

— Mademoiselle veut foutre le feu à la société ? ricané-je assez sottement, je l'avoue.

— Elle brûle déjà, ta société, peau de con ! Et tu

(1) Littérature de non-retour, te dis-je. C'est très bien ainsi.
(2) Idem.

ne sens même pas les flammes qui lèchent tes roustons !

Ce qu'elle est mal embouchée ! Franchement, j'aurais pas cru. Béru qui est de retour demande :

— Mande pardon, mon colonel, c't' à toi qu'é cause comme ça ?

— On le dirait.

— Et tu le supportes ?

— Mal.

— Moi z'aussi. Attends, j'vas chercher mon petit machin.

Béru *exit.*

— Où est ma mère ? demandé-je brusquement.

Peux plus me contenir. Evidemment, ça fait un peu piètre, comme question. Cette fille ensuquée de doctrines extrémistes est en train de vomir sa bile, et mézigue, grand glandu, qui lui réclame sa vieille môman. Y a de quoi se la passer au presse-purée à vapeur, non ?

Elle pouffe, l'odieuse garce.

— Ta mère ? Elle est crevée, ta mère, hé, ballot !

Mon sang se glace, ma poitrine devient en marbre de Carare. Les choses qui m'environnent sont uniformément d'une couleur violine insoutenable.

Je chuchote :

— Si ce que tu dis est vrai, tu vas crever aussi !

Et pourquoi ne serait-ce pas vrai ? Je connais ses performances. N'a-t-elle pas refroidi trois personnes ces dernières heures ? Cette fille au visage rayonnant est un monstre.

— Tu crois que tu me fais peur, poulet ?

Le plus ahurissant, c'est que je n'ai pas la force — ni même l'envie — de la cogner. Je suis terrassé par le désastre qu'elle m'annonce. Je plonge dans ses yeux pour voir si elle dit vrai, ou bien s'il ne s'agit que d'une bravade de plus.

Le Gros est encore là, toujours aussi disponible, efficace, paré pour les pires manœuvres. Prêt à débrouiller les situations les plus inextricables.

— Elle prétend que ma mère a été tuée, dis-je.

Il renifle, Alexandre-Benoît. Gravement, comme un qui détermine son itinéraire sur une carte routière avant de partir pour un long voyage. Il échafaude des solutions, des entreprises hasardeuses.

— Si vous ne me relâchez pas dans les dix minutes qui vont suivre, mes amis déclencheront quelque chose d'assez apocalyptique, annonce presque gaiement la fausse religieuse. Vous devez bien penser que je ne suis pas venue ici sans avoir pris mes précautions.

Vaguement, j'aménage ses paroles pour m'en faire des pensées constructives. Je me dis que ce qu'elle a mijoté, elle l'a prévu contre King. Et moi, je m'en fous, du Dr King. Il est le cadet de Gascogne de mes soucis, de mes sous suisses, de mes saucisses, de Metz aussi.

— Qu'ils déclenchassent, Trésor, qu'ils déclenchassent ! répond le Gros en branchant le bistouri (qu'il conviendra de lui en mettre un dans son brodequin de Noël tellement que ça l'amuse, ce grand gosse).

— T't'à l'heure, explique-t-il, la gonzesse rousse voulait pas moufter. J'y ai m'nacé de lu trancher l'pif. Comme é m'croilliait pas, j'ai commencé par y sélectionner un bout d'oreille. Comme ça !

Il biche le lobe d'Isa et couic !

Tu vois ?

Elle pâlit, convulse. Mais ses mâchoires se crispent et sa haine ne fait que croître.

Béru rigole durement.

— J'peux toute t'épecer, ma fille. Le grand décarpillage, pis qu'au strip : les portugaises, le piquebise, la menteuse, les nichemars, les salsifis...

— Eh bien vas-y, gros porc ! riposte cette amazone folle.

Bérurier n'en croit pas son entendement.

— T'sais à quoi tu t'esposes, la mère ? il fait sourdement. T'l'sais vraiment ? T'as pas pigé qu'y faut jamais pousser un mâle dans ses derniers r'tranchages. Pisque tu l'auras voulu, tu l'as voulu !

Il lui cueille le nez entre pouce et index.

— Béru ! hurlé-je. Non ! Pas ça !

Il se retourne.

— Hein, quoi ? Pardon ? Vous disez, Baron ?

— Je te répète pas ça ! Nous ne sommes pas des tortionnaires.

Je l'écarte fermement.

La môme me toise avec ironie.

— Bayard ! dit-elle. L'âme sensible du beau chevalier !

Cette fois, tu m'excuseras, mais je ne parviens pas à me contrôler. Ça démarre.

Une mandale super-star ! Que ses dents se mettent à jouer Rien ne va plus. Ses lèvres à saigner. Son noze aussi, du temps qu'on y est. Sa gôgne commence d'enfler. N'en finit plus. Je la châtaigne au poing, comme si j'avais un méchant camionneur en face de moi :

— Espèce de gueuse alambiquée, morue déchue,

pasionaria de mes burnes, typhoïde inguérie, trou décomposé, vacherie croupie, tarte à la merde, foutrophage, vérole ambulante, carne à veau, fétidure, ignominie latente, choléra, menstrument de torture, pétaude, charognerie en trombe ! lui dis-je à toute allure, au gré de ma rogne improvisatrice.

Et tout en laissant pleuvoir les invectives, je laisse également grêler les coups. Elle subit ce déferlement sans trop se désunir. Que juste il lui vient des plaies et bosses, et ecchymoses variées, avariées un peu, des suintements, saignotements. Se prend une bouille de gorgone, la salope ; devient sexy comme un polype, vraiment.

Tout mon désespoir part en gnons, en gueulades folles. Au bout du compte, exténué, perdu de fatigue et chagrin, je tombe accroupi au pied du canapé.

— T'as raison, murmure Béru : on n'est pas des tortionnaires !

***

Et puis, une fois encore, malgré ses lèvres tuméfiées, ses yeux en champignons, son nez plein de sang caillé, c'est elle qui prend l'initiative.

Elle dit :

— Il suffit de pas grand-chose pour gripper les rouages de la société, n'est-ce pas, beau flic ? Une fille obstinée, et voilà que tout se fissure ! Quelques volontés agissantes se rendront maîtres du monde.

Elle rit d'un petite rire fêlé et lugubre.

— J'appartiens aux Brigades Internationales, assure-t-elle.

— Grand bien te fasse, donzelle !

— Je vous aurai manœuvré, hein ?

— Moins que tu ne le penses. Je savais, en allant chez toi, que tu fricotais dans cette affaire.

Son regard se fait sceptique.

Pour lui prouver que je ne la bluffe pas, je dis :

— Al Bidoni t'avait téléphoné depuis le *Prieuré Palace* et j'ai retrouvé la trace de son appel. Lui, par contre, tu l'as drivé et exécuté de première.

— Il appartenait à la C.I.A.

— Je sais.

— Une idée à nous. Nous manquions de moyens pour percer la retraite de King. D'ailleurs, nous ignorions jusqu'au nom de ce dernier. Nous connaissions l'Organisation, les expériences probantes qui y étaient faites, mais nous ne parvenions pas à la percer à jour bien que travaillant pour elle. Alors on a contacté la C.I.A., en douce en leur faisant miroiter les avantages que les Ricains pourraient en tirer. On nous a dépêché un professionnel : Al Bidoni. Lui avait la technique et les fameux moyens qui nous faisaient défaut. Il ne lui a pas fallu longtemps pour dénicher Creux et puis la Vieille. Comme nous n'avions plus besoin de lui, on s'en est débarrassé.

— Je sais. Et ma mère, dis ? Tu en as bien une, toi, bon Dieu de garce ! Et qui sait, peut-être le deviendras-tu un jour. Il y a des sentiments avec lesquels on n'a pas le droit de jouer, aussi loin qu'on veuille aller dans la Révolution Sociale !

Elle sourit.

— Marrant ! Pour vous : *aller le plus loin possible* reste en fait une chose terriblement limitée aux conventions. Le bout de l'horreur ne permet pas de toucher aux chers cheveux gris de maman ! Eh bien, je te le répète : elle est crevée, ta mère, crétin. Et la mienne aussi ! Et bon débarras, place aux jeunes !

Si c'est des coups qu'elle souhaite, elle en est pour ses frais. Je suis *out !*

Alors, je prends le parti de feindre l'abdication. De l'admirer. Tout fromage vit aux dépens d'un corbeau qui l'écoute !

— Je n'ai jamais vu encore une gonzesse de ta trempe.

Un temps.

— Non plus qu'un homme. Tu es un cas, ma garce !

Sourire orgueilleux.

— Bien entendu, c'est pas le pognon que tu guignais, ici.

— Il est toujours bon à ramasser, la cause en a besoin.

— Mais tes visées étaient autres ?

— J'ai commencé par demander une rançon pour voir si King céderait à un chantage.

— C'est moi qui t'ai répondu.

J'ai dit cela en reprenant la voix que j'avais au bigophone dans le bloc opératoire.

— Et le Doc ?

— Neutralisé.

Elle hoche la tête.

— Dommage pour lui.

— Pourquoi ?

— Parce que dans quelques minutes tout sera foutu à moins que vous me délivriez et me laissiez m'en occuper.

— N'y compte pas.

— Et si je vous disais la vérité sur votre mère ?

— Elle n'est donc pas morte ?

— Devinez !

A quoi bon entrer dans son jeu ! Elle ment à vue. Me racontera n'importe quoi...

— Parle, je verrai...

J'essaie de respirer profond, en grand ; macache. J'ai un poids de dix tonnes sur la poitrine.

Diversion ! Faire diversion ! Reparler d'autre chose afin de la laisser revenir d'elle-même au sujet qui me brûle.

— Qui t'a prévenue que la vieille m'avait contacté à l'*Esturgeon ?*

— Un ami qui me veut du bien.

— Tu es chiche de m'affranchir ?

— Je ne balance pas les amis.

Et tandis qu'elle virgule sa riposte, j'ai une éclaircie dans ma nuit.

— Peu importe, je le sais.

— Allez-y, petit finaud !

La vieille, quand elle m'a fixé rendez-vous, ne m'a-t-elle point dit « je suis en compagnie d'amis qui vous ont reconnu » ou quelque chose d'approchant ? Je revois sa tablée... Le général gâteux, sa vioque, dolente, son grand pingouin de fils, sa blondasse de bru.

— Le fils du général Prandurond. Tu te l'es séduit pour pouvoir apprendre des choses sur la mère Duralaix, pas vrai ?

J'ai l'œil.

Je lis dans le sien, bien loin au tréfonds, que c'est bien cela, ou presque, qu'en tout cas je brûle.

Un temps...

Bérurier m'avertit qu'il a soif. Déclare qu'il va se servir un scotch carabiné. Et est-ce que j'en veux un ?

Non merci. T'as tort, ça réconforte pis que la menthe forte ! Il se sert un demi-verre, mais comme sa pépie est intense, il va chercher des glaçons à la cuisine.

Et bon, le v'là parti avec son glass.

Moi, je suis partagé entre l'espoir et le désespoir ; le soleil et la nuit. Maman vit-elle encore ?

Cette jeune mégère est là, qui le sait. Et qui se refuse à me dire la vérité. Seigneur, il existe bien un moyen de la faire parler !

— Ecoute ! lui fais-je doucement en caressant sa joue tuméfiée, écoute, môme. On est là sur le globe en même temps. Ça crée un lien formidable, ne le comprends-tu pas ? Il n'y a pas de place pour les idéologies à côté de ce fabuleux miracle. C'est... c'est...

Je cherche un mot.

Ne le trouverai jamais.

Car l'explosion qui se produit alors réduit tout en poudre, y compris nos tympans.

FINITRE XXI

Bon, où en étais-je-t-il ?

Ah ! oui : poum !

Et même badaboum !

Surboum !

Je te répète : les tympans nous en saignent (pire que des instituteurs). Les portées de musique se distordent comme des rails dynamités. Apocalypse neuf !

Quand les pensées te raffluent, tu te demandes si un Boeing 747 vient pas de se planter sur l'institut.

Je me précipite à l'extérieur.

Et moi, intelligent au point indicible, d'une œillée je comprends : la 3 CV était piégée. Une minuterie la déclenchait ; si on retenait Isa trop longtemps, c'était le krach. Voilà pourquoi la péronnelle rouge pavanait et annonçait des désastres très extrêmes.

Tu parles qu'elle a gagné le Nobel de l'explosif (justement, ce con qui a inventé la dynamite) : la moitié du bâtiment du bout a rendu l'âme. Y a une brèche gigantesque dans la façade. Et ça se met à cramer vilain. On entend des grands cris lamentables. Des gens en tenue de nuit surgissent, qui se précipitent sur l'esplanade avec des cris d'orfèvre. Des hommes, des femmes, infirmiers, infirmières, malades, tout ça... Le personnel est hindou, je note, malgré la confuse.

Bérurier qui m'a rejoint s'exclame :

— Tu parles d'une perle à rebours, mon gamin ! C'est l'abbé Résina dans le principal rôle. Les derniers jours de pompe-z-y ! Syphon sur Nazakaki ! Dedieu, ce pet !

— Cours délier le toubib et sa rombière ! Il faut organiser des secours. Qu'il éclaire toutes les loupiotes extérieures qui peuvent fonctionner. Appel aux pompiers ! Ambulances de la ville ! Police ! Le chenil ! Vite !

Il rebrousse machin tandis qu'au contraire, moi, très Bonaparte au pont de l'Alma, je fonce en direction du sinistre.

Et c'est alors, alors seulement que, oui, j'ai la mesure de la science du Dr Steve Mac King ! Alors que son côté démiurge m'apparaît dans tout son fantastique ! Oh ! Oh ! Oh ! Et aussi, là là ! Oui : oh ! là là, quelle vision inoubliable ! Sur fond de calamité !

Parmi les gens qui galopent au hasard de leur trouille, en claquant des dents, lorsqu'ils en possèdent, ou en agitant les bras telles des marionnettes, je reconnais des personnages célèbres.

T'es prêt ? Bien arrimé sur le godemiché qui te sert de tabouret ?

Alors dégage tes ruches et écoute, homme de peu de foie (avec ce que tu écluses, faut pas t'étonner !). Ecoute ce qu'il va te révéler enfin, ton Sana, ton Tonio, ton chantre de la vérité vraie ! Celui qui toujours déconne mais jamais ne ment (sauf cas de fosse majorée, comme dit Béru). Ecoute, et crédule un peu, de grâce, de Monaco, et tutti quanti. Ecoute et crois, et croasse et multiplie-toi si tu en es capable.

Ecoute ! Tu m'écoutes ?

Ces personnages célèbres, aperçus entre des battements de cils, constituent une espèce de cauchemar onirique à grand spectacle.

Il y a là : deux fois la reine d'Angleterre, sa très gracieuse et grassouillette Majesté Elisabeth Deux (des jumelles) ; il y a là trois fois le prince Charles (l'un étant toutefois plus petit que les autres, et un autre ayant l'air moins con que les deux précédents) ; il y a là une gentille princesse Anne, pas mal roulée du tout. Et puis un chancelier Schmidt, un prince Philippe dédainbourre ; un shah d'Iran en bonne santé ; un El Sadate (Anouar et en couleurs), un Tito bi jambiste, une princesse Margaret plantureuse à en faire gerber le Group Captain Mille, pardon : je voulais dire Thousand ; un lord Mountbatten qui devait pas être fini au moment de l'attentat et qui glandouille, inutile, dans l'institut. Et puis y en a d'autres, beaucoup d'autres, en cours de fabrication. Entre autres, un Anatola Khomeiny dont la barbe n'est pas assez blanche, et une Mme Gandhi qu'on définit déjà sous ses bandelettes, et je t'en passe. Ou plutôt ce sont eux qui passent, coudes au corps, fuyant comme à Pompéi...

— Seigneur ! soupire une voix : le travail de toute une vie !

Il s'agit du docteur. Sa gonzesse, oublieuse de la tringlée que j'ai eu l'honneur de lui faire participer, se tient blottie contre lui (après l'amour, l'animal est triste, mais l'homme rentre chez lui).

Ils contemplent, pâmés d'effroi, cette ruine de leur entreprise.

— Chapeau, lui dis-je, c'était du grand travail, docteur. Vous en avez déjà utilisé beaucoup ?

— Depuis que la violence règne sur le Monde Occidental, je travaille à tour de bras. Si je vous disais : j'ai déjà passé quatre princes Charles, dont un hier, cinq reines Elisabeth, deux princes Philippe, deux Moshé Dayan, un Paul VI (je n'en avais qu'un sinon c'est un article qui aurait marché), plus trois Line Renaud, pour m'amuser, essayer de tâter de la clientèle française. Je terminais un Georges Marchais (c'est pour moi qu'on avait dérobé sa statue au Musée Grévin). J'étais prêt à affronter le marché américain, mais ces salauds ont pris les devants ! Bien sûr, j'ai des laissés-pour-compte : le shah, par exemple. Que voulez-vous que j'en foute, à présent ? Le modifier ? Peut-être le transformer en Chaban-Delmas, mais à qui irais-je le caser ? Tout est perdu ! Ruiné !

J'essaie de le rasséréner.

— Docteur, avec un don pareil, l'avenir continue de vous appartenir. Un conseil : au lieu de travailler pour des nations, abordez le secteur privé, il y a un malheur à faire !

J'en dirais et entendrais bien davantage, si Béru n'accourait en clamant :

— Sana ! Un coup fourré n'arrive jamais seul ! Figure-toi qu'j'avais laissé la lourde d'la cuisine ouverte, et y a l'jaguar qu'a bouffé la gonzesse : la môme Isa !

Je blêmois.

Pas pour cette vilaine personne qui somme toute, a récolté le ventre (du jaguar) après avoir semé la tempête ; mais parce qu'elle n'est plus en mesure de me dire où est Maman.

ÉPIGLOTTE

Long, infiniment long, ce rapport.

D'autant qu'il est distrait, le Vieux.

Peut pas se retenir de fourrager de la dextre sous la jupaille à Mme Bernier, le salingue. Faut bien lui dire, articuler, et faire des flashes back ! Reprendre plus haut, pas paumer le fil du récit. Ah, je dois reconnaître qu'il est plus exigeant que toi, Cézigue-pâte. Il veut savoir le pourquoi du comment du chose. Et les incidences, ça, espère ; il raffole des incidences. Y a pas mèche de le berlurer, d'escamoter. Il écoute, s'échappe parce qu'il est tactilement ému et que ça l'emporte ; puis il revient au sujet, questionne avec son âpreté des grands jours et sa suffisance de vieux daim soucieux de se faire mousser l'importance.

A la fin, il opine.

— Pas mal ! Sacrée histoire ! Quelles retombées ! Une affaire internationale ! J'ai été bien inspiré en venant ici, non ? Ah, mon cher, nous y aurons fait du bon boulot, à La Baule !

Sa main investit de plus rechef.

— Tu ne trouves pas, ma capiteuse ?

La capiteuse soupire que oui.

— Et ma fille ? s'inquiète-t-elle pourtant, car son âme de mère, mon vieux, chatte caressée ou pas, elle est toujours sur la brèche, tu peux me croire.

C'est vrai : et sa fille ? Et Maman ? Et le petit Toinet ? Hein ? Eux autres ? Les chéris, qu'en est-il devenu ?

Mon désespoir s'accroît. Les polices de France, Interpol, Pierre Bellemare, tout le monde traque la vilaine Dorothée, ultime maillon de la chaîne qui, que...

Mais suppose qu'on ne la retapisse pas ? Ou bien qu'elle se ou encore qu'elle...

Le tubophone grésille, le Vieux me fait signe de répondre car il a les mains occupées.

Le cher concierge de nuit me dit en substance les choses ci-dessous :

— C'est vous que je cherchais, monsieur le commissaire, il y a une communication pour M. Al Bidoni, et comme vous m'avez dit que...

— Passez-la-moi, l'interromps-je sans tu sais quoi ? Vergogne !

Et alors, tiens-moi bien. Qu'est-ce qui me gazouille dans les oreilles ? La voix de Dodo Bernier.

— Monsieur l'inspecteur Al Bidoni ?

Son timbre ! Je le détecte immédiatement, bien qu'il ne soit pas affranchi.

— Lui-même, effronté-je.

— C'est le commissaire Bernier. Ecoutez, monsieur l'inspecteur, je suis très inquiète de ne pas avoir de vos nouvelles. J'ai fait ce que vous m'avez demandé : j'ai décidé la mère du commissaire San-Antonio à me suivre pour se mettre en sécurité, puisque vous m'affirmiez que sa vie était menacée, et pourquoi ne vous aurais-je pas cru, du moment que vous appartenez à la C.I.A. ? Seulement, cette exquise vieille dame s'impatiente, et je la comprends. Moi-même, je commence à trouver le temps long car elle ne me parle que de la petite enfance de son fils et de ses qualités humaines. Nous sommes à l'*Auberge du Roi-Soleil*, sur la route de Fouzy-Mele, près de Versailles. Vraiment, on ne pourrait pas parler avec San-Antonio ? Sans compter que s'il a découvert l'absence de sa maman, il doit s'alarmer, car ils sont très liés tous les deux...

Je l'écoute sans moufter.

Maman ! Dodo ! Ensemble ! Diabolique astuce de feu ce pauvre Al Bidoni : faire enlever ma vieille par ma propre collaboratrice, histoire de ne pas se mouiller, pour ensuite me faire chanter, comme s'il s'agissait d'un véritable rapt ! Bravo ! Chapeau ! Dommage qu'il soit mort aussi sottement. Il aurait dû mieux choisir ses alliés, ce pauvre vieux.

Là-bas, dans son auberge, Dodo demande :

— Et alors, que devons-nous faire ?

Je mate ma montre, opère un calcul tout ce qu'il y a de rigoureux, malgré qu'il soit mental.

Et, de ma voix naturelle, je déclare :

— Ce que tu dois faire, ma poule ? Commander un déjeuner fastueux, et m'attendre sur le coup de midi tout à l'heure. Tu es la plus conne de toutes les femmes flics présentement en circulation, mais je sens déjà que je t'aime, collègue, et je suis certain que tu dois mieux te comporter dans un plumard que dans une enquête !

FOUIN

Achevé d'imprimer sur les presses de

BUSSIÈRE

GROUPE CPI

à Saint-Amand-Montrond (Cher)
en février 2002

FLEUVE NOIR
12, avenue d'Italie
75627 Paris Cedex 13
Tél. : 01-44-16-05-00

— N° d'imp. 20682. —
Dépôt légal : mai 1998.

Imprimé en France